Stefano Benni

Komische erschrockene Krieger

Stefano Benni

Komische erschrockene Krieger

Roman

Aus dem Italienischen
von Pieke Biermann

Verlag Klaus Wagenbach Berlin

Die Originalausgabe erschien 1986 unter dem Titel
Comici spaventati guerrieri bei Giangiacomo Feltrinelli Editore, Milano.

Wagenbachs Taschenbuch 366

10719 Berlin. Umschlaggestaltung Groothuis & Consorten unter Verwendung einer Illustration von Henning Wagenbreth. Autorenphoto von Giovanni Giovannetti, Effigie. Das Karnickel auf Seite 1 zeichnete Horst Rudolph. Gedruckt auf chlor- und säurefreiem Papier und gebunden von Pustet, Regensburg. Printed in Germany.
ISBN 3 8031 2366 6

Inhalt

Die Personen und ihre Darsteller

Luzius Lurch	Pensionierter Gymnasialprofessor
Luchsi	eig. Lukas, sein elfjähriger Knappe
Lee	das Gespenst des Kung-Fu
Luzi Liebell	Stadtteil-Königin
Rosa	ihre Herzensfreundin
Humbert Hummer	Freund von Luzius Lurch und Boss der Bande von der Mexiko-Bar zu welcher außerdem gehören:
Elmar Elephant	Schlachter im Ruhestand
Gustaf Giraffe	Geräumter
Manfred Maulwurf	Raumschiffexperte
Alice	die Frau an der Bar-Kasse
Bice und Atala	zwei betagte Drahtesel
Caruso	ein Kanarienvogel
Möwenzwick	ein Fliegender Elephantenhändler
Häschen Hase	Freund von Luchsi mit Hang zu (angst)vollen Hosen

Fuchs	Trainer des FC Pro Patria Mori
Giagnoni	Stopper
Gazzelli	Abwehrspieler
Anton Ameise	ein hohes Tier in der Lebensmittelbranche
Der Gockel	Unterwelthaberer
Hannelore Hämisch	Hauswartsche im Apartmenthaus Bessico
Hans-Martin Maus	ihr Ehgemal
Frieder(ich)	beider Sohn
Rambo Sandri d. Ä.	Finanzhai und Bessicaner
Madame Varzi	bessicanische Maskenballerina
Edgar Zecke	bessicanische Geheimnis-Krämerseele
Nanni Nachteule	bekannter bessicanischer Schickeria-Photograph
Der Lemur	besonders unbemerkt bleiben wollender Bessicaner
Die Leute von der Videostar	bekannte Film-Geschäfte-Macher und Bessicaner
Inspektor Portius	Ordnungshüter und Intellektueller
Der solide Olla Mancuso lo Pepe Pinotti	Polizeibeamte
Carlo Chamäleon, genannt Nemetscheck	Journalist bei der Tageszeitung *Demokrat*

Der Chefbremser	sein Redaktionsleiter und Chef
Wanda die Walin	Königin der Nacht (und des diesbezüglichen Lebens)
Georg	Gorilla
Susi die Schwanin	Stationsengel im Poliklinikum St. Hedwig
Bärnhardt der (Eis-)Bär	Pfleger im St. Hedwig
Dr. Karsten Kauz	Chefarzt im St. Hedwig
Seppel Seezunge	einer der Bettlägerigen im St. Hedwig
Schorse Schandkräh	vielbetratschter Viel-leicht-Bürgermeister
Elly und Hummy	Rowdys
Brum und Bunt von Becoda	Außerirdische

in weiteren außergewöhnlichen Rollen:

Giosué Carducci, Publius Virgilius Maro und Bronson, der Hund

Die Gegend war ganz anders als unsere. Millionen von Menschen lebten in Ballungsgebieten, die Städte hießen, und zwar in sehr hohen gleichartigen Häusern. Während der (nach dem ältesten Fund so genannten) Epoche des Alten mit der Espressokanne wiesen die Häuser in den Bereichen des äußeren Stadtrings, am sogenannten Stadtrand, die größte Wohndichte auf. In Fragmenten eines zeitgenössischen Buchs findet sich folgende Beschreibung jener Großbauten: »Wenn man genau hinsieht, entdeckt man an jedem einzelnen eine feine Linie, die sich durchzieht. Das ist ein Vorbote dessen, was kommen wird. Des Schnittmusters, welchem die Trümmer folgen werden.«

Präludium

Luzius Lurch feierte seinen siebzigsten Geburtstag, indem er erwachte. Er hielt dies für ein grundlegendes Geheimnis des Lebens: Daß man ganz genau so häufig aufwachte, wie man einschläft. Wacht man auch nur ein einziges Mal weniger auf, verliert man den Anschluß, man gibt den Löffel ab, consummatum est, behauptete Luzius, der Latein- und Italienischlehrer gewesen war und obendrein wißbegierig andere Bildungszweige verfolgte, die Naturwissenschaften und die Philosophie und die Zoologie (insbesondere Bakterien), die urbane Botanik, die Chinesen, die Idee des endgültigen Anfangs. Luzius Lurch erhebt sich also, unter Mühen sowie unter lautstarkem Protest seitens seiner sämtlichen Knochen, aus dem Bett. Er wird begleitet von einem melodiösen Triumphgesang. Die gleichen Zellen, die ohne jeden Skrupel Kies in Arterien und Gelenken des alten Luzius abladen, animieren seinen jungen Kanarienvogel zum begeisterten Erwachen. In einem Glas auf dem Nachtschrank findet Luzius das Lächeln wieder, von dem er sich die Nacht über getrennt hatte. Mit einem Schwung des Kamms umschmeichelt er die noch verbliebenen dreißig Haare, danach geht er heldenhaft pinkeln. Es war einmal, vor langer Zeit, da mußte er alle Vorsicht walten lassen, damit sich der goldene Regenbogen nicht aufbäumte und die ganze Umgebung überschwemmte. Heute steht Luzius über das Weiß des Abgrunds gebeugt und gibt acht, daß ihm nicht ein paar heimtückische Senkrechttropfer die Pantoffeln würzen. Tam citus prosilit, nunc prolapsa prostata. Er macht gern Verse, des Morgens. Er setzt die Brille auf. Er geht zum Fenster, reißt die Gardine auf. Er zeigt sich der Welt, und die Welt zeigt sich ihm.

Luzius Lurch schwebt jetzt dreißig Meter über der Erdkruste auf einem Balkon; der klebt an der Nordwand des Bergs Drei der Peripheren-Kette, deren sechstausend Wohneinheiten mitsamt ihren Hängenden Melancholien sich vom Stadtteil Bohnheim im Osten bis zum Paß der Vier Tankstellen im Westen schlängeln. Das Viertel, das Luzius als Luftansicht vor sich hat, verdankt seinen Namen dem Fluß Bohne, so genannt wegen der Reinheit seines Wassers; es erinnert nämlich an jene Suppe, die man durch Zerquetschen besagten Gemüses erhält. Der zu einem Rinnsal geschrumpfte Fluß hat nur noch die Aufgabe, geduldig die Müllschande zu schlucken, von Zeit zu Zeit Kloakenböen um sich zu schleudern und den einen oder anderen Frosch zu beherbergen, der dann später, zermatscht von den Autos der Eingeborenen, auf dem Asphalt endet. Zu angeln gibt es hier widerliche, knorrige Fische mit weit aufgerissenen Augen, die zu sagen scheinen: Danke, daß ihr uns hier rausgeholt habt. Heute (Juli, Sommer) ist das Viertel ausgestorben. Obwohl er sich hinunterbeugt wie der Mann auf dem chinesischen Bild, der von einer Brücke aus in der anderen, der Wasserwelt, einen Karpfen betrachtet, kann Luzius nur wenige Tiere entdecken, die sich durch die Schwüle des Morgens schleppen. Zwei streunende Hunde der Gattung Promenadenwurstmischung, einen Mistskarabäus, der einen großen Karren mit Kartons vor sich herschiebt, und Möwenzwick, einen schwarzen Fliegenden Händler in Holzelephantchen. Etwas weiter weg in den Kennedy-Anlagen liegt ein alter Mann auf einer Bank und macht

Pause, man weiß nicht, ob nur über die Mittagszeit oder für ewig.
Der kleine Balkon von Luzius Lurch ist ein ganz normaler Vorstadtbalkon mit einem gelben Basilikum und einem grünen Kanarienvogel. (Mutationen wg. Umweltverschmutzung.) Weitere Exponate sind verschiedene exquisite Exemplare der Balkongeranie, einer Pflanze, die – sofern von Geburt an durch einen liebevollen Balkoninhaber gepäppelt – für die Balkons und Gärten unserer Stadtgürtel eine Bereicherung darstellt. An solchen Häuserwänden blähen der Tramontana aus dem Norden und der Gräkale aus dem Nordwesten im Winter die rauhen Blütenblätter der wollenen Unterhemden, und im Sommer geben bunte Sträuße aus Unterhosen der Landschaft etwas Liebliches. Auf solche Häuserwände hat die Liebe zur Geranie eine lange senkrechte Tränenspur gezeichnet, denn bekanntlich gießt in solchen Hochhäusern niemand seine eigenen Pflanzen, sondern immer die einen Stock tiefer.
Luzius' Reich liegt im elften und damit vorletzten Stock. Nicht einmal die Vögel schaffen es bis hier oben. Nur die eine oder andere Schneekettenameise oder *Tegenaria parietina*, eine Spinne, widerstandsfähig wie ein Sherpa, wagen sich gelegentlich vor bis zu seinen Wänden: Aber fast nie erreicht eine den Gipfel, die Stelle, wo sich der Wind in Labyrinthen aus Laken verliert und die skeletthaft scheppernden Antennen schüttelt. Manchmal brummt eine wg. Hitze ausgerastete Schmeißfliege durch Luzius' Wohnung und prallt geräuschvoll gegen die Wand. Dann sammelt er die Wrackteile auf und serviert sie dem Kanarienvogel zum Essen. Keine Zeit für Tränen, wie Dean Martin sagt, und Luzius, der seit Jahren in dieser Höhe lebt, weiß das sehr wohl. Jetzt wirft er vom Balkon aus ein langes Blick-Potpourri hinüber auf Berg Vier und Berg Fünf, wo weitere Luziusse auf weit entfernten Balkons weitere analoge Medleys miteinander

verflechten, und zwei dieser Luziusse überrascht er in gestreiften Schlafanzügen nach Art der Galeerensträflinge. Dann wendet er den Blick nach unten auf die geschlängelte Straße, die die Vorstadtberge zunächst mit der Hauptschlagader und später mit dem Herzen der Stadt verbindet, mit ihren schimmernden Aquarien, in denen Schwärme von Schuhen schwimmen, mit den majestätischen Panzerglasfronten ihrer Banken, mit den Boleros der Autohupen.

»Happy birthday to me«, seufzte Luzius und geht wieder zurück in die vierzig Quadratmeter, in denen er König ist. Auch wenn ihm die Bewegungen schwer fallen und täglich schwerer werden, er nimmt doch mutig eine Espressokanne und stellt sie auf den Herd. Dann setzt er sich und starrt in die himmelbauen kleinen Schlangen aus Glas, die ihn noch immer zu bezaubern vermögen. Die Espressokanne ist ein komisches Wesen mit einer spitzen Nase. Im Unterschied zu den Menschen, denen so etwas nur passiert, wenn sie erkältet sind, tropft ihr die Nase, sobald sie sich erhitzt. Diese erstaunliche Reaktion geht einher mit kollernden Geräuschen und dem Austreten eines stärkenden Tranks, von dem Luzius lebhaften Gebrauch macht, denn sein Blutdruck wird immer niedriger, ein Training für den Exitus.

Dann schaut er sich um. Zwar sieht er die Dinge schon seit langem nicht mehr, aber er besitzt von jedem eine Erinnerung. Er starrt auf das Kissen, sieht aber nicht es, sondern einen Kopf auf dem Kissen. Er starrt auf den Sessel und sieht eine Katze, ein Buch ist ein Freund, und so weiter.

»So kannst du nicht weitermachen, Luzius«, zwitschert Caruso, der Kanarienvogel, matt. (Wenn er nicht singt, ist er aktiver Energiesparer.)

»Es wird auch nicht so weitergehen«, sagt Luzius, »denn ich, der Lurch, bin eines der ältesten Tiere der Erde, Nachfahre der Riesenreptilien und der Geschöpfe des

Meeres, ich bin eine prähistorische Languste in einer mittelalterlichen Rüstung, ein Tribolit, und ich bin vier Millionen Jahre alt. Eines Tages werden Archäologen – hoffentlich welche von unserem Planeten – mich eingeschlossen im Zement dieser Hochhäuser finden, mich, einen Rentner mit einer Espressokanne in der Hand, der aussieht wie ein Krieger mit einer Lanze. Und deshalb bin ich zurecht müder als du, oh junger grüner Freund, der du nur wenige Monate lebst und dich von Fliegenwracks nährst. Manchmal habe ich das Gefühl, ich bin auch so ein Insekt in einem Glaskasten mit einem Schild unten: Luzius, alt.«
Keine Selbstgespräche.
Der Kanarienvogel bleibt stumm. Vor Einsamkeit zieht Luzius Lurch jetzt wie ein Goldfisch in seinem Vierzig-Quadratmeter-Glas umher. Er starrt in die Tasse, in die Finsternis des Kaffees. Er setzt sich wieder hin, um nachzudenken. Vor Millionen Jahren wurde auf der Erde noch nicht geatmet. Dann fingen ein paar Bakterien ganz allmählich damit an. Inspiration, Exspiration, Einatmen, Ausatmen. Zuerst sehr langsam, aber bald war die ganze Welt erfüllt von diesem Geräusch. Und jetzt atmet leise auch das Hochhaus, und es wird – als große unsterbliche Zelle – die kurzen Leben seiner Bewohner überleben. Denk dran, Caruso!
»Nach jeder Mahlzeit«, antwortet der.
Luzius Lurch gähnt und geht wieder auf den Balkon. Sein Blick schweift nach Norden zum Reich des Fortschritts, dem großen Industriegebiet. Er sieht die hochaufragenden, beflaggten Burgen der Vertragshändler, wo herrliche FIAT-Schweinchen- und FIAT-Schildkröten-Modelle zur Schau gestellt sind. Ein paar neue, noch im Bau befindliche Berge werden beherrscht von einem riesigen gelben Kranosaurier. Etwas weiter hinten Halden aus kaputten Autos, wie Friedhöfe ausgestorbene Fußballfelder, schließlich, an schnurgeraden, staubigen Stra-

ßen, die Werkshallen der Großen Familien: der Familie Fenster-Türen, der Familie Teer, der Familie Profilbeschichtung, der Eiltransporters, der Ersatzteils, der Nokkenwellens. In den Seitenstraßen deren Geheimgesellschaften: das BeKaAh, die IhHaKa, das BeEfVau, das MADE, Namen, hinter denen sich wer weiß welche Geheimnisse und Patente verbergen, womöglich auch Schweiß und Arbeitslosigkeit, aber eben in kleinen Seitenstraßen, fernab der triumphalen breiten Schlagader des Fortschritts. Auf welcher gerade in Reih und Glied viele viele FIAT-Schweinchen und FIAT-Schäfchen und LANCIA-Tausendfüßler entlangrollen; es sind fast die letzten, die noch in der Stadt waren und jetzt auf dem Weg in die Sommerfrische sind, in klug geplante Ferien mit lachenden Stränden stinkendem Wasser Hitparaden samt TED-System Zimmern mit Ausblick auf Zimmer mit Ausblick Tanzschuppen Sonnenschirmen Pizzas Hummern aus einer Tiefe von sechshundert Metern aus dem Japanischen Meer gefischt tiefgefroren transportiert aufgetaut eingekauft wiedereingefroren gekocht verschlungen verdaut und schließlich ausgekackt und so wieder ins Meer zurückgekehrt, und die Welt geht weiter und der StraPo-Hubschrauber überwacht den Verkehr auf daß die übliche Unfallstatistik herauskomme.

»Wir dagegen hocken den ganzen Sommer lang hier, mit einem grünen Kanarienvogel und einem gelben Basilikum«, seufzt Luzius.

»Ich hab nicht drum gebeten hierzubleiben«, protestiert der Kanarienvogel.

Da hat er auch wieder recht.

»Soll ich Ihnen etwas vorsingen?«

»Mein Herz erschließet sich aus ›Samson und Dalila‹«, sagt Luzius.

»Also los«, sagt der Kanarienvogel und hebt an, als wäre das völlig selbstverständlich.

Luzius Lurch aber wird noch trauriger.

»Soll ich lieber aufhören, bevor Sie sich noch umbringen?« fragt der Gefiederte.

»Sing weiter, Caruso. Wenn du singst, fällt mir meine Jugend wieder ein und – wer weiß wieso – die Schule, in der ich unterrichtet habe. Wie gern wäre ich da jetzt wieder und sähe die lieben pockennarbigen Gesichter und die hühneräugigen Blicke, hörte knarrende Bänke und gestammelte Ausreden, spürte den Schrecken, der durch das Alphabet zittert, wenn ich im Klassenbuch aussuche, wen ich drannehme. Und dann die Massaker am Satzbau und die monströse Ausweitung des geometrischen Umfangs und das Freudengeheul beim Klingeln der Glocke, und auf den Klowänden läse ich die Meisterwerke des wichsophilen Versmaßes. Ja, ich wäre gern wieder da.«

»Ich nicht«, sagt der Kanarienvogel. Eine Eierschale ist schließlich enger als ein Käfig.

Wäre ich zwanzig, überlegt Lurch, dann wäre ich wie Leo, Leo der Lustige, mein Lieblingsschüler. Auch er liebt die Bakterien und die Idee des endgültigen Anfangs. Ich ginge mit wehender Mähne hinaus in den Wind. Und wohin? Jetzt erinnert sich Professor Lurch daran, daß auf dem fernen Feld da unten, in der Ebene zwischen der Profilbeschichtungsfabrik und dem Trockenpool, Leute sind, rote und gelbe Trikots laufen durcheinander, es ist das Endspiel der sommerlichen Fußballmeisterschaften, und Leo ist bestimmt dabei. (Er ist ein Fußballballchampion.) Genau in diesem Augenblick bereitet er sich bestimmt auf das Spiel vor. Leo hat Herzklopfen, der Professor hat Herzklopfen und wäre am liebsten mit auf dem Spielfeld. Er sieht hinunter in den Abgrund und bemerkt auf der Straße einen kleinen Jungen mit einem weißen Ball.

Das bin ich, denkt Luzius, und gleich bin ich da.

Und da geht er wirklich hin, zu Leo, der kleine Junge namens Lukas, genannt Luchsi. Er ist elf, trägt die Haare wie Jeanne d'Arc, etwas schräge Kleidung und Trauerränder unter den Nägeln. Seitwärts hält er einen weißen Ball der Marke Pélé, den er ab und zu in das Schweigen des Nachmittags knallen läßt. Immer wenn er dieses Geräusch macht, erscheinen Oberteile von erbosten Menschen an Fenstern und brüllen: »Mußt du ausgerechnet hier spielen?«
Daraus hat Luchsi eine persönliche Weltkarte abgeleitet. Die Welt ist ein einziger Riesenkontinent mit Namen Ausgerechnethierland, das Reich der Fensterlehner, aus dem er ausgesperrt ist und aus dem er ständig flüchten muß, auf eine kleine Insel zu mit Namen Hiergehtsland, die er vielleicht nie erreichen wird.
Luchsi trottet weiter und läßt beiläufig-locker den Ball springen; er ist auf dem Weg zu seinem Freund Häschen Hase, denn die beiden wollen sich Leos Spiel ansehen. Niemand kann täuschen und dribbeln wie Leo der Lustige, niemand macht solche Köpper, und wenn Luchsi groß ist, dann wird er auch wie Leo, zunächst, und dann wie Platini, und dann wird man weitersehen.
So geht er dahin, Luchsi, am Fuß des Bergs Drei. Aus den offenen Parterrefenstern dringen radiotelevisive Stimmen und verkünden, die Regierung habe die Lage voll im Griff und Inter gehe gegen Bergamo ein dickes Risiko ein. Luchsi und Pélé trotten vorbei, sehen hinein und lassen ein paar zierliche Szenchen familiärer Intimsphären mitgehen. Es ist zwei Uhr nachmittags, und alle Welt hat sich rigoros zu Hause verschanzt, um Salze wiederzugewinnen und Eiweiße kaputtzukriegen. Deshalb könnt ihr jetzt hier einen Alten beim Verschlingen von kaltem Hühnchen sehen und da einen Vampir beim Auslutschen von Wassermelonen, hier drei kleine Kinder, das eine Auge auf einen japanischen Trickfilm, das andere auf einheimische Nudeln gerichtet, da eine Schöne Helena

inklusive Apfel. Ferner in einem Zwischenstock zwei alte, auf mysteriösen Wegen in Besitz einer Pizza geratene Frauen, die reglos vor den Gabeln mit den herunterhängenden Mozzarellafäden sitzen und sich nicht entscheiden können, ob sie das als Mahlzeit verstehen oder einen Pullover daraus stricken sollen. Noch etwas weiter hört ein Mann im Unterhemd mit einem Ohr dem Risiko zu, das Inter läuft, und jagt ins andere kühn einen Ringfinger. Und wenn wir noch weitergehen, dann können wir überladene Tafeln und magere Tische sehen, kackfarbene Sofas und kolossale Flimmerkisten auf Spinnenbeinen, Leuchter und Leuchterinnen und Gemälde mit Darstellungen von Dolomitengipfeln und traurigen Bajazzos, phosphoreszierenden Gestaden und Bohnenessern, und an den Wänden Korkbeschichtungen, Barometer, Pendülen, Kuckucksuhren, Bücherregale mit Zyklopädien, vor den Tischen männchenmachende Hunde und auf Fensterbänken hochmütige Katzen. Und riechen können wir Bratensoßen und gegrilltes Aas und gekochte Reliquien und eingelegte Leichen und wiederaufbereitete Buletten, und dazu hören wir Gabelklirren, implodierende Rülpser, elephantöse Trompetenstöße, Prost und Scheißeverdammte, wenn's-dir-nicht-schmeckt-dann-laß-es-stehen und Geschimpfe mit appetitgezügelten Corinnas und ellbogenflezenden Thomassen und kleckernden Kläuschen und die ganze Dodekakophonie des Tischabräumens, dieweil das Radio Regierungsgriffe und Inter-Risiken und die letzte Platte der Duran Duran festklopft, einer in ganz Ausgerechnethierland bekannten englischen Band.

Und so erreicht Luchsi schließlich die Wohnung der Familie Hase. Papa Hase ist schon durchs Fenster zu sehen, er klebt im Sessel wie ein Buddha in Unterhosen und mit einem Heiligenschein aus Mücken um den Kopf. Gerade eben ballert er aus einem Telecommander auf einen stürmenden Bildschirm ein.

»Ist Häschen da?« fragt Luchsi den Buddha.
»Ja. Warum?«
Wäre Luchsi der Gymnasialprofessor Luzius, dann könnte er jetzt auseinanderlegen, daß ganze Generationen von Philosophen noch nicht haben klären können, warum der Mensch auf Erden ist. Stattdessen antwortet er: »Wir müssen doch das Spiel ankucken gehen ...«
Buddha ist zwar aufgebracht, wird aber gerade abgelenkt durch das Aufscheinen verschiedener Werbespots in seinem massenmedialen Universum. Er bezieht wieder Flakposten, und das macht Häschen Hase sich zunutze, um in all seiner Angsthäsigkeit an der nächsten Straßenecke aufzutauchen und zu flüstern: »Pssssst ... Hier bin ich ... Bin abgehauen ... Komm weg hier!«
Und so biegen unsre Jungs plus Ball in die Straße, die zum Reich der Sportlichen Anlagen führt, und zwar in jugendlich-überschwenglichem Renntempo. Und rennen und rennen durch verwahrloste Anlagen und über Plätzchen mit geschlossenen Tankstellen, deren Zapfsäulen aussehen wie Touristen vom Mars in der menschenleeren Stadt. Ab und zu werfen sie sich laut schreiend den Ball zu, denn heute ist Sonntag, und da drohen weder Schutzmänner noch ballschnappende Hunde. Auf dem Asphalt funkeln Diamanten aus einer zerborstenen Windschutzscheibe.
So ziehen sie weiter, bis sie vor einer zermatschten toten Katze stehen, einem Katzenkotelett.
Häschen Hase stößt einen Schrei aus und läuft weiter. Luchsi bleibt stehen, um sie genau anzusehen.
»Die war ganz klar krank. Katzen rennen nie unters Auto«, sagt er.
»Komm da weg.«
»Die war ganz klar krank. Der hatte die Stunde geschlagen«, beharrt Luchsi, aber Hase hält sich die Löffel zu und will weder hören noch sehen. Inzwischen allerdings ist die Ruhe raus aus diesem Nachmittag. Es ist jetzt, wie

wenn man den Kopf hebt und plötzlich feststellt, man ist allein.
Alles ist einmal zu Ende, denkt Luchsi. Die Mannschaftsaufstellungen ändern sich, und die Klingelknöpfe an Haustüren auch. Papas werden weiß, Mamas wasserstoffsuperblond. Stan Laurel ist auch schon tot.
Hase dagegen ist der festen Überzeugung, daß niemand wirklich totgeht.
»Was weißt du denn davon, Hase?«
»Bist du schon mal totgegangen?«
»Nee.«
»Und was weißt *du* dann davon?«
Luchsi überzeugt das nicht. Die beiden setzen sich jetzt auf den Bordstein und sehen einem einsamen Autowäscher zu. Eine Promenadenwurstmischung kommt daher, bleibt stehen und schnuppert an ihnen herum. Es folgt ein allseits herzliches Gähnen. Dann fängt der Hund an, sich am Kopf zu kratzen, und wirbelt dabei ein bemerkenswertes Kontingent Dermatozoen durch die Gegend. Häschen Hase steckt seinerseits die Finger in die Nase und überläßt sich seiner Lieblingsbetätigung. Wieder einmal registriert Luchsi verblüfft, welche Mengen von Quarz- und Schiefergestein und Harznuggets sein Freund aus seiner Nasalmine fördert. Angesichts seiner eigenen geringen Funde hat er sich eine Zeitlang ernsthaft für mißgebildet gehalten.
»Herr Professor Luzius«, würde er gern fragen, »Hase ist doch Kaufmannssohn, also reicher als ich – birgt seine Nase etwa deswegen so viele Schätze?«
»Nein«, erwidert Luzius Lurch, »im Gegenteil, für gewöhnlich ist die Nase von reichen Leuten völlig bar solcher Stoffe, und reiche Leute stecken sich auch nicht die Finger hinein, denn da drinnen ist alles leer und glatt und wie mit Teppichboden ausgelegt. Nur Arme und mit Polypen Behaftete besitzen solche Vorkommen, und da Hase sich letzterer Requisiten erfreut, hat er eben diese

Stalaktiten, mit denen er dich demütigt. Aber deswegen mußt du nicht denken, du wärst nichts wert.«
Nun ja. In der Zwischenzeit hat Hase aus einem Nasenloch einen grandiosen grünen Alien zutage gefördert. Luchsi startet einen letzten Versuch, das ungelöste Ende der Katze zu lösen.
»Vielleicht«, sagt er, »hat sie sich umgebracht. Sie hat sich selbst unters Auto geworfen.«
»Warum das denn?«
»Weil sie alt und krank war.«
Drei Kilometer weiter und hoch über ihnen schüttelt Luzius Lurch den Kopf.
»Ich will nicht mehr darüber reden«, sagt Hase, nimmt den Ball und rennt davon.
Sie begegnen einem Unhold, der sie auch nicht hold findet und beschließt, sich die Mühe zu sparen. Sie begegnen einem Mann, der Selbstgespräche führt. Sie begegnen ein paar streunenden Hunden der Gattungen Parterrier, Schweinehund, Botulus Lutulus und Pommersche Roulade. Sie begegnen einem Herrn und seinem Cocker und lassen scheinbar aus Versehen den Ball fallen, um zu testen, ob er in die Falle tappt.
Er tappt, der Trottel, und er versteigt sich zu einer Serie linkischer Pässe, nach denen er erschöpft, aber stolz abgibt und mit einem mißratenen Tritt den Ball den Jungen überläßt.
»Es übermannt sie einfach«, lautet Luchsis Kommentar.
Schließlich stehen er und Hase vor dem Eingang des Stadions des FC Pro Patria Mori. Die Spieler laufen sich gerade warm, sie spielen heute in Rot und Gelb. Aber Leo fehlt. Sein Moped steht nicht zwischen den anderen Schlachtrössern auf dem Parkplatz und auch das Fahrrad von Luzi nicht, Leos Freundin, die Haare hat, so schwarz wie Ich-seh-nix-mehr-so-lieb-ich-dich, und heimlich (aber nicht allzu heimlich) geliebt wird von siebzehn Mann, unter anderem Luchsi.

»Wieso spielt Leo denn nicht?«
»Er ist nicht zum Spiel erschienen. Ich versteh das gar nicht, das ist das erste Mal, daß er nicht dabei ist«, sagt der Trainer namens Fuchs, von Beruf Damenfriseur.
»Rosa ist auch nicht da«, ergänzt Hase mit einem lüsternen Lächeln.
Sie hocken sich auf die Stufen, unterhalb von zweien, die Turteleien und Mund-zu-Mund-Küsse tauschen, kurz vor dem Atemstillstand sind, aber gleichzeitig das Spiel verfolgen, er mit dem rechten, sie mit dem linken Auge.
Luchsi ist so traurig, daß er nicht einmal lauthals gegen den Schiedsrichter protestiert, als der das Spielfeld betritt.
Er wäre jetzt gern Luzi und wüßte, wo Leo der Lustige steckt.

Die Sonne hat sich scheinbar mühelos weiterbewegt und knallt jetzt auf Berg Drei hinunter, weshalb Berg Vier – wo auf sechzig Quadratmetern die Mutter und die Schwester von Luzi Liebell wohnen – im Schatten liegt. Luzi ihrerseits wohnt allein, mit Katze und Klage – wg. Räumung –, in einer Mansarde nahe der Fabrik, in der sie arbeitet. Der Mutter gefällt es nicht, daß sie allein wohnt, es gefällt ihr nicht, daß sie mit Leo geht, dieser stille Nachmittag gefällt ihr nicht, und der ruhige Blick der Tochter, die zu Besuch gekommen ist, gefällt ihr auch nicht.

»Hat dein Leo dich heute versetzt?«

So fragt sie resigniert aus dem Sessel, dem sie seit nunmehr zehn Jahren gehört. Die Rosen seines Bezugs und die gemischten Blumen ihres Morgenrocks verschmelzen zu einem einzigen Muster. Nebenan hört Luzinde, ihre andere Tochter, Duran Duran und trägt Sechsecke ein. Sie ist vierzehn und noch Jungfrau, was sie allerdings abstreitet. Ihr wird ein Flirt mit einem gewissen Kajetan nachgesagt, der Schlagzeug spielt.

»Luzi«, sagt die Mutter, »du hast immer deinen eigenen Kopf. Du hättest so eine schöne Arbeit bei deinem Onkel haben können. Luzi, für dich ist immer alles Politik. Luzi, du besetzt Häuser, die dir nicht gehören. Deine Schwester ist ruhiger. Luzi, du siehst mitgenommen aus. Luzi, ich weiß gar nicht, warum du immer auf dem Fußboden sitzen mußt, wir haben wohl keine Stühle, eines Tages kriegst auch du dicke Beine. Luzi, du legst nie was auf die hohe Kante, und wenn morgen – unberufen! Toi-toi-toi! Wenn irgendwas passiert? Luzi, dieser Bengel ist komisch. Er ist immer so lustig – warum? Was hat er lustig zu sein?«

Stimmt, denkt Luzi und lächelt. Leo ist immer lustig, skandalös lustig.

Mama Liebell kann nicht begreifen. Sie sieht die Welt nicht mehr, und um sie noch besser nichtsehen zu können, lebt sie kopfunter und stickt Untersetzer. In der ganzen Wohnung liegen Untersetzer unter jedem Zier- und Nutzgegenstand. Manchmal würde sie Gäste gern selbst auf einem Mama-Untersetzer stehend begrüßen, wenn sie nicht Stehen überhaupt ungern täte. Früher war die ganze Wohnung so anständig, aber dann stirbt der Mann an einer häßlichen Krankheit (gibt es eigentlich auch schöne, und welche?), und dann wird die eine Tochter so unabhängig und die andere so musikophil. Und niemand hört mehr auf sie. Und in der Messe immer dieselben Leute. Früher mal, da hatte sie davon geträumt, für Luzi den großen Schrank hinten im Wohnzimmer aufzumachen, den Schrank, der das Gute Tafelservice in Lachsrot und Weiß hütet, ein Denkmal für die Tradition der anständigen Hochzeiten mit Dragierten Mandeln in Tüllröckchen, Tanten in Federhüten, Hochzeitskuchen und zerdrückten Tränchen. Jetzt holt Mama Liebell von Zeit zu Zeit das Service hervor, Stück für Stück, und staubt es ab. Über zweihundert erlesene Teile, unter anderem Suppenterrinen, Salatschüsseln, Haxen-Bräter, Käseplatten, Weihwasserbecken, Aufschnittplatten, lang wie Badestrände, auf denen sich Lebensmittel aalen können, Kuchenteller, so bunt gemustert, daß jedes entnommene Stück Torte ein bezauberndes Stück Kunst enthüllt, und Salznäpfchen und Pfeffernäpfchen und Bestecke für Fleisch, für Fisch, für Kuchen, für Schnecken, für Harakiri, wer soll das denn alles mal haben, wer soll denn das benutzen, das heißt, benutzen möglichst wenig, unter Verschluß halten muß man das, soviel steht fest. Aber Ach und Weh, Luzinde ißt Hamburger mit den Fingern, und Luzi heiratet ja doch nicht. Luzi wird nie eine richtige Wohnung haben und nie einen Schrank und nie einen Majonäsenapf; womöglich noch nicht einmal Majonäse. Sie wird zwischen Papptellern enden, in besetzten Häusern ohne Heizung, aber mit lauter Typen, die für alles Feuer und Flamme sind. Luzi, dein Onkel hat so eine schöne Überwachungsfirma. Dein Cousin ist so solide mit seinem FIAT-Schildkröte, der ist nie lustig. Dein Vater...

Luzi starrt aus dem Fenster und lauscht dem mütterlichen Lamento vor dem Hintergrund ferner schwesterlicher Rockmusik. Als die Stimme der Mutter hörbar brüchig wird, geht sie zu ihr und nimmt sie in den Arm. Ich kann's nicht ändern, Mama, es tut mir leid. Das ist alles, was ich habe. Und was soll das sein? Das ist Würde? Aus Papptellern? Arme Luzi, alle haben dich gern. Wenn du doch bloß ein bißchen mehr... Wenn du doch bloß ein bißchen mehr...

Auftritt Luzinde mit Fuchsschwanz am Hinterkopf; sie klimpert auf einer imaginären Gitarre vor hunderttausend ausgerasteten Kajetans.

Die Pendeluhr schlägt sieben. Wo ist Leo?

Um sieben Uhr ist in einer Klinik bereits Nacht, da geben sie einem schon das Abendbrot. Lee der Drachen liegt mit geschlossenen Augen auf dem Bett. Lee ist ein Schatten, der durch eine tiefgründige Landschaft gleitet. Dorthin sind sie versunken, alle Dinge des Tages, und er erforscht sie jetzt wie ein untergegangenes Schiff, ein jahrhundertealtes Relikt. Bis da hinunter dringt kein Licht, weder die Helligkeit der Lampen noch das Weiß der Laken, der Hemden, der Gesichter der Kranken. Keins. Lee reckt die Beine, unruhig.
Ein Pfleger beobachtet ihn, mißtrauisch. Wenn Lee so still daliegt, explodiert er hinterher. Im Nachbarbett singt ein bärtiger junger Mann ein Schlaflied. Ein anderer erzählt von Papst Johannes' Werken. Ein dritter onaniert gemächlich vor sich hin und verfolgt jeden Handgriff mit der Gründlichkeit eines wissenschaftlichen Experimentators. Da kommt Rocco Mastino, der Oberwärter, herein. Angewidert betrachtet er die Szene.
»Sollen wir ihn machen lassen?«
»Lassen wir ihn machen. Aber Lee im Auge behalten.«
Um halb acht kommt der Arzt vorbei; er war gerade mit seiner Zweitfrau in einem Erstaufführungskino und riecht nach After Shave: All das sind Symptome des Normalen, die er großzügig um sich herum verbreitet.
»Wie geht's uns denn?«
»Lee ist zu ruhig«, sagt Rocco Mastino. »Wenn er so ist wie jetzt, dann gibt's hinterher Ärger.«
Der Arzt tritt auf den Körper des jungen Mannes zu. In dessen Arm sind Dutzende Einstiche von Infusionsnadeln. Lee verträgt Dosen, mit denen man ein Pferd einschläfern könnte. Wenn er eine Krise hat, ist es, als ob er verbrennt. Da reicht Tee nicht, um ihn ruhigzustellen, liebe demokratische Kollegen. Alles, was ich dazu zu sagen habe, ist: Beeilen wir uns mit seiner Erforschung, lange macht der's nicht mehr.
»Wie geht's?«

Lee schlägt die Augen auf und lächelt.
»Zeit zum Essen, na, Lee, was meinst du?«
Schlagartig geht die Nachtbeleuchtung an. Lee steht auf, ohne jemanden anzusehen, und geht den Flur entlang. Er klettert eine Wand hoch bis zum obersten Oberlicht.
»Lee, das geht doch nicht!« ruft der Pfleger.
Der Arzt gibt Zeichen, ihn machen zu lassen. Es ist die Stunde, in der sich der Geruch der Medikamente mit dem Geruch von Suppe verbindet und die Patienten sich der Normalität der Heiligen Bulette beugen, dem gemeinsamen Kaurhythmus, dem Drang, der uns alle vereint, wenn auch zu verschiedenen Zeiten und mit verschiedenen Heilungsaussichten und Gegenanzeigen.
Da hängt Lee jetzt, mit einem Arm an der Oberkante des Oberlichts, wie ein Affe, starrt auf die Straße unter dem Krankenhaus, versucht, Straßen wiederzuerkennen, die er bis vor ein paar Jahren auch entlanggezogen ist. Aber viele verschiedene Städte geraten ihm durcheinander, die da, das ist doch die Straße der achtzehnjährigen Rucksackdichter, und da, das sind die Straßen des Südens, auf denen er geträumt hat vom Freitod auf den Klippen, einem Sturz in Zeitlupe, und die da, die mit den reglosen großen Bäumen, das ist die Allee zur Kaserne, Alpträume wie bei einer Lungenentzündung, und da hinten, unterhalb der roten Türme, das ist die Straße, auf der eines Tages alles explodiert ist, im März, aber wettermäßig war's wie Winter und eine Puppe hat gebrannt vor einem Laden mit Brautmoden und wir sind gerannt um sie zu löschen und haben geschrien: Das ist ein Genosse, das ist ein Genosse, und nachher mußten wir lachen und wußten nicht sollen wir lachen oder einen durchziehen oder die Fliege machen wie an dem Tag im Krankenhaus zwischen den Gärten mit den gepflegten Rosen und dreimal hast du die Fliege gemacht und jetzt denken sie alle sie haben dich, mit ihren Schlägen und ihrer Dunkelheit und ihrem Lobotoprazenex.

»Lee, jetzt ist's genug, komm wieder runter«, sagt der Arzt und unterstreicht seine Zugehörigkeit zum Ärztestand dadurch, daß er alle fünf Kugelschreiber in seiner Brusttasche auf einmal umfaßt.

Lee kommt aber nicht runter. Er fängt an zu weinen. Er weint immer, bevor er weiß warum. Zwei andere Patienten kommen näher, der eine sieht aus wie ein lachender Frosch, der andere deutet auf Lee mit einer imposanten Geste der Wertschätzung, und blickt den Pfleger an, als wollte er ihn auf ein Fresko an der Decke aufmerksam machen. Aus einer anderen Station ertönt ein Schrei, dann das Geräusch von zerbrechendem Glas. Lee zittert.

»Ich geh die andern holen«, sagt Rocco.

»Warte noch«, sagt der Arzt. Zündet sich eine Zigarette an. Sieht nach oben auf den Körper, der im Leeren schwebt. Lee schaukelt weiter.

Vor Jahren hieß sein liebster Freund Leo; mager war er, und eine dichte Mähne hatte er. Alle beide hatten sie den Kopf verloren wegen eines Mädchens namens Luzi. Zuerst hatte Luzi Lee lieber gemocht, Lee und sein Geheimnis. Dann war sie umgeschwenkt auf Leo und seine noch geheimnisvollere Lustigkeit. Lee hatte Leo eine ganze Nacht lang gehaßt und überlegt, wie er ihn umbringen könnte. Am nächsten Morgen war er aufgewacht und glücklich gewesen über die Liebe der beiden. Das war einer der Gründe, weshalb man anfing, ihn für verrückt zu halten. Eines Abends war es lausig kalt gewesen unter den Arkaden der Universität, es regnete, und sie standen in einer Telephonzelle, die sie umgetauft hatten zu Seilbahn Allais, und sie betrachteten die Fenster ringsum und dachten sich ein Gesetz aus, nach dem alle Leute in die Wohnungen von allen Leuten durften, und niemand würde etwas dagegen haben oder sich auch nur wundern. Sie nannten es das Dekret zur Beglückung und Seligsprechung des Eindringlings oder das Gesetz über die Syntropie der Nächtlichen Visite. Auch auf der Straße sollte man leben dürfen, bei Kälte allerdings? Revolutionäre Mandeln sind empfindlich. Hast du mal gesehen, wie manche Penner sich mit Zeitungen zudecken? Sehen aus wie eingewickelte Krippenfiguren. Nie 'ne Krippe gebaut? Lügner.

Dann taucht die Polizei auf. Kam damals oft vor, in der Gegend. Die Papiere wollten sie sehen, Liviano alias Lee, dich kennen wir, du bist doch der Schläger, der mit der chinesischen Kampftechnik, na, dann wollen wir mal dafür sorgen, daß dir das Gesicht schwillt, damit du auch richtig chinesische Augen kriegst. Laß mal sehen, sagte Lee, wie er das immer tat, denn in Träumen wartet man nicht, und Leo hielt ihn fest und Luzi schrie und es konnte gar nicht anders enden als so, Lee warum bezeichnest du so viele Dinge als ungerecht, das Leben ist eine einzige Ungerechtigkeit, komm runter Lee los komm da runter, nein, zu viele Dinge passieren in Träumen und zwar sofort und zu wenige auf der Erde, deshalb die Träume, und deshalb brenne ich hier oben und will zuhören, so reden die Gegenstände an den zerfressenen Rändern, in der Patina der Zeit, so kamen die Leute auf den Bahnsteig und der Zug war in die Luft geflogen aber es war als ob sie sich entschuldigten, bitte bringt uns nach Hause, mit dem kaputten Koffer und einem komischen Strich aus Blut auf der Nase, Lee spiel nicht den Helden: Komm nach Hause mit uns, komm runter.

»Komm da jetzt runter verdammte Scheiße Lee oder wir holen dich mit dem Kaltwasserschlauch da weg.«

Ihr kommt nicht wieder nach Hause Freunde. Auf euch warten bloß ihre Tore ihre Hochsicherheitstrakte ihre hochnormalen Waffen ihre schwarzverglasten Banken ihr Sumpf und Filz und keine Spur von Leben, das ist kein Leben, wer sagt man muß sich retten um jeden Preis?

»Holt die anderen!«

Mir bleibt nur dies, Meister, diese Würde, so gering und doch genug, daß sie die Augen niederschlagen, und dies ist der Weg, Meister, auf dem ich am Ende die Sanftmut nicht mehr fand, die du gelehrt. Und wer kämpft jetzt gegen die Beleidigungen, die denen angetan werden, die sich nicht verteidigen können, gegen den Befehl an den verängstigten Soldaten und für den ausgelöschten oder verhöhnten Schmerz, Schweine Knechte von Knechten Mörder jedesmal wenn ihr zynisch seid sprecht ihr von Realismus, und ihr seid egoistisch und das nennt ihr dann wohl gesunden Menschenverstand und ihr trieft vor Empörung über anderswo begangene Verbrechen während ihr eure eigenen Tag für Tag sorgfältig durchzieht, Gottseidank töte ich und fühl nichts mehr, aber ich fühle alles und also ist dies hier mein dunkler Weg, in Ordnung wenn ihr mir das antut aber nicht Leo, das durftet ihr nicht, und Luzi auch nicht, seht ihr nicht den Riß in der Mauer die Figuren im Staub das kann man doch gar nicht aushalten alles, Gott Gott was bist du fern von mir Gott, so kann man jemanden nicht umbringen, sowas verändert die Welt, für immer.

»Komm da jetzt runter Lee sonst holen wir dich mit dem Gewehr da weg verdammte Scheiße!«

Und Lee kam da runter und weinte, weil er verstanden hatte, was ihn verstört hatte an jenem Tag und in der Nacht davor, er kam da runter und streckte sich aufs Bett und weinte. Er fühlte nicht einmal mehr, wie die Infusionsnadel eindrang, und aller Schmerz der Welt war geringer als das, was er da gefühlt hatte, und das war, daß in eben diesem Augenblick sein Freund Leo gestorben war, ermordet worden war.

Das herrschaftliche Apartmenthaus Bessico liegt am Ende der gleichnamigen Straße, die leicht nach oben führt, abgeschottet von der Welt durch ein scheinwerferbewehrtes grimmiges Tor, durch das man über einen sauber kopfsteingepflasterten Weg und durch einen etwas synthetischen Garten zu ein paar soliden Garagen gelangt. Der vierstöckige Wohnkomplex mit seinen Fensterrahmenpanzern aus Stahl und seiner weißen Klinkerrüstung wirkt eher wie ein Riesenklo oder wie Fort Alamo oder kurz gesagt und insgesamt wie ein atomsicherer Stundenhotelbunker. Auf der Fahrt hierher befinden sich einige Polizeiwannen, die ihrer Geschwindigkeit halber Panther genannt werden. Auf einem dieser Panther reitet Inspektor Portius, trotz des dichten Haarwuchses in seiner Nase durchaus ein Beau. Gelenkt vom fachkundigen Pantherführer Mancuso trifft Portius jetzt – übrigens in heller Aufregung über einen Gedanken, den wir weiter unten enthüllen werden – auf der Szene ein, und dieselbe stellt sich ihm als äußerst personalintensiv dar.
Allen voran haben wir da einen jungen Mann mit fuchsroten langen Haaren, der auf dem Rasen liegt, bäuchlings, Beine breit, der Kopf zerschmettert von einem Gewehrschuß. Um ihn herum maßnehmende Beamte. Ein Photograph mit Windjacke, teilnahmslos Filmrollen verknipsend. Auch einen Journalisten gibt es (bekanntes Gesicht), mir orangeroter Weste und Notizbuch, Werbegabe eines Elektronikkongresses. Des weiteren wird die Szene beobachtet von zirka achtzig Zivilistenaugen. Wir erwähnen hier nur die bedeutendsten, und zwar von oben nach unten. Aus dem vierten Stock gucken die einzelnen Vertreter der Videostar Filmproduktion, einer insgesamt mysteriösen Firma, was Kapitaldecke, gesellschaftliche Zwecke sowie tatsächliches Produktionsaufkommen betrifft. Es handelt sich um sechs übermüdete Augen, die sich daraus erklären, daß in dieser Branche überwiegend bei Kunstlicht gearbeitet wird.

Im dritten Stock haben wir Madame Varzi; sie besitzt Bekleidungsgeschäfte und wurde von den Ereignissen offensichtlich mitten in ihren täglichen Restaurationsarbeiten überrascht, deshalb zeigt sie ein noch zur Hälfte mit einer Gurkenschönheitsmaske bestrichenes, zur anderen Hälfte bereits mit Wimperntusche skizziertes Gesicht. Madame Varzi hat eine gewisse Ähnlichkeit mit Bette Davis in deren Jugendjahren (den Hinweis auf diese Altersgruppe fügt Madame Varzi selbst stets dazu) und beobachtet die Szene gespannt und mittels ihres einen gurkenfreien Auges.

Im zweiten Stock steht der enorm bebrillte Herr Bankdirektor Lemur, der mit allem nichts zu tun haben noch gesehen werden noch überhaupt in Existenz treten möchte und tatsächlich auch verschwindet, sobald der Inspektor erscheint.

Im ersten Stock bewirkt die Szene Reflexe auf der verspiegelten Brille von Nanni Nachteule, einem bärtigen Photographen, der im Nachtleben der Stadt seinem Namen alle Ehren zu machen versucht. Er trägt einen augenfälligen, scheußlich bunten Morgenrock und lächelt, denn in seinen Kreisen wird stets gelächelt, sobald Gesellschaft da ist. Überaus charmant lehnt er sich aus dem Fenster und fragt Madame Varzi: »Was gibt's denn hier?«

»Einen Toten.«

»O là là.«

Dann geht er wieder schlafen.

Ebenfalls im ersten Stock zu erkennen ist der Kaufmann Edgar Zecke samt Frau und Sohn und Hund, allesamt mit ihren gut gepolsterten Gesäßen hinterm Fenster und allesamt ziemlich besorgt. Edgar, weil er Autoritäten in jeder Form fürchtet, Verkehrs- wie Kriminalpolizisten, Pfarrer wie Fahrkartenverkäufer; seine Gattin, weil sie zerrüttete Nerven hat und kein Geräusch verträgt und das Geballere bei ihr Herzrasen von einhundertdreißig Schlägen in der Minute ausgelöst hat; der Sohn, weil er

unter solchen Umständen gewöhnlich vermöbelt wird; und der Hund, weil, falls nicht gerade der Sohn vermöbelt wird, er vermöbelt wird. Wenn wir uns jetzt ins Erdgeschoß begeben wollen, sehen wir die Hauswartsche Hannelore Hämisch samt ihrem Sohn Wiking Friederich, Mitglied beim SC Stark Schön & Ganz; beide befinden sich derzeit auf dem Prüfstand der Ermittlungen. Hannelore hatte es mitten in den Arbeiten an einer Fleischbrühe aus der Kanzel gefegt, von der aus sie die Versorgungssysteme des Apartmenthauses befehligt; sie trägt noch ihre Dienstschürze. Frieder war gerade beim Rasieren und erscheint mit eingeseiftem Kinn.
Und last but not least kommt bewaffnet mit einer Pistole Rambo III. vom ersten Stock heruntergepoltert, genauer gesagt der Bürger-, Edel- sowie Geschäftsmann Sandri. Seine Zornesstimme übertönt alles, er erteilt Befehle und raucht und flucht und betrachtet die Leiche, als ob er sie auf der Stelle verbrennen wollte. An seinen Flanken plärren seine Söhne Rambo IV. und Rambo V.
Grübelnd mitten drin steht Inspektor Portius, auf dessen Sonnen- und Schattenseiten wir demnächst eingehen werden. Der Schuß, so erläutert ein Herr Dr. Sicherung-Vonderspur, kam erstens von einem Balkon und zweitens aus einem großen Jagdgewehr. Der Inspektor durchsucht die Tasche mit den Sportsachen des Opfers und grübelt weiter angestrengt. Dann wollen wir mal sein Geheimnis enttarnen: Der Gedanke, der ihn derart anstrengt, ist: *Vier senkrecht Fluß in Eritrea mit fünf Buchstaben.* Jawohl, das war's: Der Inspektor hatte über einem Kreuzworträtsel gesessen, als der Anruf kam. Damit wollen wir nun zwar keineswegs behaupten, er sei etwa nicht berufsmäßig Mitwirkender am Geschehen, ganz im Gegenteil. Der Fluß allerdings tost ihm, trotz all seiner Mühen, ebenfalls weiter durch den Kopf.
»Nehmen Sie Durchsuchungen vor?« fragt der Journalist.

»Jawohl«, antwortet der Kommissar.
»Und wo fangen Sie an?«
Da es sich bekanntlich um eine senkrechte Frage handelt, oben. Fünf Stockwerke, das Erdgeschoß mitgerechnet, der Name des Mörders fängt mit M an, er ist schwarz. Die Sonne wandert eilig weiter, um die Erwartungen nicht zu enttäuschen, nach denen ihr Untergang pünktlich um acht Uhr zu erfolgen hat. Zur selben Stunde liest Luzius Lurch seinen Lieblingsdichter, hat Luzi Angst, kommt Luchsi nach Hause. Und Leo fährt davon, in einem Krankenwagen, tot, Leo der Lustige, der Stadtteilkönig.

Erster Satz

Auf in die Stadt

Am Morgen des nächsten Tages saust Luzius Lurch an einem an Seilen geführten Metallkorb vierzig Meter in die Tiefe und tritt hinaus in die Sonne. Er setzt die Schritte, als gäbe ihm eine Harmonika den Takt vor. Die Landschaft, der er unterwegs begegnet, ist höchst abwechslungsreich. Gleich vor dem Haus empfängt ihn ein tropischer Palmenstrand, und eine angeröstete Puppe grüßt von dort. Hinter den Palmen stehend drei herrliche Lichtmasten auf einem Unkrautfeld, danach erklimmt man einen schneebedeckten Gipfel, auf dem einem ein übriggebliebener Weihnachtsmann einen Magenbitter offeriert, den Luzius allerdings höflich zurückweist; er trinkt nie vor dem Mittagessen. Zurück weist er auch die Angebote verschiedener Autos, die schwören, sie seien dazu geboren, mit ihm Schritt zu halten, sowie die einer Lady in Aerobic-Trikot, die ihm versichert, ohne Joghurt siehste alt aus. So wandelt er weiter zwischen riesigen Tafeln aus Pappe, den blendenden Buntschirmen im Stadtrandgrau. Er grüßt einen Showmaster, der irgendwelche Getränke süffelt, eine bezaubernde Schönheit auf einer Matratze und einen mussolinisch-epischen Buhler in Schwarzweiß. Plötzlich bemerkt der Professor, daß die Reklamewände von einer bestimmten Stelle an mit einem seltsamen Graffito verziert sind. Da hat sich doch ein niederträchtiger primitiver Pinsel-Punk erlaubt, diese wunderbare Welt zu verunstalten. Ein Schwanz schwimmt aufgequollen im Glas des Showmasters, wieder einer richtet sich unzweideutig auf das Lächeln der bezaubernden Schönheit, ein dritter erschüttert des Buhlers Männlichkeit von hinten und noch ein weiterer (o Graus!) läßt auch das Pampers-Baby nicht ungeschoren. Verblüfft mustert der Professor das größte aller Plakate: eine riesige Tafel mit lauter internationalen Kleinkindern, die – mit Schals vollgehängt, mit Wolle rundgestopft, mit Thermoproteinen gemästet, in Overalls ersaufend – hier hängen, um sich durch den Sommer zu schwitzen. Er mustert sie sorgfältig, um herauszufinden, wieso der Pinsel-Punk dieses Fresko der universellen Liebe wohl verschont hat. Aber da entdeckt er an der Seite des letzten Kleinkindes eine Zeichnung von einem Schwanz in Schal und Mütze. Beruhigt setzt der Professor seinen Spaziergang fort. Er findet ein paar Großstadtpflanzen im Asphalt; mit denen kennt er sich aus. Neben der bereits bekannten Hausgeranie haben wir da die perforierende Periskop-Margerite, die sich auch durch Straßenbelag bohrt, den Fallschirm-Radicchio, dessen Samen kühne Absprung- und Landemanöver machen und deshalb an die unglaublichsten Orte gelangen, sowie die gemeine Snifferalia Tankstellia, die ausschließlich an Zapfsäulen gedeiht. Luzius Lurch läßt eine mitgehen und schnuppert am Benzpyren-Bukett. Dann wirbelt er südwestwindig südöstlich weiter in Richtung auf einen Ausschank für Heiß- und Kaltgetränke, dessen Name von einem Kaffee stammt, dessen Name von einem Land stammt, dessen Name von einem antiken Volk stammt. Die Mexiko-Bar.

Sie ist um diese Zeit gefüllt mit verschiedenen Rittern vor und einer Dame hinter der Theke; sie heißt Alice. Alice sitzt hinter einer elektronischen Apparatur, welche – wenn man die Finger über ihre Tasten hüpfen läßt wie über ein Cembalo – unendliche Variationen zum Thema Konsum- und Verzehrmusik von sich gibt, und dazu rezitiert Alices Alt:

»... Zweiachtzig ...«

»... Danke sechs ...«
»... wenn Sie vielleicht zwanzig klein ...«
»... Ein großer Schein jehohjeh ich kann nicht rausgeben ...«
»... auf Wiedersehen der Herr ...«
Es gibt noch andere elektronische Apparaturen, anhand derer jugendliche Krieger ihre Reflexe trainieren, indem sie Raumschiffe in Krümel hauen und sich so auf eine feindliche Invasion vorbereiten. Um diese Zeit sind die kosmischen Schützengräben allerdings verwaist, denn die anwesende Ritterschaft gehört zur eher fortgeschrittenen Altersgruppe.
Luzius Lurch tritt ein, grüßt einen ersten Tisch, an dem vier Kartenspieler sitzen, stolz geschichtsgetränkte Karten auffächern und mit gutmütigen Schreien auf den Tisch knallen und in Rage geraten, falls irgendjemand, namentlich der Spielpartner, die rituelle Harmonielehre nicht achtet. An einem anderen Tisch sitzt reglos ein Mann in der Pose des Krieges Geronimo. An einem dritten diskutieren zwei Männer über Fußball und die antagonistischen Imperialismen. Der Tisch jedoch, auf den der Lurch, nachdem er mit einem eleganten Zickzackschwung des Unterkiefers Alice begrüßt hat, zusteuert, steht ganz hinten, in dem Winkel, der kleinen Angeberecke mit den Pokalen und den Erinnerungsphotos von lokalen Angelwettbewerben und Fußballmeisterschaften, legendären Auftritten von goldenen Karpfen und wie Inkas gefiederten Fasanen.
Hier sitzen vier Tiere mit heiteren Mienen.
An der Wand reckt Gustaf Giraffe seinen langen Hals, an dessen Gipfel sich sowohl ein Gesichtsausdruck als auch eine Zigarre befinden, in die Stratosphäre. Der Hals ragt aus einem recht sauberen hellblauen Hemd samt Schlips und Anzug in einem Dunkelblau aus Cimabues Palette; leicht glänzende Ellbogen verraten zwar sein Alter, aber ansonsten ist der Anzug hervorragend erhalten. Giraffe

ist immer tiptop gekleidet, denn er möchte niemandem mehr Unannehmlichkeiten machen; er lebt allein, und wenn er mal stirbt, soll ihn niemand anziehen müssen. Dann legt er sich einfach hin mit Schlips und allem, fix und fertig für die Beerdigung. Derzeit verbindet ihn mit dem Leben nur ein Winkel von neunzig Grad.

Elmar Elephant ist dank jahrewährender Erfahrung mit Kohlehydraten sehr umfangreich; er war lange Zeit Schlachter und kennt alle Spielarten jenes Materials, das für die äußere Erscheinung unseres Körpers sorgt, die roten Fasern, die geschlachtetem Vieh und gemetzelten Soldaten gleichermaßen zu eigen sind und die uns inzwischen kaum noch beeindrucken, wenn sie plötzlich auftauchen, etwa bei Verkehrsunfällen oder im Roastbeef, und die auch wir selbst unter der Haut haben, obwohl wir natürlich vor allem aus Wasser bestehen, das heißt aus Flüssigkeiten, im Fall des Elephanten übrigens aus eindeutig weinhaltigen.

In der Tat verfügt Elmar Elephant oberhalb seiner hundertdreißig Kilo besten Hackfleischs über ein Gesicht und in der Mitte desselben über eine Vorrichtung, die automatisch aufleuchtet, sobald der Flüssigkeitspegel auf Voll steht. Diese Vorrichtung heißt Nase und glüht gegenwärtig wie eine tropische Frucht.

Auch Manfred Maulwurf neben ihm verfügt über einen Gesichtsausdruck, hält den jedoch von der Welt isoliert mittels zweier schwarzer Glasstücke, die von einem auf seine (kleinen, runden und haarigen) Ohren geklemmten Rahmen gehalten werden. Er hat große Hände, die sehr wohl für grabende Tätigkeiten geeignet sind (er war ja auch lange Zeit Maurer), nicht dagegen für das Zusammenfalten von Zeitungen; letzteres schafft Maulwurf nur unter Anrichtung größerer Schäden an der Ordnung des Layouts und häufigen Flüchen, die er mühelos kreiert, in dem er das Personal des Katechismus mit schlichten Adjektiven oder Tiernamen oder umgangssprachlichen

Wendungen kombiniert. Daß er fast völlig blind ist, hindert ihn keineswegs am Genuß von Sonnenwärme noch an der Erbeutung von Karo-Siebenen. Vor allem hindert es ihn nicht an der Entdeckung von Raumschiffen; in einundzwanzigfacher Form hat er sie bereits gesehen, und zwar sowohl mit fester Equipage als auch mit gallertartiger.

Das vierte Tier, das mehr Platz in der Handlung einnehmen wird als die anderen, ist Humbert Hummer. Hummern wächst, wie manch einer wohl weiß, eine im Kampf eingebüßte Schere wieder nach. Und so war es auch bei Humbert, nachdem eines Tages eine deutsche Maschine, die er jahrelang in der Fabrik gezähmt hatte, rebellierte und ihm den Arm vom Ellbogen an abwärts ausriß. Dieser Zwischenfall wurde in einem ersten Anlauf Betriebsunfall genannt; dann erlebte er einen Aufstieg zur mörderischen Gewalttätigkeit des Kapitals und ein paar Jahre später den Abstieg zum notwendigen Opfer in einer Phase der Umgestaltung, um schließlich ganz in den Keller zu gehen, als Störung des Produktionsrhythmus. Was für den Hummer bei all dem herauskam, waren eine Rente, letzten Endes ungehört verhallte Klagen sowie – dank einer Kollekte seiner Fabrikgenossen – ein mechanischer Aluminiumarm für rein ornamentale Zwecke, denn beweglich war er nicht, aber nützlich, wenn man ihn mit dem anderen Arm kombinierte, zu allgemeingebräuchlichen oder exorzistischen Gesten sowie auch zu gerontorobotischen Masturbationen. Mit dieser Schere raucht Hummer, indem er die Zigarette zwischen die beiden mechanischen Finger klemmt; und manchmal raucht er sie ganz auf, ohne jede Angst sich zu verbrennen. Er gebraucht die Schere außerdem zum Hervorholen der Brieftasche und zum weiteren Umgang mit ihr, Operationen, die in langen Schlangen um alte Leute herum Spannungen, Mordgelüste und Vernichtungswünsche aufkommen lassen, und die anständige Men-

schen dann sofort wieder bereuen, sobald sie selbst am Schalter sind.
Luzius ging zielstrebig auf die vier Freunde zu, denn jemanden, der anregende Debatten über Fußball und Weißtdunochfrüher unterbricht zugunsten der von Luzius bevorzugten Themen, als da sind: Bakterien, die Idee des endgültigen Anfangs und die Ethik insgesamt, so jemanden kann man nur als Freund bezeichnen. Die Freunde aber grüßten ihn nicht wie üblich mit komplizenhaftem Lächeln, sondern mit traurigen Mienen, zweifelnd, fragend. Warum?
»Lies die Zeitung«, sagte der Elephant.
Der *Demokrat* lag mit aufgeschlagenem Mittelteil auf der Eistruhe, sämtliche Angebote zum Zugreifen und der ganze Wahrheitsdurst für einszehn, großzügig offeriert von den am wenigsten in Verlegenheit zu bringenden Verlegern und den seichtesten Lügnern seit Kriegsende. Da, zwischen einem Pelzschlußverkauf und einem übergemangelten Motorradfahrer, prangte ein kleines Photo, das bestimmt mit drei Geschwistern gleichzeitig in einem Automaten auf einem U-Bahnhof zur Welt gekommen war.

Junger Mann erschossen

Der einundzwanzigjährige Leo Löwe wurde gestern abend gegen 19.00 Uhr von der Hauswartin im Garten eines Apartmenthauses in der Bessicostraße Nr. 21 tot aufgefunden. Nach ersten Zeugenaussagen . . .

Die Hauswartin

»Ich bin raus weil ich den Schuß gehört hab, Bumm, also es kann auch Bang gewesen sein, da bin ich mir nicht

sicher. Jedenfalls seh ich den armen Kerl da mit seinem zermanschten Kopp, so eine Schandtat Jesses nee, nie wieder, ich dachte, der lebt ja noch, der hat die Füße bewegt, hat doch um sich getreten wie die Hunde, seh ich doch immer wenn die unters Auto kommen wenn sie plötzlich durch 'n Zaun schießen und die Autos sehen die nicht und dann machts auch immer Bumm. Oder Bang.«
»Haben Sie nicht nach oben geguckt? Haben Sie gesehen, woher der Schuß kam?«
»Ich weiß von nix, alle hingen sie am Fenster und gafften nach diesem Bumm, ich weiß bloß hier im Haus war nie was und ich bin jetzt zwanzig Jahre Hauswart hier, nicht mal 'n Einbruch, bloß einmal haben sie versucht eine Garage zu knacken, aber da ist gleich die Sirene los, wir sind ja hier voll alarmgerüstet, deutsch, überall, zwecks der Bewohner hier, lauter gute Berufe, Leute in Positionen, unbescholtene Leute, weiß gar nicht warum so ein Bursche ausgerechnet hierherkommen muß zum Sterben, so eine Schandtat Jesses nee, nie wieder, ich bin gleich nach dem Bumm rein und hab Frieder-ich gerufen: Frieder-ich ist mein Sohn, mein Mann liegt im Krankenhaus, mit Arterien, ich bin allein hier und hab Assmah, ich sage Frieder-ich da liegt ein toter Junge im Garten, und er sagt, das ist ein Drogenheini paß mal auf, der steht gleich wieder auf, weil die kommen hier manchmal übern Zaun und dann finden wir morgens die Spritzen, aber ich sage, Frieder-ich der hat 'n kaputten Kopp, außerdem hab ich Bumm gehört, ruf die Polizei hab ich gesagt, aber mein dickfelliger Sohn: Das ist ein Drogenheini, der steht gleich wieder auf, ich mußte selber die Polizei rufen, Jesses nee, nie wieder, in zwanzig Jahren, seit zwei Stunden schrubbe ich hier schon das Blut weg und das geht nie wieder ab, da bleibt ein Fleck nach, für immer, der arme Junge was wohl seine Mutter wenn er eine hat.«

Das Opfer war nicht vorbestraft. Mit den Ermittlungen wurde Inspektor Portius beauftragt. Nach ersten Vermutungen ist der junge Mann möglicherweise in räuberischer Absicht in den Garten eingedrungen und wurde dort von einem Anwohner beobachtet, was zu dieser unverhältnismäßigen Reaktion führte. Andererseits besteht auch der Verdacht, es könnte sich um die Begleichung einer Rechnung innerhalb der Drogenszene gehandelt haben. Die Polizei hat verschiedene Wohnungen durchsucht. Der Schuß kam offenbar von einem der Balkons, und zwar aus einem Jagdgewehr mit großem Kaliber; die genaue Größe des Kalibers ist noch nicht bekannt. Das gesamte Viertel, eines der elegantesten unserer Stadt, steht unter Schock. Erst im vergangenen Monat war eienr Dame die Handtasche entrissen und sie selbst zu Boden geworfen worden; die mutmaßlichen Jugendlichen konnten auf einem Moped entkommen. Unser Frieden ist hin, sagt eine Dame aus dem Haus, die ungenannt bleiben möchte.

Sandri

»Meine Frau möchte ungenannt bleiben, ich nicht. Ich erkläre hiermit ohne Wenn und Aber, ich habe ein ordnungsgemäß angemeldetes Gewehr sowie sechs Pistolen im Haus. Ich habe davon diesmal keinen Gebrauch gemacht, und ich sage nicht, derjenige, der das getan hat, hat ein gutes Werk getan: Aber wenn die glauben, sie könnten hier so einfach in unsere Häuser und in den Garten ...«
»Wer?«
»Lassen Sie mich ausreden. Wenn die glauben, sie könnten hier einfach Autoscheiben einschmeißen (sechsmal letztes Jahr, sechsmal) und auf den Wänden herumschmieren und Dreck machen und Handtaschen wegreißen und sich die

Arme zerstochern und uns die Pistole auf die Brust setzen, dann kann ich nur sagen, die Zeiten sind vorbei, die Leute hier haben gelernt, sich selbst zu schützen, und wenn die glauben ...«
»Wer?«
»Wir wollen Frieden, über dreißig Riesen haben wir hingeblättert, bloß für die Alarmanlage, hier kommt nur der rein, der hier auch wohnt, und ich habe zwei Söhne im selben Alter wie der junge Mann da, aber die werden nicht so enden, lieber erschieße ich die selbst von einem Ohr zum anderen, damit sie es ein für allemal begreifen. Hab ich recht, Herr Inspektor?«
»Dies ist kein Land, in dem man sich sein Recht im Alleingang verschafft«, sagt der Inspektor. Und überlegt: im Gruppengang auch nicht.
Sandri ist nicht zufrieden, er baut sich neben Chamäleon auf und flüstert: »Gewisse Leute enden, wie sie enden müssen. Aber das schreiben Sie nicht!«
»Kannten Sie den jungen Mann?«
Das kann man wohl sagen, denkt Luzius Lurch. Der lustige Leo war einer meiner nettesten Schüler. Nicht gerade ein Ausbund an Benehmen: Gewohnheitsmäßig Löcher in Schulbänke geschnitzt hat er und geschwänzt, besonders in den Frühjahrsmonaten. Aber intelligent war er und neugierig. Hat sich sehr für meine Theorien über die Bakterien interessiert. Ich weiß noch, wie er es in Prüfungen auf teuflische Weise hingekriegt hat, das Gespräch von Carduccis »Ode an das Piemont« umzulenken auf die Gewohnheiten der Gamsböcke. Schrieb eine glasklare Handschrift, aber mit Grammatikfehlern. Liebte es, sich in Konditionalsätzen zu winden, und hat sich oft darin verheddert.
»War doch der Freund von Luzi«, seufzte Alice an ihrer Kasse.
»Richtige Ansichten, bißchen extremistisch, aber gerecht«, sagte der Hummer.

»Ein großer Mittelstürmer mit sehr elastischen Waden«, sagte der Elephant.
»So einen bringt man doch nicht um«, sagte der Maulwurf, »nicht mal auf Scheußlius, und das ist der grausamste Planet auf der ganzen Milchstraße.«
Die untröstliche Giraffe schüttelte den Kopf einen Meter nach rechts und einen Meter nach links.
Luizius hört nicht hin. Da denkt man nun Monat für Monat an den Tod und entwirft Theorien über den endgültigen Anfang, für sich allein oder mit einem Kanarienschüler. Und wen erwischt's? Nicht einen selbst, sondern Leo, Leo den Lustigen. Funere mersit acerbo, wen die Götter lieben, den lassen sie jung sterben, ein Scheißdreck, Herr Professor. Wie können die solche Fehler machen, das Schicksal, das Höchste Wesen, der Zufall, die Parzen, der Possenreißende Gott?
»Jemand muß mit mir mitkommen«, sagt Luzius schließlich resolut.
»Um was zu machen?« fragt der Elephant, inquisitorisch.
»Wir fahren in die Bessicostraße.«
»Um was zu machen?« fragt der Elephant, inquisitorisch und konkret.
»Wir fahren zu dem Haus und fragen, wie es passiert ist. Man muß doch etwas machen.«
»Was machen?« fragt der Elephant, inquisitorisch und konkret und konsequent.
»Wir brauchen Wissen, Wissen, Wissen«, sagt Luzius und stellt fest, daß er einen – womöglich dank der pulsierenden Bewegungen sogar sichtbaren – Kloß im Hals hat.
»Ich komme mit«, sagt der Hummer und hebt die Schere zum Schwur.
Im Keller von Berg Drei scharrt die treue Bice schon. Sie ist eine graue Drahteselin von zweiundzwanzig Jahren. Sie erbebt, kaum daß sie die Schritte ihres Herrn hört.

Luzius' Füße gleiten ungewohnt energisch in die Steigbügel.
»Wo geht's denn hin?« fragt Bice.
»Quer durch die ganze Stadt.«
»Hurra!«
»Wir müssen uns beeilen. Flieg wie ein Telegramm, o Vers.«
»Von wem ist das denn?«
»Vom großen Majakowski, gestorben mit neununddreißig Jahren.«
»Nahezu wie Thurau«, lautet Bices Kommentar.
»Fahren wir?«
»Fahren wir.«
Gleich vor dem Keller warten Humbert und Atala, das schwarze Damenschlachtroß. Die vier entschwinden in Kürze dem Blick, wobei ihnen zugutekommt, daß die Straße leicht bergab führt.
Bereits in die nähere Umgebung der Bessicostraße vorgedrungen ist das Duo Luchsi-Häschen. Als Luchsi das Photo in der Zeitung sah, hat er es nicht glauben wollen. Er konnte sich Leo zwar durchaus als Photo vorstellen, auf so einem Bildchen mit dem Milan-Trikot. Aber dieses Schwarzweiß-Photo mit dieser Überschrift, das kann nicht wahr sein, da muß man selbst hin und nachgucken, daß es wirklich nicht wahr ist. Also wandert Luchsi quer durch die ganze Stadt. Im Schlepptau sein Freund Hase, der nie aus seinem Kiez herausgekommen ist und infolgedessen ständig um sich guckt, als schipperte er in einem Kanu den Amazonas entlang. Luchsi spricht von der Höhe seines einen Meters vierzig herab Passanten an.
»Entschuldigung – Bessicostraße?«
Und niemand verweigert ihm langwierige Erklärungen. Währenddessen steht Hase abseits und massiert sich die Pfoten. Sie sind seit nunmehr zwei Stunden unterwegs.

»Bitte, bleib doch mal stehen«, jammert Hase, »ich muß mal pinkeln.«
»Mach's doch hier.«
»Nein, hier nicht.«
»Dann mach dich voll.«
(Die Geschwindigkeit eines Guerillatrupps wird nicht vom schnellsten Soldaten vorgegeben, sondern vom langsamsten: Luchsi hält sich an Che Guevara.)
Hase verschwindet im Unterholz, genauer gesagt, in einer Myrtenhecke, die die Tische eines Freiluft-Lokals rahmt. Er besprenkelt überreichlich die Grundfesten der Pizzeria O Sole Mio. Die Operation wird mit Interesse verfolgt, von einem Schutzmann auf einem Motorrad nämlich.
»Heh du!«
Hase flüchtet und hinterläßt eine gesprenkelte Spur von zirka fünfzig Metern.
»Ich will nach Hause«, jault er, während er sich die Hose wieder zuknöpft.
Luchsi sitzt auf einem Müllkasten wie ein Feldherr auf seinem Roß und gibt keine Antwort. Er studiert den Stadtplan, den er der väterlichen Ausrüstung entzogen hat.
»Wir sind am Cadornaplatz. Wir sind ganz nah dran.«
»Wo steht Cadornaplatz?«
»Da ist doch das Denkmal, siehst du nicht?«
»Woher weißt du, daß das Cadorna ist?«
»Er hat doch den Säbel.«
»Das ist kein Säbel, das ist ein Stock.«
»Die stellen doch keine Denkmäler für Leute mit 'nem Stock auf.«
»Aber ein Säbel ist das auch nicht.«
»Arsch offen.«
»Wir sind gar nicht auf dem Cadornaplatz.«
»Sind wir wohl.«
»Du weißt ja nicht mal, wer Cadorna war.«

»Doch. Einer, der einen berühmten Rückzug gemacht hat.«
»Die bauen keine Denkmäler für Leute auf'm Rückzug.«
»Er ist ja auch wieder zurückgekommen und hat gesiegt.«
»Das hast du dir ausgedacht.«
»Arsch offen.«
»Ich will nach Hause.«
»Geh doch, wenn du's schaffst.«
»Ich nehme mir'n Taxi.«
»Traust du dir nie.«
»Trau ich mir wohl.«
»Also los, halt das an da.«
»Das fährt zu schnell.«
»Tolle Ausrede.«
»Arsch offen.«
»Selber.«
»Laß uns nach Hause.«
»Dir ist wirklich alles scheißegal, du bist wirklich ein Angsthase. Wir müssen rauskriegen, wer Leo umgebracht hat.«
»Dafür gibt's die Polizei.«
»Die Polizei findet immer bloß Indizien, den Mörder findet am Ende immer der Detektiv. Die Polizei kommt sowieso erst im letzten Moment dazwischen, wenn der Detektiv in der Scheiße steckt.«
»Ach Quatsch!«
»Oft steckt sie sogar unter einem Hut mit dem Mörder.«
»Das stimmt.«
»Also dann los.«
»Nein. Meine Eltern sagen, ich darf nicht allein in die Stadt.«
»Du bist ein beschissener Zinnsoldat.«
»Wieso das denn?«
»Weil du auch keine Füße hast. Du hast Sockel mit Grünzeug unten dran, wie die Zinnsoldaten. Du kannst dich

nicht selber bewegen, du bewegst dich bloß, wenn dich einer nimmt und woanders hinstellt. Wenn dich einer umkippt, bist du tot, und wenn einer Bumm sagt, dann schießt du.«

»Stimmt gar nicht.«

»Doch, kuck doch mal unter deine Schuhe, du Feigling! Da wächst schon richtig ein kleiner Sockel.«

»Ich gehe, wohin ich will.«

»Also dann los.«

Sie gehen weiter.

»Ich weiß, wer ihn umgebracht haben könnte«, sagt Hase.

»Geh weiter.«

»Das war Juventus.«

»Geh weiter, Hase.«

»Juventus kann es nämlich nicht verknusen, wenn tolle Fußballspieler nicht für Juventus spielen... Und weil Leo so toll war und die das gewußt haben...«

»Geh weiter.«

»Ein Killer hat auf dem Balkon gelauert, bis Leo wie jeden Tag vorbeikam...«

»Leo ist da nicht jeden Tag vorbeigekommen.«

»Nee?«

»Er ist überhaupt nie in dieses Viertel gegangen.«

»Und warum dann jetzt?«

»Das werden wir herausfinden.«

»Und dann?«

»Wir sind in der Bessicostraße. Siehste, Hase?«

Es fügte sich, daß Herr Sandri, just während er aus den dreiunddreißig natürlichen Graden Celsius hinüberwechselte in die sechzehn air-conditionierten seines bleigrauen FIAT-Pottwal – der beiden Jungen vor dem Apartmenthaus ansichtig wurde.

»Was wollt ihr da?« brüllt er. Er schrie immer, egal, was er sagte.

Anläßlich dieser Stimme verdrückt sich Hase in allerha-

senfüßigster Geschwindigkeit und machte Luchsis folgenden Plural hinfällig.
»Wir wollen mal gucken.«
Sandri sah ihn zornig an. Die Hauswartsche kam aus ihrer Kommandozentrale. Aus den Fenstern äugten sechsundzwanzig neugierige Augen, sehr viel weniger zwar als während der Räumungsarbeiten an der Leiche, aber doch sehr viel mehr als der Tagesdurchschnitt.
»Haben sie hier Leo umgebracht?« fragt Luchsi.
»Was geht dich das an?«
»Und was regen Sie sich so auf?«
Sandri überlegt, wenn er diesem Knirps hier jetzt eine Ohrfeige verpaßt, dann wäre das nur der Startschuß für weitere Zeitungsprosa. Er setzt sein benzinfressendes Ungetüm in Gang, dessen Krach seinen Zorn sehr schön zum Ausdruck bringt.
Verdammte Bengel, denkt er. Demnächst haben wir hier täglich eine Prozession. Und fährt davon, mit quietschenden Reifen und viel Gas und im Schleudergang.
Hannelore Hämisch erscheint mit dem Besen in der Hand, ohne gewalttätige Absichten allerdings, einfach, weil der Besen in ihrer Hand demonstriert, daß sie hier die Hauswartsche ist.
»Wo ist es denn passiert?«
»Das ist doch nichts für kleine Jungs«, seufzt Hannelore Hämisch. »Laß mal gut sein, Kleiner, geh...«
Überraschend zückt Luchsi ein Notizbuch und einen Bleistift.
»Wo waren Sie zum Zeitpunkt der Tat?«
»Äh, Kleiner, laß die Witze. Ich hab schon alles erzählt bei den Poliziss und Schornaliss (ihr fehlt die Puste). Geh weg, hör auf mich! Frieder-ich! Komm mal hierher.«
»Wieviel Schüsse haben Sie gehört?«
Heraus kommt Friederich, ganz in seiner neuen Rolle als Kontaktmann für Schaulustige aufgehend.
»Heh da, Knirps, verpiß dich.«

»Arsch offen.« (Das war Luchsis Nr. 21 des heutigen Tages.)
»Ich zähl bis drei«, sagt Friederich, der Anlagen zum Mathematiker zu haben scheint.
Luchsi knallt ihm ein furzähnliches Lippenvibrato vor den Latz, das sich anhört wie eine abstürzende Concorde, und nimmt angesichts Friederichs ebenso gerechtfertigter wie männlicher Reaktion die Beine in die Hand. Obwohl sie in verschiedenen Klassen kämpfen (Friederich Oberliga, Luchsi Nachwuchs), kann er den Vorsprung von zwanzig Metern halten und verschwindet auf einem Parkplatz. Keuchend bleibt er stehen.
»Ich gehe zum *Demokrat*. Die wissen bestimmt alles.« Das erklärt er einem nicht mehr vorhandenen Hasen, denn das Hasenherz schaukelt bereits gen Heimat, chauffiert von einem mitleidigen Taxifahrer, und schwört, nie und aber nie wieder sein gemütliches Zuhause wegen irgendwelcher neuer Abenteuer zu verlassen.
»Selber schuld«, sagt Luchsi. Dann kauft er von seiner letzten Münze eine Zeitung und sucht die Adresse der Redaktion. Irgendetwas sagt ihm, daß er es schaffen kann. Bin ich ein Mann oder ein Zinnsoldat?

Der *Demokrat* nahm einen Ehrenplatz in der Altstadt ein, zwischen einer Bank und einem Kaufhaus, genau richtig, um seine Rolle als Bindeglied zwischen den Bedürfnissen des Modernen Managers und der Gewöhnlichen Leute unter Beweis zu stellen. Diese beiden Schichten verstand der *Demokrat* mit großer Autorität von Mal zu Mal neu zu erfinden, zu definieren und zu umwerben. In der Redaktion herrschte das Prinzip *open space,* das heißt, sie war ein einziger Großraum mit Trennwänden und Pflanzen und Kaffeeautomaten unter einer einzigen dräuenden und lichtintensiven Decke, die den gemeinsamen Geist dieser Firma zu symbolisieren schien. Überall in diesem *open* konnte man in demokratischer Gleichheit den Furz des Chefredakteurs wie das Gähnen des einfachen Redakteurs hören, den Rüffel wie das Lob wie das unisonore Maschinengeklapper von demütigen Sekretärinnen und *opinion leaders.*
Einzig der Herausgeber hatte ein persönliches Büro im obersten Stock. Es wurde gemunkelt, an dessen Wänden hingen echte Picassos und Mantegnas, Photos mit Widmungen von Diven und ausgestopfte Politikerköpfe. Auch traten angeblich vier Ex-Tänzerinnen aus dem Crazy Horse dort auf.
Der Journalist Carlo Chamäleon lief durch die Labyrinthe des zweiten Stocks, warf einen Blick über die Trennwände und sah, wie die Kollegen pulsierten, entsprechend ihrer jeweiligen Kompetenz und Aufgabe.
Da drüben lag der Bereich Ausland mit großen Weltkarten und galaktischen Lageplänen und kleinen Sekretärinnen vor riesengroßen Ordnern mit Spesenabrechnungen, dem Nachweis über die Aktivitäten der Korrespondenten an sämtlichen Sheraton-Fronten, in den Dschungeln von China-Restaurants, unter dem Feuer von Riesengarnelen, in den abgelegensten Wäschereien und bei vertracktesten Taxitouren.
Weiter hinten erstreckte sich der, inzwischen auf das

Zehnfache erweiterte, Bereich Mode – Großphotos an den Trennwänden, Redakteure mit gepolsterten Schultern und Redakteurinnen mit Metallic-Frisuren; daneben, vergleichsweise ungehobelt, der Bereich Sport mit bauchigen und rauchigen Redakteuren an ihren von lauter Reklamekalendern von der Oberliga und Unterliga und von Playboy überquellenden Schreibtischen.
Dahinter der Bereich Wirtschaft, das Herz der Zeitung, via Telex verbunden mit den Riesen und Zwergen und mit allem Gold dieser Welt und unter direkter Leitung (so hieß es) durch das personifizierte Eigentum, nämlich mittels dreistündlich erfolgender Telephonate mit dem Ressortleiter. Hier riefen, so wurde behauptet, Fürsten und Emire an und drohten mit Geschenken oder Repressalien. Hier wurde, in computergesteuerten Seeschlachten, der Journalismus der Zukunft geschmiedet.
Carlo Chamäleon geht weiter, vorbei an den Bereichen Reise, Test, Unbeschwerte Beilagen, Politikerkinder in Karrierestartlöchern, Heimliche Anrufe, Bingo, Toiletten, Graphik und Seefahrt. Hinter sich läßt er die Bar und die Verkaufsabteilung, die Marketing-Multiplikation, das Feuilleton (aus dem Duran Duran ertönen), die Heiß- und Kaltgetränkeautomaten, dann den Bereich Bissige Satiriker und Ätzende Karikaturisten, den Bereich Unbequeme Journalisten (erkennbar an der Bequemlichkeit der Sessel) sowie die Büros des Chefsteuermanns vom Chefstreicher (spezialisiert auf Nachrufe) und des Allerdienstlichsten Chefs vom Dienst, bis er – Carlo Chamäleon, der einzige schlichte Nemetscheck auf der Beförderungungsliste des *Demokrat* – schließlich die Abteilung Umfragen erreicht. Einst hatte hier das intelligente Leben der Zeitung besonders pulsiert, heutzutage dagegen hatten hier alle die Ruhe weg, auch die monotonen Blutbad-Balkenüberschriften an den Wänden waren inzwischen durch Photos von hochgesponsorten Segelyachten ersetzt worden.

Vorbei an zwei strafversetzten Demokratischen Journalisten, die an einer Umfrage über die Anzahl der Heftklammern, die man in einer Stunde entfernen kann, saßen, gelangte Carlo in den Fuchsbau des Chefbremsers. Und da saß er, hinter einem entblätterten Schreibtisch; auf dem befanden sich: Schreibmaschine, Fernseher, verschiedene Geschenknotizbücher, Vaporub, Valium, Whisky, ein Synonymwörterbuch und der Goldene-Bremse-von-Saint-Vincent-Pokal, zwei gekreuzte Kugelschreiber auf einem Granitkubus. In Hemdsärmeln saß er da, der Bremser, spielte nachdenklich mit einer Heftklammernentfernungsmaschine und versuchte, hinter ihr Geheimnis zu kommen. Als Carlo Chamäleon eintrat, erstrahlte der Bremser in gesundem Menschenverstand und gähnte. Aufmerksam musterte er Chamäleons orangerote Weste und geschorene Haare, dann sagte er, jedes einzelne Wort skandierend: »Vorsicht mit dem Bengel in der Bessicostraße.«
Bewundernswerterweise drückte er sich im Gespräch ebenso bündig und erschöpfend aus wie bei seinen beruflichen Äußerungen. Carlo – der noch viel lernen mußte – fragte: »In welchem Sinn?«
»In dem Sinn«, sagte der Bremser, »daß schon viel zu viel geredet wird. Es gibt also zwei Arten des Vorgehens. Eine richtige und eine falsche.«
Etwa dreißig Sekunden Schweigen folgten. In der Ferne tanzte eine Olivetti den Feuilleton-Flamenco.
»Falsch ist, Literatur zu machen, richtig ist, den gesunden Menschenverstand zu gebrauchen...«
Das Chamäleon nickte, begriff aber einen Scheißdreck.
»Der gesunde Menschenverstand sagt, wir haben uns nicht zu fragen, ›warum‹ wurde er ermordet, sondern, ›warum war er da?‹. Und nicht nur, ›warum wurde auf ihn geschossen?‹, sondern, ›auf wen?‹ Und warum kommt ein ›junger‹ Mann derart herunter, daß er in einen Garten eindringt, der ›nicht seiner‹ ist? Wer trägt dafür

›Verantwortung‹? Und was kann in solchen Fällen ein ›Journalist‹ leisten?«
(Sämtliche Anführungszeichen ergeben sich aus einer Hebung der Stimme um einen Halbton und einer Handbewegung in der Art, mit der man einen Hund bei den Ohren zieht.)
»Und fragen wir uns weiter: Welche Beziehung hat das zu dem Ideologie›rausch‹ der vergangenen Jahre? Wollen ›das‹ die Leute, oder wollen sie ganz etwas ›anderes‹?«
Nach diesen Worten hielt der Bremser inne, wie immer, wenn er selbst nicht verstand, was er gesagt hatte.
»Kurzum, ich wünsche kein ›Gefühlsgedusel‹. Ich möchte erfahren, welches ›gesellschaftliche Umfeld‹ einen Bengel dazu treibt, ohne Motiv in ein ›vornehmes‹ Apartmenthaus einzudringen.«
»Eigentlich«, sagte das Chamäleon, »könnte man sich auch fragen, welches ›gesellschaftliche Umfeld‹ jemanden dazu treibt, aus dem Fenster zu ballern.«
»Richtig!« sagte der Bremser. »Das ist ›vernünftig‹. Aber das wissen wir ja längst. Diese Stadt ist ›zermürbt‹ von Gewalt. Gewalt zieht neue Gewalt nach sich. Warum kann ein Mann ›die Kontrolle verlieren‹, nämlich über seine Nerven, und schießen?«
Erneutes langes Schweigen.
»Ich sage Ihnen ›warum‹«, sagte der Bremser. »War der junge Mann auf der Suche nach ›Drogen‹? Wollte er etwas ›stehlen‹? Ist unsere Stadt ein ›Saustall‹? Müssen wir mit der Pistole in der Faust hinterm Fenster stehen? Oder, noch schlimmer, sollen wir jetzt wieder die alte Leier über die ›Randgruppen‹ anstimmen?«
»Nein!« sagte das Chamäleon.
»Richtig. Wir werden sagen, ein paar ›Rowdys‹ können eine ›gesunde‹ Stadt nicht kaputtmachen, denn im Grunde wird ja schließlich überall auf der Welt jeden

Tag gestorben. Wissen Sie, wie viele Aale von den zwei Millionen, die im Sargassomeer losschwimmen, tatsächlich am Ziel ankommen?«

»Hunderttausend?«

»Da kann man mal sehen, wie unerfahren Sie noch sind in unserm Beruf. Drei! Ganze drei, verstehen Sie? Verstehen Sie, daß Journalismus immer auch eine Frage der Verhältnismäßigkeit ist?«

Schweigen.

»Und außerdem, wissen Sie, wer Bessico erbaut hat?«

»Ich kann's mir vorstellen...«

»Schön! Und dieses Viertel um die Bessicostraße herum wollen Sie als ›Mördernest‹ darstellen? Wollen Sie zurück in die Zeit vor zehn Jahren, als ich gesehen habe, wie Sie ›protestiert‹ und Murmeln und Pfeile gegen genau dieses Gebäude geworfen haben? Glauben Sie, ich wüßte das nicht mehr?«

»Man ändert sich«, sagte das Chamäleon.

»Auch Zeitungen ändern sich«, lächelte der Bremser. »Aber Sie sind ›jung‹ und ›intelligent‹, und deshalb weiß ich, Sie werden diesen Fall mit dem erforderlichen gesunden Menschenverstand verfolgen. Als Belohnung bekommen Sie erstmal eine Umfrage anvertraut.«

»Wirklich?« sagte Carlo aufgeregt. »Worüber denn?«

»Was trinken unsere VIPs. Hier haben Sie vierzig Telephonnummern. Rufen Sie sie aber wirklich alle an. Keine ausgedachten Antworten. Ich kann einen getürkten Kir Royal von einem richtigen unterscheiden. Ich bin schließlich auch mal da durchgegangen, bevor ich hier angekommen bin.«

Zwei Morgenröten sind verblichen, und zwei Tage später geht Luzi Arm in Arm mit Rosa spazieren. Derweil eine Milliarde Chinesen gerade schläft. Diese Nächte wollten endlos scheinen, aber dann ist das Leben wieder losgegangen: Und jetzt geht und redet Luzi in einer Welt, in der es Leo nicht mehr gibt. Nichts hat sich geändert. Luzi hat von Leos Nachttisch Leos himmelblauen Wekker genommen, der sie an so vielen Morgen auseinandergerissen hatte: Er steht jetzt auf ihrem Nachttisch. Die Zeit hat nicht gezittert, nicht einen Augenblick lang. Leos sämtliche Sachen gingen in drei Koffer. Und die wurden weggetragen. So bleibt die Liebe, die gewesen ist, bestehen. Aber das, was aus ihr hätte werden können, kann nichts dir geben; nichts und niemand kann dich trösten. Nicht einmal die Theorie vom endgültigen Anfang, Herr Professor. Nicht einmal all die Leute, die dich liebevoll beim Namen nennen, denn hier heißt, jemanden beim Namen nennen, nicht einfach nur nennen; es kann einen manchmal aufheitern, in der Hitze des Nachmittags, es ist Musik für alte Tiere. Auf dem Mäuerchen vor der Pizzeria spielen ein paar andere Tiere! Die Jungen traktieren sich gegenseitig mit Fäusten, zum Spaß und aus dunkler Wut. Die Mädchen sitzen aufgereiht nebeneinander und lachen und beugen sich vor, wenn sie miteinander reden, und die blonden, roten und dunklen Haare fallen herab; es hat etwas Zeremonielles. Auch Luzi fährt sich mit der Hand durch die (ungewaschenen) Haare und betrachtet Rosas duftige, lockere Mähne. Ich weiß, daß sie schön ist, Leo, ich weiß, daß du das nur sagst, um mich zu ärgern. Wer weiß, ob er mich hört.
»Ein liebes Mädchen, schöne Augen. Aber man sieht, daß sie viel geweint hat«, sagt der Elephant, als sie an ihm vorbeigeht.
Alice schluchzt im Takt der Kassenklingel.
Luzi läßt von Zeit zu Zeit den Kopf hängen, und Rosa merkt es und drückt ihren Arm. Rosa ist spezialnatur-

blond, sie trägt ein rotes Hemdchen und einen schwarzen Minirock und hat lange braune Beine, die jeweils in einem zierlichen Angelhaken enden, der gewöhnlich Stökkel heißt. Die Männer rotieren wie Satelliten, wenn Rosa vorbeigeht. Die Frauen sagen: zuviel Lippenstift. Mehr können sie nicht sagen.

Die beiden Freundinnen gehen zum Fußballplatz, und die Passanten sagen benommen Guten Tag: Luzis wehmütiges Gesicht und Rosas Hüftschwung bilden ein hübsches unpaariges Paar Schuhe.

Am Eingang bleiben die beiden stehen. Luzi hält sich im Abseits, dann geht Rosa weiter und lehnt sich in voller Größe an den Trennzaun. Bei ihrem Anblick friert die gesamte Elf des FC Pro Patria Mori sofort ein, als hätte jemand den Schneidetisch angehalten. Dem Mittelstürmer bleibt der Fuß mitten in der Luft hängen. Der Rechtsaußen hockt da und hält die Hände am Schuh; er wollte ihn gerade zubinden. Die Krippenszene wird vervollständigt durch zwei erstarrte Stürmer, einen Masseur, dem das Maul offensteht, und den Torwart, der fühlt, daß eine Erektion im Anzug ist, und sich das Trikot nach unten zieht.

»Ist Fuchs da?« fragt Rosa und bedenkt die beiden Stürmer mit einem Blick, der ihnen eine schlaflose Woche verschaffen wird.

Fuchs, der Präsident und Mister Trainer, kommt bereits die Stufen der Tribüne heruntergelaufen, in einem Tempo, das er seit den Zeiten der Bombennächte nicht mehr vorgelegt hat.

»Suchen Sie mich, Fräulein?« fragt er, wobei er einen vorderen Backenzahn aus Pokalgold aufblitzen läßt und sein Blick weiteres Gold verspricht. Dann sieht er Luzi herantreten, begreift und geht verlegen auf sie zu.

Sie setzen sich auf die Stufen.

»Ich möchte gern wissen«, sagt Luzi, »warum Leo nicht mitgespielt hat. In der Zeitung stehen lauter verrückte

Sachen. Er soll in diese Wohnanlage eingedrungen sein, um wer weiß was zu machen. Das ist doch alles nicht wahr, das wissen Sie doch ...«

»Das sind Hurensöhne«, ergänzt Rosa, die subtile Metaphern liebt.

Fuchs weiß nicht, warum Leo an jenem Tag nicht zum Spiel erschienen ist, überhaupt nicht, aber seine Stimme zittert. Leo hat nie gefehlt, bei keinem Spiel. Sicher, so zu enden, in einem Viertel auf der anderen Seite der Stadt ... Er hat ja auch seine Mannschaft schon gefragt, ob sie ihn gesehen hatten ... Naja, also, er war wohl zum Stadion gekommen, aber wieder umgekehrt, und kein Mensch weiß wieso. Das habe ich auch dem Inspektor erklärt, der war ja keine drei Minuten hier. Ein Talent, dieser Leo. Hätte es in die Oberliga schaffen können. Und außerdem, aber das wissen Sie ja selbst, immer lustig. Einmal, da hatten wir auf die Mütze gekriegt, drei zu null, der Torwart hat sich drei Tore reinsemmeln lassen, eins idiotischer als das andere. Nach der ersten Halbzeit sitzen alle mit langen Zähnen im Umkleideraum, und der Torwart sagt, der Ball ist furchtbar rutschig, ich glaub, es ist besser, ich zieh mal Handschuhe an. Und Leo: Dann zieh auch gleich deinen Mantel an und geh nach Hause, das ist das Allerbeste. Und alle liegen am Boden vor Lachen. Ein andermal ...

»Komm, wir fragen die Jungs selbst«, sagt Luzi und steht abrupt auf.

»Fräulein, wenn ich irgendetwas für Sie tun kann ...«

Sie gehen zum Spielfeld. Fünfzehn verschwitzte junge Männer in Unterhosen, sämtlichst bemüht, seriös zu wirken und nicht zu deutlich auf Rosas Beine zu starren, denken dasselbe wie ihr Trainer, was ja in der Welt des Fußballs häufig vorkommt. Die Mädchen gehen. Rosa dreht sich suchend um, und als sie den Stopper erblickt, einen gewissen Giagnoni, versteinert der derartig, als wäre er für die Nationalmannschaft aufgestellt worden.

Sie wollen endgültig den Platz verlassen, da kommt ein kleiner langhaariger und verschwitzter Stürmer hinter ihnen her. Er war ein guter Freund von Leo.
»Luzi, vielleicht nützt dir das was«, sagt er ganz besonders ernsthaft und guckt die ganze Zeit zu Boden. »Ich weiß da was... Herr Fuchs hatte Leo vor einer Woche verkauft. Für zwanzigtausend, an einen größeren Verein, den FC Göttliche Warze. Leo hatte ihn immer gewarnt: Mister, du kriegst Ärger, wenn du mich ohne meine Einwilligung verkaufst, ich bin kein Schinken. Naja, siehst du... Ich hab das erfahren, an dem Nachmittag, und ich hab's ihm gesagt... Vielleicht war das falsch. Leo hat gesagt, verdammte Hacke, was für'n linker Haken, und *mir* sagt der nicht Bescheid.«
Der Stürmer blickt verstört drein.
»Vielleicht, wenn ich's ihm nicht gleich erzählt hätte, wär er beim Spiel dabeigewesen... So ist er ganz traurig geworden... Er wollte doch bei uns bleiben, er wollte dieses Jahr die Meisterschaft holen... Letztes Jahr hatten wir sie fast... Es hat ihn doch einen Dreck interessiert, in einem tolleren Verein zu spielen... Du kennst ihn ja, er war der Beste.«
Luzi klopft ihm tröstend auf die Schulter. Rosa darf das nicht, denn wo Rosa hinlangt, entsteht Sachschaden; aber sie sieht ihn verständnisvoll an.
»Ist nicht deine Schuld«, sagen beide.
»Ist wohl meine Schuld.« Und er läuft krummbeinig wie eine Ente davon.
»Was sollen wir denn jetzt machen?« fragt Luzi.
»Also, *ich* würd's mit dem mit den Koteletten machen«, sagt Rosa, womit sie sich einen Moment Relax herausnimmt. »Oder den Stürmer trösten.«
Luzi lächelt, zum ersten Mal. Rosa registriert, daß ihr Anlauf erfolgreich war, und entwirft der Freundin sofort ein ganzes Drehbuch für einen Film mit dem Titel *Liebe in der einundneunzigsten Spielminute* (»Ninety-one Minute

Lover«), mit dem Stopper Giagnoni in der Rolle des Ahnungslosen unter der Dusche und Rosa Pink als auf Fußballer spezialisierte Vergewaltigerin. Der Film ist gerade bei der tollsten Szene mit dem Seifenschaum, da wird er unterbrochen von Fuchs.

»Kann ich euch im Auto mitnehmen?«

Luzi sieht ihn streng an. Diesem Blick hält keiner stand. Fuchs stammelt etwas und fährt ab.

»Wir müssen Leos Wege an jenem Tag rekonstruieren und nachgehen«, sagt Luzi. »Von hier bis nach Bessico.«

»Gehen wir.«

»Und wo fangen wir an?«

»Denk nochmal nach, Luzi. Hatte dein Leo irgendetwas Wichtiges vor?«

Zwei Abende zurück. Sei sitzen da und betrachten den dreisten Protzbau der Konsum-Coop. Leidenschaftliche Küsse unter rotem Licht und flimmernden Neonsonderangeboten. Er sagt, bald geh ich dein Geburtstagsgeschenk kaufen. Du wirst dich freuen: Ich hab zwar wenig Kohle, seit ich arbeitslos bin. Aber die Ameise schuldet mir noch 'n Hunni. Ich gehe dieser Tage zu ihm hin, und wenn er ihn mir nicht gibt, dann verbiege ich ihm die Antennen.

»Laß uns zur Ameise gehen.«

Während sie sich auf den Weg machen, steigt aus einem FIAT-Schweinchen ein schweißtriefender Typ in einer orangeroten Weste und mit zwei Notizbüchern in der Hand.

Lee schlendert den Weg entlang, der durch den Garten der Klinik zum Hauptportal führt. Ihm dreht sich der Kopf, das sind die Medikamente für die Nacht. Er geht barfuß, Schuhe darf er nicht tragen, und steckt in einem tabakbraunen Anstaltspyjama, Jacke wie Hose. Er grüßt einen Patienten, der von allen der Gärtner genannt wird. Er war Bauer, ist nach dem Tod seiner Frau verrückt geworden und sitzt schon seit Jahren ein; er pflegt die Pflanzen des Anstaltparks. Am liebsten arbeitet er nachts, wenn die Raupen herauskommen und man hören kann, wie sie Blätter fressen. Raupen sehen aus wie Kasperle mit ihren kleinen schwarzen Masken und Schnauzbärtchen und lustigen Gesichtern. Dann sind da noch Ameisen, die ihren Baum gegen Kletterer und andere Insekten verteidigen, und Spinnen, die ihre Netze auswerfen und Gift spucken, und die Fangheuschrecke, die ist häßlicher als jeder Nachtmahr, aber du hast keine Angst, du hörst nur auf dieses Eßgeräusch der Raupen, und es klingt wie Regen, irgendwo im Dunkeln. Da reicht einfach Wasser. Ein Tropfen, keine Medizin. Ist das nicht schön, Chinese?

»Wunderschön. Gärtner, leih mir deinen Pullover.«

Der Gärtner Poldi Potamus lächelt. Es ist ihm eine Ehre. Lee hat ihn beschützt vor den Prügeln der Pfleger, einmal, als er abhauen wollte, weil der Mond gerade auf die Klinik stürzte.

»Hauste ab?« fragt er.

»Wie kommst du denn darauf?«

»Ich bin zu dick, mich schnappen sie. Aber du bist jung, China, du schaffst es.«

Lee geht zum Portal. Dort stehen zwei Pfleger Wache, einer von ihnen ist Rocco Mastino, der andere ein gerade erst eingestellter junger Mann, der dürfte kein Problem sein. Lee fängt an auszuschlagen nach der Methode Junger Wald; die Chinesen machen das, wie andere Leute lachen. Manchmal stundenlang. Lee hat nichts vergessen von all dem, was er gesehen und gelernt hat. Und das reicht zum Verrücktwerden.

»Paß auf den da auf«, sagt Rocco. »Der ist gewalttätig. Wenn er einen Anfall kriegt, dann braucht man sechs Mann, um ihn zu bremsen. Das ist ein Aas, hat früher mal Bomben geschmissen. Laß dich auf kein Gespräch mit dem ein, der tut ganz sanft, aber er verarscht dich.«

Der Jungpfleger nickt. Zwei andere Pfleger nähern sich. Damit wird die Sache schon schwieriger. Lee geht ruhig atmend auf das Portal zu.

»Verpiß dich, Lee«, knurrt Rocco.

Lee sieht den Jungpfleger an und deutet mit einer verblüfften Geste auf Rocco, als wollte er fragen: Wer ist hier eigentlich verrückt? Rocco schäumt. Lee kratzt sich unbeholfen am Kopf, als hätte er wieder einen seiner üblichen Migräneanfälle. Er miaut wie eine Katze.

»Heh«, sagt Rocco. »Wo hast du denn den Pullover her?«

Sofort danach begreift er, aber da ist es schon zu spät, er packt einen Stock, aber Lees Fuß ist losgeschnellt, der Stock fliegt in die Luft, dann fliegt auch Rocco durch die Luft. Der Jungpfleger weiß nicht, was er machen soll, aber schon stellt ihm Lee ein Bein und schickt ihn zu Boden. Jetzt sind auch die beiden anderen Pfleger zur Stelle, aber Lee klettert schon wie ein Affe über das Portal, drei Sätze, der letzte Satz ein Flug aus voller Höhe und – Terra! Und weg ist er. Es war eine Sache von wenigen Sekunden, genau wie im Traum, denn Lee ist ganz ruhig und unfehlbar. Hinten im Garten reißt Poldi Potamus vor Freude die Fäuste hoch, und durch die Luft fliegt der Pyjama von Libero Lee, dem Freien.

Umflutet von sommerlichem Himmelblau und Wölkchen erhebt sich das Apartmenthaus in seiner ganzen hygienischen Pracht über den Bezirk Bessico. Alles scheint wieder zur Normalität zurückgekehrt zu sein. Dans la conciergerie beobachtet die Hauswartsche die vulkanischen Vorgänge beim Veredeln eines Kilos Paprika zu Kraftfutter für Friederichs Muskeln. Friederich hockt vor dem Fernseher und sieht ein Musikprogramm für Kre-Teenager. Im ersten Stock brüllt Bürger- und Edelmann Sandri, weil einer seiner Söhne zu lange telephoniert hat und der Hörer heiß ist. Seine Frau brüllt mit der Putzfrau. Die Putzfrau tritt in Ermangelung besserer Objekte den Hund Bronson in den Arsch, einen oligophrenen Dobermann. Nur durch eine Wand von ihnen abgeteilt verprügelt Edgar Zecke seinen Sohn, weil das mal wieder fällig ist, schreibt seine Frau anonyme Briefe und kotzt der Hund. Im Apartment nebenan schläft in schwarzer Bettwäsche die Nachteule. Im zweiten Stock hat sich der Lemur im Badezimmer eingeschlossen. Im dritten Stock trägt Madame Varzi erstens rote Lockenwickler, weshalb sie einem Oleander gefährlich ähnlich sieht, und zweitens ein enges rotes Aerobic-Trikot, weshalb sie aussieht wie ein Edamer, und verbiegt sich knarrend und vollführt dabei ein paar Kauübungen, die ihren Unterkiefer davon abhalten sollen, bei Diners in feiner Gesellschaft in den Teller zu fallen. Im vierten Stock sind Vorbereitungen für eine Party in vollem Gang. Oben drüber wird rapide der Himmel brauner. Ein paar Fenster leuchten auf.

»Wenn man sich das vorstellt, daß da oben vielleicht ein Gewehr ist«, sagt die Hauswartsche. »Jesses nee, nie wieder, so eine Schandtat.«

Aber die Paprikas geben keine Antwort. Und Friederich auch nicht.

Weit weit entfernt davon liest der Inspektor *Wußten Sie schon daß . . .?*, aber seine Gedanken sind noch immer bei dem ungelösten Fall mit der ehemaligen Kolonie mit dem subversiven Namen und bei ihrem mysteriösen Fluß.

Und jetzt sehen wir Luzius Lurch auf Bice und Humbert Hummer auf Atala die Innenstadt erreichen und an den Schuhaquarien und Panzerglasfronten vorbeiradeln, von Autohupen bombardiert und zum Teufel gewünscht, so ein Quatsch, zwei Opas auf Fahrrädern und dann bloß drei Arme insgesamt, für alle beide. Zur Bessicostraße geht es über einen Platz, auf dem die Autos in allen Himmelsrichtungen durcheinander rollen und röhren und in unentwirrbaren Vorfahrtshierarchien hintereinanderhersausen. Luzius zieht Bice am Zügel und hält an, er denkt nach; eine Hand ruht auf dem Lenker, mit der anderen kratzt er sich am Arsch wie John Wayne im Kino. Auch Humbert bleibt stehen, eine Hand am Lenker, die Schere baumelnd.

»Meines Erachtens«, sagt er, »sollten wir den Zebrastreifen nehmen.«

»Ich bin doch kein Fußgänger«, sagt Bice beleidigt. »Entweder wir fahren rüber oder wir lassen es bleiben.«

»Und wenn sie uns übermangeln?« fragt Atala, der erst kürzlich einen Pedalbruch erlitten hat.

»Ich wag's«, sagt Humbert. Und ehe Luzius ihn aufhalten kann, hat er sich schon ins Gewühl gestürzt. Das erste Gefährt, auf das er stößt, gehört dem nach Hause fahrenden Sandri. Rambo III drosselt seinen Pottwal und brüllt Humbert zu, wenn ich ein Gewehr am Bug hätte wie ein Panzer, also, dann würde ich dir... Aber hinter ihm hupen und brüllen bereits die anderen Sandris im Konvoi: Gib Gas, du Klapskopp! Und so fährt Humbert vorbei, entgeht um Haaresbreite einer japanischen Makaramoto, auf der ein Lederroboter reitet, spritzt zwischen zwei modischen Motorradmiezen in Overalls durch, streift mit der Wange die Seite eines Autobusses der Linie 21, vertrimmt zwei Kofferräume und landet schließlich nach einem grandiosen Pedalenspurt genau auf dem Sokkel des Cadorna-Denkmals. Da bleibt er hängen wie ein Schiffbrüchiger auf einer Insel, der von Haien in Ringelreihen umlauert wird. In weiter Ferne versucht Luzius mit Bice an der Hand den Durchstoß.

Da taucht ein motorisierter Schutzmann auf.

»Ich habe Sie genau gesehen, wissen Sie das? Was glauben Sie eigentlich, wo Sie hier hinkommen? So fährt man nicht über die Straße!«

»Und wie soll man da sonst rüberkommen?« brüllt ihm Humbert ins Gesicht.

»Bleiben Sie zu Hause«, grinst der Schutzmann höhnisch; er hat sowieso eine Stinkwut infolge fehlender Ferien.

»Ich fahre, wohin es mir paßt!«

»In ihrem Alter rast man nicht auf dem Fahrrad in der Innenstadt herum.«

Luzius klemmt derweil zwischen zwei Autobusmauern fest.

»Ihrer Meinung nach soll ich mich also zu Hause verrammeln?« schreit der Hummer. »Gibt es ein Gesetz, das mir das vorschreibt?«

Der Schutzmann stemmt die Arme wie Amphorenhenkel in die Hüften und gibt sich autoritär.

»Schreien Sie hier nicht rum!«

»Bei dem Krach, den die da veranstalten, soll ich nicht laut werden, sagen Sie? Ach, lecken Sie mich doch ...«

Ein Auto prescht vorbei, und der Schutzmann wird nie erfahren wo.

»Wenn das so ist«, sagt er also, »dann zeigen Sie mir mal Ihre Hand da. Aha! Ein Kunstarm! Tja, Sie dürfen sowieso gar nicht radfahren. Sie sind Invalide und eine Gefahr für sich, äh, für Sie, und auch für die anderen.«

»Diese Hand habe ich nicht beim Kartenspielen verloren«, brüllt der Hummer. »Die habe ich bei der Arbeit verloren«.

»Interessiert mich doch gar nicht!« (Polizisten verlieren häufig ganz plötzlich das Interesse.)

»Anstatt sich Gedanken über meine Hand zu machen,

sollten Sie lieber ihre eigenen bewegen, dafür werden Sie schließlich bezahlt!«

Bei diesen Worten schnappt der Schutzmann ein. Inzwischen hat sich Luzius auf wenige Meter genähert; er steckt jetzt in einem kleinen Stau aus deutschen Autos. Ein Polizeibulli kommt angerast, der Schutzmann gibt Zeichen, deutet auf den Hummer und keift: Fahrt den Kerl hier nach Hause, der hat 'ne Macke und wird früher oder später hier übergemangelt. Der Hummer schlägt mit der Schere um sich und ruft vergeblich seinen Freund.

Mit letzter Kraft springt Luzius endlich über einen FIAT-Küchenschabe und erreicht die Insel auf dem Cadornaplatz, unter lautem Geschepper rutscht ihm das Rad aus der Hand, Bice jault vor Schmerz, der Schutzmann zetert: »Noch so einer! Die haben heute wohl das Altersheim aufgemacht.« Kaum ist Luzius wieder auf den Beinen, da sieht er, wie ein Bulli mit Humbert und Atala drin davonfährt. So steht er ganz allein da, inmitten höhnisch lachender Autohupen.

Just in diesem Augenblick läßt Luchsi – nachdem er zum fünften Mal erfolglos versucht hat, einen Termin beim Herausgeber zu erwirken – vor dem Wachmann im billardfarben ausgelegten, luxuriösen Foyer des *Demokrat* seinen Turbo-Lippenfurz vom Stapel. (Die Beziehungen zwischen Einzelpersönlichkeiten und Vertretern der Ordnung sind in diesem Teil des Buches fast nie die besten.) Dann haut er ab und rammt sein jugendliches Köpfchen genau einem Typ in die Eier, der gerade hereinkommt und eine orangerote Weste trägt.
»Scheibenkleister«, sagt der Typ. (Von einem Journalisten hätte man eigentlich mehr erwarten können.)
»Bist du Journalist?« fragt Luchsi schnell.
»Und wer bist du?«
»Ein Freund von Leo Löwe.«
»Leo ... der ... dem sie erschossen haben?« (Können Eierköppe die Grammatik beeinträchtigen? Offensichtlich ja.)
»Genau«, sagt Luchsi, »der Leo.«
Das Chamäleon atmet tief durch und wittert eine Schlagzeile: »Der *Demokrat* sprach mit dem Freund des erschossenen jungen Mannes.« Dann überlegt er noch einmal; Schwärme von Anführungsstrichelchen aus Bremsermund prasseln auf ihn herab. Viel zu viel ›Gefühlsdusel‹. Andererseits ...
»Komm«, sagt er, »ich geb dir einen aus.«
»Du bist nicht zufällig Pedorast?« fragt Luchsi, ganz Kenner von Welt.
Sie nehmen Platz vor zwei Kaltgetränken, genauer gesagt O-Brausen. Das Chamäleon rührt Zucker in seine, damit die Luftblasen verschwinden; er hat nämlich ein Magengeschwür. Luchsi trinkt seine O-Brause mit sämtlichen Bläschen und knallt dem Chamäleon auch einen satten Rülpser vor den Latz.
»Was hast du bisher rausgekriegt?« fragt Inspektor Luchsi.

Carläleon gibt sich zugeknöpft.
»Möchten Sie vielleicht erfahren, wie Leo da hingekommen ist, Herr Journalist? Ich hab ihn gut gekannt ...«
Carläleon stürzt einen Schluck O-Brause hinunter und versucht ein wissendes Grinsen aufzusetzen. Geplant war eigentlich Robert Mitchum, aber herauskommt Louis Armstrong mit o-brausender und rasselnder Speiseröhre. Er hustet, daß es eine Qual ist. Dann faßt er sich und verkündet: »Was weißt du denn davon, Kleiner ...«
Luchsi schnaubt.
»Die Welt ist voll von Schrägheiten.«
Wie soll das jemand beurteilen, der noch nicht mal richtig trinken kann, denkt Luchsi.
»Hör mal«, sagt Carläleon, »kam dir dein Freund in letzter Zeit vielleicht mal ... ein bißchen komisch vor?«
»Nein, komisch kommst du mir vor.«
»Wirkte er irgendwie down ... richtig am Boden?«
»Sie gehören wohl auch zu den Leuten, die denken, wenn einer Junkfood ißt, weil er keine Kohle hat, dann ist er ein Junkie«, seufzt Luchsi.
Das Chamäleon entwirft eben eine Entgegnungskolumne, da kommt ein Kollege dazu, ein Reporterarsch, der bei sämtlichen Polizeirevieren ein- und ausgeht und Preise gewonnen hat, der sogar noch Leichen dazu kriegt, sich in Positur zu setzen, und nicht einmal vor dem Oberschwein persönlich Schiß hat.
»Chamäleon, ich hab eine alte Meldung gefunden. Sandri Senior war vor zehn Jahren in Ermittlungen wegen verschiedener Geschäftsverbindungen und Waffenhandel verstrickt. Mit seinem Sohn ist auch nicht gut Kirschenessen. Der geht manchmal nachts in eine Bar und ballert da rum, damit etwas Bewegung in den Abend kommt. Die haben natürlich alle beste Beziehungen, die könnten auch noch mit Panzern durch die Stadt fahren. Wirf mal einen Blick drauf.«
Das Chamäleon liest den Artikel: Juli 1975. Das war die

Zeit, als er noch jeden geohrfeigt hat, den er mit dem *Demokrat* in der Hand erwischte. Luchsi, von Geburt an ideologisch Anhänger von Geronimo, tut, als wenn nichts wäre, und schielt verstohlen hinüber.
Schließlich stößt das Chamäleon einen tiefen Seufzer aus.
»Immer dasselbe alte Gefilz«, schnaubt er.
Luchsi versteht das Wort nicht. Ein neues Schimpfwort?
Das Chamäleon drückt sich nervös auf die Schläfen.
»Hör mal, hatte er Freunde, dieser Leo?«
»Klar. Zuallererst mal mich. Und dann Luzi, seine Freundin, und Biber, den Klempner, und Giagnoni, den Stopper.«
»Den was?«
»Das ist ein englisches Fußballwort, bezeichnet einen Abwehrspieler. Und weil die immer am Gegner kleben, kannst du es mit Briefmarke übersetzen, du Doofkopp. Du willst Journalist sein? Kann man noch ne O-Brause kriegen? Danke. Also, weiter, Rosa und Christina und Petra und Gazzelli, der Stürmer, und Rolli Rotkehlchen, und natürlich vor allem Lee, der ist ja jetzt im Irrenhaus.«
»Der ist im Irrenhaus? Warum das denn? Hat er Drogen genommen? Haben die überhaupt alle Drogen genommen?«
»Weiß ich nicht. Lee ist Kung-Fu-Meister, du weißt doch? Der Film? An den geht keiner ran, wenn er wütend ist, der schlägt sie alle zusammen und gehorcht niemandem, deshalb haben sie ihn ja ins Irrenhaus gesteckt.«
In Chamäleons Geist taucht eine Agenturmeldung wieder auf, die er erst vor kurzem in der Redaktion erspinxt hatte.

Junger Linksextremist aus Irrenhaus entkommen.
Livius Langer, ein polizeibekannter und zu drei Jahren Gefängnis wegen Sprengstoffmißbrauch verurteilter Linksextremist, der zur Zeit in den Städtischen Heilanstalten sicherheitsverwahrt wird, ist gestern entflohen. Er verletzte bei der Flucht

vier Pfleger. Langer ist als gewalttätig bekannt und gilt als Sympathisant fernöstlicher Kriegskünste …

»Wie heißt dieser Lee? Ich meine, mit richtigem Namen …«

»Er heißt Langer«, sagt Luchsi. »Weil nämlich die Polizei gekommen ist und gefragt hat: Hat hier jemand Langer gesehen?«

»Wir sehen uns noch«, sagt das Chamäleon.

Und so sitzt schließlich auch Luchsi allein da, vor einer halben bezahlten O-Brause.

Anton Ameise hat ein Haus samt angeschlossenem Laden im Herzen des Viertels. Er hat die Genehmigung für den Verkauf von Brot, Teigwaren, Drogerieartikeln, Obst, Gemüse, Gasflaschen und Eisenwaren und beantragt jährlich noch etwas neues dazu. Seinen Namen verdankt er nicht allein seinem Hang zum Raffen, sondern auch seiner typisch ameisischen Gestalt. Sein Kopf ist winzig, der Rumpf dagegen rund und gedrungen bis zum Kittelgürtel, der ihm die Taille abschnürt, unterhalb welcher die zweite Rumpfhälfte beginnt, ein großer gewölbter Bauch. Die Ameise verkörpert eine vollendete Acht. Sein Bau wird lückenlos eingefriedet von Flaschenscherben und Stacheldraht. Anton Ameise hat auch einen Garten, in dem er Gemüse gefangenhält und aus dem eine Vogelscheuche im Tarnanzug ragt. Der Garten ist knallvoll mit Mäusegift, Grünspan, Antiasselpuder, Schaben-Ex, Thanatotum und anderen chemischen Waffen. Noch niemand hat Ameise bisher irgendetwas geklaut, weder die kleinste Knoblauchknolle noch die mickrigste Tomate. Aber seine vergifteten Appetithäppchen haben die Gattung Katze in einem Umkreis von einem Kilometer ausgelöscht, sein Haus ist mit schweren Riegeln gesichert wie eine kleine Festung. Auch in seinem Laden könnte man nicht einmal einen Knopf klauen, denn Ameise hat am Ein- und Ausgang eine U-Bahn-Sperre errichtet und kontrolliert von da aus die Lebenden und die Toten, die kaufende und die gekaufte Menge.
Heute ist kaum Kundschaft da, und Ameise sitzt im Halbschatten unter einem Artischockenregal und liest ein Fachblatt vom Schlage des *SuperManager*. Das Blatt gibt Tips, wie man in einen Sohn investiert; nun hat Ameise leider keinen Sohn, nur einen Wachhund. Ob die in Harvard auch Schäferhunde immatrikulieren? Da gellt die Ladensirene los, und hereinkommen zwei schöne Mädchen der Sorte Kauftnixquasseltviel.
(Unseren Heldinnen schlug das Herz bis zum Hals, als sie

Ameises Bau betraten. Dieser Ort blieb unerreichbar für jeden Sonnenstrahl. Von der Decke hingen Trophäen aus Tiergliedern, und bleiche Käselaibe in erschreckendem Fäulniszustand baumelten herab wie kleine Menschenköpfe. Dazwischen tauchte plötzlich der Kopf der Ameise auf, das Gesicht verzogen zu einem Ersatzlächeln.)

»Was darf's sein, Fräuleinchen?«

Luzi nimmt all ihren Mut zusammen.

»Wir kommen wegen Leo.«

»Ah...«

»Sie wissen ja...«

»Ich lese schließlich Zeitungen.« (Dies ist unwahr: Er liest nur eine.)

»Wir versuchen zu rekonstruieren, was Leo an dem Tag alles gemacht hat... Und da dachten wir, daß er vielleicht zufällig auch bei Ihnen vorbeigekommen...«

»Ist er nicht hab ihn nicht gesehen seit einem Monat hab ich ihn nicht mehr gesehen«, sagt die Ameise in einem Atemzug.

»Er hatte mir aber erzählt, daß er zu Ihnen wollte... wegen Geld, daß Sie ihm schuldeten...«

»Ich schulde ihm gar nichts«, lodert die Ameise. »Er hat immer behauptet, ich schulde ihm einen Hunderter, aber den habe ich einbehalten, denn als er einmal im Laden war, sind drei Kisten Bier verschwunden. Und dafür hat er geradezustehen.«

»Wir werden's ihm ausrichten«, sagt Luzi.

»Ich kann ja verstehen, daß Sie enttäuscht sind, Fräuleinchen«, sagt die Ameise etwas gnädiger. »Aber ich habe zu arbeiten, und wenn ich zu arbeiten habe, dann habe ich zu arbeiten und keine Zeit zu verlieren. Der Löwe war drei Monate lang hier, aber er war nicht geeignet. Er hat den ganzen Tag gesungen, und eins geht nur, arbeiten oder singen. Und einer, der erzählt: ›Fabrikarbeit, das halte ich gar nicht aus‹, tut mir leid, Fräuleinchen, aber

was ist das für ein Quatsch, er hatte doch Arbeit, ja und? Wissen Sie, was die Wahrheit ist? Fassen Sie die Pfirsiche nicht an – betatschter Pfirsich, zermatschter Pfirsich.«
»Sie haben ihn also nicht gesehen?«
»Ich habe ihn nicht mehr gesehen, seit ich ihn entlassen habe. Finger von den Weintrauben!«
Aus dem Hinterraum kommt ein Geräusch. Die Ameise schnellt hoch und entdeckt eine Maus, die ein Bad in der Mehlmenge nimmt. Das folgende Schlachtgetümmel ist beeindruckend. Als die Ameise wieder nach vorn in den Laden kommt, sind die Mädchen weg. Ameises geschulte Augen sehen sofort die Schneise in der Artischokkenreihe. Er heult auf vor Schmerz. Die Fliegen zerfetzen seinen Schinken. Spatzen dröhnen über seinen Gemüsegarten. Die Registrierkasse steht noch da, dräuend wie ein Zollwärter. Und er hat nicht einmal einen Sohn, in den er investieren könnte.

Das Leben ist furchtbar miese
zu Leuten mit etwas Gemüse.

Exakt in dem Augenblick, in dem die beiden Junior-Rambos auf ihren Makaramotos nach Hause kommen und einer ins Schleudern gerät, weil er von Rosa geblendet wird, treffen auch die Polizeipanther ein. Beamte mit Maschinenpistolen springen heraus und umzingeln das Gebäude. Auch Inspektor Portius steigt aus. Aus dem Haus selbst kommt Sandri, brüllend, dann Frieder. Sie tuscheln.

Luzi und Rosa sitzen hundert Meter weiter in südöstlicher Richtung auf einer Bank. Sie haben Leos Tageslauf rekonstruiert. Nach dem Fußballplatz ist er herumgebummelt und schließlich in einer Bar gesehen worden. Das letzte Mal gesichtet wurde er um vier Uhr, wie er zu Fuß in Richtung Innenstadt ging. Dann nichts mehr. Erst wieder Bessico.

Der Journalist mit der clementinenroten Weste und vier Notizbüchern unterm Arm trifft ebenfalls ein. Und noch ein Panther kommt in den Serail gerast. Was ist denn da los?

»Ich geh mal horchen«, sagt Rosa, die gelegentlich sogar Polizisten ihre Achtung schenkt. Luzi bittet sie zu warten. Ein paar Tauben tippeln um sie herum, mit vertrauensvollen Äugelchen. In Anbetracht der Körpergröße darf man vermuten, daß sie Rosa auf die Beine starren. Rosa verteilt Artischocken, die die Gefiederten sich schmecken lassen.

Inspektor Portius, der Dreh- und Angelpunkt der Situation, kann seinen Ärger über die neuerliche Komplizierung der Lage nicht verbergen. Er ist ein Intellektueller. (In gewissen Momenten ist es vonnöten, daß die Intellektuellen die Ordnung verletzen, und in anderen, daß sie sie aufrechterhalten.) Der Inspektor befaßt sich – neben Kreuzworträtseln – mit griechischer Lyrik, *opinion leaders* und AutoMotorSport. Er schreibt selbst Gedichte; sie beginnen mit: »Das wechselhafte Leuchtfeuer der Liebe...«, oder: »Nebel nur Nebel und um uns das

Nichts...«. Er hat ein Magengeschwür, das in depressiven Phasen zum Tumor und in euphorischen Zuständen zur Schleimhautentzündung wird. Außerdem hat er einen Doktor der Rechte, eine Frau, die aus der Hand lesen kann, einen dicken Sohn, zwei Hamster und einen Garten. Zur Zeit steht er verärgert in einem Spalier bestehend aus Mancuso, Lo Pepe, Pinotti, die er insgeheim verachtet, aber verachten tut er im Grunde jedermann, auch er setzt mittlerweile auf den gesunden Menschenverstand und nicht auf große Anstrengungen. Er benimmt sich wie immer. (Wie geordnet eine Truppe ist, ist Maßstab für die Cholerik der dazugehörigen Bürger.) Wer weiß, was dabei rauskommt... Fünf Buchstaben...

»Wenn der hier aufkreuzt, dieser Kerl, der abgehauen ist, dann schieße ich den diesmal übern Haufen.« Das ist Sandri, wie üblich vier Töne über allen. »Hier tummelt sich ja inzwischen der gesamte Abschaum der Stadt und spukt herum. Eine Schweinerei! Meine Familie, in so etwas reingezogen! Ich meine, haben Sie sich eigentlich schon mal gefragt, wieso eine Familie wie meine noch nicht längst im Urlaub ist? Nein? Dann will ich es Ihnen sagen. Weil wir nämlich die Wahlparty für Schandkräh abwarten. Unser Freund Schandkräh...«

»Da warten wir alle drauf«, seufzt Portius. »Beruhigen Sie sich, mein Herr. In zwei Tagen denkt kein Mensch mehr daran.«

»Darf man erfahren, was hier vorgeht?« Das ist die Varzi, auf das Zauberhaftetste restauriert und in einem blauseidenen Hosenanzug mit Kapuze und einer dreireihigen Korallenkette, die ihre Sonnenbräune vorteilhaft zur Geltung bringt. Quarzlampe, denkt die Hauswartsche, die kennt sich aus mit Konservieren, die Henne, kein Wunder, wenn ich das Chemielabor hätte, das die da oben auf dem Tisch hat.

Der Inspektor macht vor Madame Varzi einen Diener

von der Klasse eines Unterstaatssekretärs im Ministerium für Kultur und Tourismus.
»Nichts Ernstes, gnä' Frau. Sicherheitsmaßnahmen, ich führe die Ermittlungen ja weiter ...«
»Nichts Ernstes?« brüllt Sandri. »Ein Freund von diesem Toten hier in unserm Garten ist ein Terrorist, der saß im Irrenhaus, und jetzt haben die den entwischen lassen, womöglich lungert er längst hier rum, um ihn zu rächen ...«
»O Maria, was für eine unschöne Geschichte«, sagt die Varzi und unterscheidet sich damit jedenfalls von der Hauswartschen.
»Der soll mal kommen!« sagt Frieder und führt den Anwesenden seinen Baseballschläger vor.
Auch Herr Edgar ist heruntergekommen, erschrickt aber über das massenhafte Polizeiaufgebot; also tritt er auf Mancuso zu, bemüht sich, zwanglos zu wirken, und fragt:
»Ihr erlebt ja auch die dollsten Dinger, was?«
Mancuso übersetzt das für sich zu: »Sie haben's gut, Sie kommen viel rum«, und lächelt, bedenkt Edgar im Geist jedoch mit einem Arsch offen.
»Darf ich mal die Pistole probieren?« Das ist Ramba VI, die kleinste Sandri. Sie betritt soeben die Szene.
»Jetzt reicht's – weg mit allen«, sagt der Inspektor, verscheucht die Zivilisten mit einigen wenigen Hirtengesten und verteilt die Uniformierten, einen im Gebüsch versteckt am Eingang, einen bei den Scheinwerfern und einen als Satyrstatue neben dem Springbrunnen.
»Meinen Sie, drei reichen?« fragt Madame Varzi gierig.
»Schon viel zu viele ... Es passiert ja doch nichts«, sagt der Inspektor, und zur Truppe: »Also, haltet die Augen offen und die Leute ruhig.«
«Und ich sage euch ...«, beteuert Sandri und hebt einen Finger.
Unter diesem Finger schlüpft Portius durch und geht. Er

steigt in den Panther, um endlich zurückzukommen zu seinen angebeteten Büchern, seinen stinkenden Hamstern, seiner legitimen Ehefrau. Und diesem Scheißfluß... Aber da taucht am Autofenster, gleich neben Mancusos präkolumbianischem Gesicht, die postmoderne Visage von Carlo Chamäleon auf.

»Herr Inspektor, ein Wort...«

»Sie schreiben schon viel zu viele...«

»Wissen Sie schon die Sache mit Sandri? Vor zehn Jahren?«

»Wir wissen alles.«

»Und haben Sie bei ihm eine Hausdurchsuchung gemacht?«

»Ordnungsgemäß angemeldete Waffen. Kein Gewehr des Typs dabei. Lassen Sie es sein, beharren Sie nicht auf diesem Weg.«

»Dann sagen Sie mir, auf welchem ich sonst beharren soll.«

»Wer weiß, ob wir das herausfinden. Es sind schon viel größere Sachen ungelöst geblieben. Wir sind keine Hellseher. Die Leute sind verrückt. Die morden heutzutage für nichts. Manchmal komme ich mir vor wie in einem afrikanischen Land: Merken Sie auch, wie heiß das hier ist? Wir überprüfen, ob Drogen im Spiel sind.«

»Sagen Sie bitte noch drei Wörtchen.«

»Mancuso, fahren Sie.«

Der Inka startete durch, Portius düst davon, Chamäleon verdrückt sich, Rosa taucht auf, Luzi folgt ihr, Frieder bemerkt sie.

Frieder ist, wie allgemein bekannt, fest entschlossen, das Apartmenthaus bis in den Tod gegen alle Feinde zu verteidigen. Aber das hier ist kein Feind, das hier ist eine betörende Blondine mitsamt ihrer Freundin, die auch nicht von schlechten Eltern ist. Frieder fühlt, er muß jetzt etwas Mannhaftes tun. Sackkratzen allein bringt's nicht. Also läßt er in Herkules-Pose seinen Baseballschläger ro-

tieren, und der flutscht ihm natürlich aus der Hand und direkt auf das Steißbein des Polizisten Lo Pepe.
Rasche Rotation, Maschinenpistole im Anschlag.
»So'ne Witze wollen wir lieber lassen, ja!«
Frieder entschuldigt sich und geht auf die beiden Puppen zu.
»Wohnen Sie hier?« tritt Rosa ihm sanft in den Weg.
»Ich erledige hier Bewachungsaufgaben.«
»Wir kommen von einem privaten Radiosender.«
»Welchem denn?«
Luzi und Rosa sehen sich an und überlegen blitzartig. Rote Welle, Radio Venceremos und Radio Revolutionärer Frischling werden verworfen. Schließlich probiert es Luzi mit: »Radio Chewing Gum.«
»Nie gehört.«
»Ist auch ganz neu, gehört Fiorini, das ist der mit den Jeans, nur Musik und Kurzmeldungen, zum Schnellkauen und fertig, daher der Name Chewing Gum«, sagt Luzi.
Rosa ergänzt die Erklärung, indem sie dem erhitzten jungen Mann mit drei Wimpernschlägen Luft zufächelt.
»Naja ... Ich hab schon mit so vielen Journalisten geredet ... Was soll ich noch erzählen?«
»Haben Sie ... Hast du gesehen, wie es passiert ist?«
»Ich war gerade bei meiner Gymnastik – ich spiel Krachball bei den Fredericks. Und dann hab ich Bumm gehört. Ich bin sofort raus, und da liegt dieser Typ auf der Erde. Ich hab sofort gesehen, das ist kein Drogenheini, denn der hatte einen kaputten Kopf, das ganze Hirn draußen ...«
Dieses Detail hat er erfunden, weil es ihm aufregend vorkommt. Dann merkt er, wie die Brünette erbleicht und sich auf ihre Freundin stützen muß.
»Du siehst aber eigentlich gar nicht aus wie eine Journalistin«, protestiert Frieder.
»Erzähl weiter.«

»Meines Erachtens wollte der was klauen. Der war irgendwie ausgeflippt, mit seinen ausgelatschten Turnschuhen. Der hatte auch 'ne Tasche...«

»Eine Fußballertasche...«

»Ja, sowas... Die Polizei hat die mitgenommen.«

»Glaubst du etwa, jemand, der klauen will, schleppt eine Tasche voller Fußballklamotten mit sich rum?« schreit Luzi fast los und wirft Frieder einen Blick zu, der ihn nachdenklich macht.

Weiter weg schnappt Lo Pepe die Unterhaltung auf und rüstet sich zum Einschreiten.

»Hör mal«, sagt Rosa, »du bist ja offenbar ganz ausgeschlafen. (Lächeln.) Hast du eine Idee, wer...«

»Klar hab ich 'ne Idee«, vertraut Frieder ihr an. »Guck mal, hier in der Anlage wohnt irgendwer, der Stoff vertickt... Drogen. Verstehst du, was ich meine?«

»Wir sind von einem freien Radio!«

»Meines Erachtens war der drogensüchtig, dieser Leo. Ich kenn die doch, seit ich hier wohne, hab schon einigen von denen Beine gemacht. (Handbewegung.) Ich kann die riechen. (Er faßt sich an die Nase.) Schwirren 'ne Menge Ausgeflippte hier rum. Meines Erachtens hat dieser Leo in der Scheiße gesteckt, vielleicht hat er Stoff gebraucht, kommt her, debattiert, streitet rum und Bumm, sie knallen ihn ab. Die fackeln nicht.«

»Und auf wen tippst du?«

»Kann ich dir jetzt nicht sagen... Guck mal, da kommt der Beamte. Aber wenn ihr heute abend in die Polo-Bar kommt, unterm Supermarkt, wo die ganzen Motorräder draußen stehen... Da können wir reden.«

»Aber klar», blitzt Rosa unter dem Pony hervor.

Lo Pepe platzt in die Unterhaltung.

»Was sind denn das für junge Damen? Keine Schaulustigen, das ist ein Befehl.«

»Sind zwei Freundinnen von mir.« Frieder umarmt Rosa. Rosa schaudert es, aber Frieder hält das für Glücks-

schaudern. Und wird geil. Lo Pepe würde ja auch gern, aber der ist im Dienst.
»Zigarette?«
»Nein danke. Wie zwei Zeilen weiter oben bemerkt bin ich im Dienst.«
»Tja, dann wollen wir mal gehen.«
Luzi und Rosa entfernen sich. Natürlich gefolgt von den Blicken von Frieder und Lo Pepe, die sich augenscheinlich zu einer Jury formieren. Frieder gibt eine Beurteilung der Schwergewichtsklasse von sich und wird von Lo Pepe noch um etliche Kilo überboten. Und weiter starren die beiden hinter dem Duo in Blond und Brünett her, das sich südwärts in der abendlichen Brise verliert, in Richtung, south, mezzogiorno. Hätten sie nach Norden geguckt, hätten sie northbound Lee gesehen, versteckt in einem Auto. Er hat alles mitangehört und wartet jetzt, der Krieger, darauf, daß der Mond schön hoch steigt und die Gesichter der Lügner erleuchtet. So sagen die Chinesen, und von denen sind inzwischen auch schon wieder einige wach.

Total kirre kehrt Frieder zurück dans la conciergerie und bekommt eine Wolke von ölgeschmorten, essiggelöschten Paprikas übergebraten, die ihn ölverschmiert und fertigmacht.

»'dammte Scheiße, immer dieser Fraß«, bereichert er die Herren Gault et Millau um eine eigene Variation.

Hauswartin Hannelore Hämisch sagt gar nichts; was sollte sie auch sagen, es passieren die dollsten Dinger, da ist eine Paprikapfanne noch das geringste, ißt sie sie eben allein.

»Wo ist mein schwarzes T-Shirt!« brüllt Frieder. Er verfügt zwar noch nicht über die serielle Gewalttätigkeit eines Sandri, aber Aufplustern kann er sich schon ganz gut.

»Im Schrank von Hans.« (Gemeint ist Hans-Martin die Maus, Hannelores Gatte, z. Zt. hospitalisiert.)

»Wenn es meins ist, wieso hängt es dann in Papas Schrank?«

»Da ist frischere Luft.«

(Diese Einlassung bedürfte einer seitenlangen Vertiefung. Wir fahren trotzdem fort.)

Frieder ist jetzt ausgehfein und gleißt, dank eines protzigen Goldkettchens (Simili) und einer smaragdkäfergrünen Motorradjacke. Mutter Hannelore schwenkt zum Abschied stolz einen Topflappen. Inzwischen ist es Abend. Die Polo-Bar füllt sich allmählich mit anderen Kiez-Wikingern, die ihre absolute Bildungsfeindlichkeit und, auf den Hemden, Schriftzüge von amerikanischen Universitäten zur Schau tragen. Frieder geht um die massive Mauer der Wohnanlage herum zu seiner Makaramoto 500 Kubik mit der Silhouette eines Samurai. Erst ganz dicht bei ihr bemerkt er einen Schatten, der an der Mauer lehnt. Es ist ein junger Mann mit indianischen Gesichtszügen und eingefallenen Wangen. Frieder fährt zusammen, aber nur kurzfristig. Dann fallen ihm die Polizisten wieder ein, und er faßt sich. Und das ist sein

Fehler, denn augenblicklich hat er das Gefühl, einen Fuß in Großaufnahme zu sehen, und wacht erst in einer Garage wieder auf. Mit dem jungen Mann über sich.

»Wie... hast du die denn aufgekriegt?« fragt Frieder mit havarierter Kinnlade.

»Ich kriege Autos, Garagen und Türen auf«, sagt Lee, »und weißt du, warum? Weil mich überhaupt nicht interessiert, was da drin ist. Das wissen die, und deshalb lassen sie mich.«

Frieder begreift, das da, das ist der Verrückte, und fühlt sich ganz und gar nicht wohl.

»Ich kenn dich, Herzchen«, sagt Lee ganz ruhig. »Ich hab dich ein paarmal gesehen mit den Drahtziehern von Bessico. Reden wir nicht mehr drüber, das sind alte Zeiten. Ich war lange weg. Hab geschlafen. Schlaf fegt den Groll weg, das weißt du doch. Außerdem bin ich nicht deswegen hier... Und es sitzen sowieso schon viel zu viele Leute im Knast.«

»Du bist der... der abgehauen ist aus der Kla... aus dem Irr... aus dem Kran...«

Frieder erliegt einem Stottersynonymschwall.

»Ja, ich hab mal Urlaub genommen«, lacht Lee. »Also willst du jetzt auch mir erzählen, wer hier drin mit Stoff dealt?«

»Ich... hab das nie gesagt.«

Lee klatscht ihm die flache Hand mitten auf die Stirn.

»Ich hab nichts mehr zu verlieren, klar?« lacht er wieder. »Und lange zuhören tu ich dir auch nicht. Ich bin ans Träumen gewöhnt, und im Traum passiert immer alles sofort. Hörst du mir überhaupt zu?«

Die Garage ist dunkel, Frieder zittert.

»Du bist ja verrückt«, stammelt er. »Alles, was ich dir sagen kann, ist, daß hier immer einer herkommt... Er sagt, er ist Vertreter... Aber ich hab schon gesehen, wie er mit den Jungs in der Bar unten Stoff getauscht

hat... So'n komischer Typ, immer mit 'ner Jacke aus Kunstleder, irgendso'n Zeug... sieht aus wie Schlange.«
»Schlange?« Lees Gesicht wird hart. »Oder vielleicht Krokodil?«
»Das Viech könnt's auch sein.«
»Und zu wem im Haus geht er?«
»Das weiß ich nicht, ich geh ihm doch nicht nach. Ich glaub, einmal ist er in den ersten Stock gegangen... Aber zu wem da, das weiß ich auch nicht.«
»Ist das alles? Bist du sicher?«
Frieder weiß nicht, wohin er in dieser Dunkelheit reden soll.
»Was willst du denn noch wissen? Der Photograph zieht Koks durch, aber das ist ganz normal in dieser Umgebung. Dealen hat der doch nicht nötig. Die Varzi wollte mir auch schon mal was andrehen... Aber die benutzt das, um die Leute zu benebeln... Tja, weißt du, die steht eben auf jungsche Typen. Verstehst du? Im vierten Stock feiern sie auch Partys mit kleinen Mädchen, ich meine, richtig kleinen, ganz jung, minderjährig, und einmal haben sie mich gefragt, ob ich nicht was besorgen kann... Nicht kleine Mädchen, eh: Speed, Amphetamine. Sie dachten, insofern ich ja Sportsmann bin. Ich spiele bei den Fredericks. Aber ich hab damit nix am Hut, ich bin clean, du hast ja selber gesagt, die Zeiten sind vorbei. Wir bereiten jetzt ein Kostümfest vor, ›Fredericks for Africa‹... Heh, bist du noch da?«
Die Rolltür der Garage knirscht. Einen Augenblick lang fällt Licht herein, dann ist es wieder dunkel. Frieder wirft sich gegen den Rolladen und brüllt: »Der Bekloppte! Schnappt euch den Bastard! Polizei!«
Bei diesem Geräusch rennen Lo Pepe und Pinotti gleichzeitig los und knallen direkt hinter der Ecke zusammen. Dann machen sie die Garage auf. Durchsuchen den Garten.
Kein Verrückter in Sicht.

»Der ist weg, das Schwein«, sagt Frieder. »Hat mir auf die Schulter gehauen mit einem Gußeisenknüppel.«
»Was ist denn los?« fragt Edgar Zecke, wie ein Einsiedlerkrebs von seinem Balkon hängend.
»Wir wollen lieber nicht alle Leute aufscheuchen, der ist sowieso längst weg, der Verrückte«, wispert Lo Pepe, und laut: »Nichts, Herr Zecke, läuft alles wie geschmiert!«
Edgar beruhigt sich wieder. Pinotti moniert die Verwendung eines Wortes wie »geschmiert«, er bezeichnet es als eines Uniformträgers nicht würdig. Sie schlendern hier und da entlang, spähen zwischen die Büsche und richten ihre MGs auf gut getarnte Guerrilla-Grashüpfer. Der Abend hängt schweigend und kaum bewegt von der Brise eines fernen Autoradios in der Luft. Plötzlich hört Edgar die gegenüberliegende Wohnungstür zuschlagen. Er hat nicht den Mut, aus seiner Wohnung zu gehen und nachzusehen, was los ist. Aber er hört, wie in der anderen Wohnung herumgewühlt wird. Er rennt zum Fenster. Er überlegt, daß Hilfeschreie im Flüsterton zwar nicht das Richtige sind, aber wenn er laut schreit, dann tritt der Kerl ihm womöglich die Tür auch noch ein. Also entscheidet er sich für den Mittelweg, ein »Hilfe« mit halber Kraft und leichter Theatralik, so als probte er gerade die Intonation.
»Hilfe . . .«
Sofort betritt Madame Varzi-Oleander mit einer Rapunzelmaske auf dem Gesichtchen ihren Balkon.
»Was treiben Sie denn, Herr Edgar? Singen Sie?«
»Gnädige Frau, man hat in der Wohnung des Photographen eingebrochen . . .« Die Varzi, die mit einer Alarmanlage eigener Art ausgestattet ist, kreischt zirka dreißig Sekunden non-stop.
Das folgende Durcheinander ist herrlich. Die Gruppe Sandri stürzt herbei, bewaffnet mit Pistolen in einer Gesamtzahl von sechs. Lo Pepe kann den Fahrstuhl erobern

und abheben, landet aber unnützerweise im vierten Stock. Die verbleibenden Ordnungskräfte galoppieren über die Treppen nach oben und hauen sich gegenseitig die Spitzen ihrer MGs in die Hacken. Schließlich betreten sie das Apartment und finden es verwüstet. Auf einem Tischchen, dem einzigen noch intakten Möbelstück, liegen apart arrangiert lauter ausländische Währungen sowie kompromittierende Photos von Persönlichkeiten der Stadt in allen denkbaren Nackt-Posen – anal, oral, sadomasal, akrobatisch und man-tut-was-man-kann.

Die Polizei vermutet eine Serie von Erpressungen. Überprüft werden zur Zeit einige Adreßbücher. Dringend gesucht werden der Photograph Nachteule sowie weitere Besucher seines Apartments. Noch immer keine Spur von Livius Langer. Die durch den Mord bereits schwer mitgenommenen Bewohner des Apartmenthauses haben die Polizei um angemessene Überwachung gebeten. Man fragt sich, wie der junge Mann unbehelligt in die Wohnung eindringen *(zu dick, Streichung des Bremsers)* gelangen *und alles verwüsten konnte. In diesem Zusammenhang veröffentlichen wir eine Erklärung des Abgeordneten Schandkräh, der zu zwei Punkten . . .*

Carlo Chamäleon tippt und formuliert und raucht und tippt.
Vom Balkon des Apartmenthauses Bessico aus kann man Berg Drei sehen, und umgekehrt. Es ist eine klare Nacht. Es wird die Nacht, in der – vielleicht – viele Dinge entschleiert werden.

Zweiter Satz

Die Nacht

Und als die Nacht in die Stadt kam, leuchteten nach und nach Wörter zu ihrer Begrüßung auf. Manche waren lang und flackernd, sie zitterten und liefen und luden ein in Filme und Snack-Bars und Restaurants, andere waren einfache lampionförmige Punkte und Kommas, ampelförmige Ausrufezeichen, Fäden aus roten Punkten aneinandergereihter Autos. Bleiche Lichter erhellten die Schaufensterpuppen beiderlei Geschlechts, die Schuhschwärme in den Aquarien und die Gruften der Bankpaläste. Lichter *ver*mischten und *ent*mischten sich in rotgelb-indigoblau-violetten Kombinationen auf Wänden und Bürgersteigen. Fensterscheiben spiegelten und überlagerten die Szene, und so gruppierten sich die Stars von den Kinoplakaten in Bars, Schriftzüge in amerikanischem Slang gesellten sich zum Restaurant »Bei Jean zum Krümel«, Passanten sahen sich, schaudernd, gebeten, in den eisigen Salons der Schaufensterpuppen Platz zu nehmen. Die Fenster in den Hochhäusern glitzerten in Schwärmen, wie niedrige Sterne, ein paar echte Sterne dagegen sahen aus, als könnte man sie einfach ausknipsen. Die Große Birne auf Gottes Nachttisch, dachte Luzius. Wenn ich auf solche Gedanken komme, dann heißt das, ich bin breit.
Verloren in der Metropole, mit Bice im Schlepptau, wenige Tage nach seinem siebzigsten Geburtstag. Aus der Bessicostraße hatten ihn zwei beschissene, aber wenigstens höfliche Polizisten vertrieben. Jetzt spazierte Luzius durch ein Spalier aus erhitzten Nachtschwärmern; man-

che hatten Arme, die in einem Eis endeten, andere waren bewaffnet mit kohlensäuregasgefüllten Dosen, wieder andere gerade dabei, sich zu bewaffnen. Aus einer Bar drangen Geräusche von Hitparaden und Schwachköpfen solo, in Combo-Formation oder als Revival-Band; auf der Straße detonierten Autohupen. Luzius Lurch brauchte Ruhe und hielt sich die Ohren zu, aber er befand sich mitten in einem tiefen Abgrund, einer Vibration des Ozeans. Genau in diesem Augenblick fuhren die Chinesen mit ihren Fahrrädern zur Arbeit, und alle klingelten, wie Grillen. Luzius Lurch sperrte Augen und Ohren wieder auf. Er sah genüßlich hinter einem Nachtfalter her, einer Riesen-Saturnia im leopardgescheckten Anzug, und hielt die beutegeile Zunge seines Blicks an sie geklebt.
»Geiles Fettchen«, schimpfte Bice.
»Das heißt Frettchen.«
»Ja, meine ich doch.«
Luzius lehnte sein treues Schlachtroß an eine Mauer und lauschte dem Lärm der vorbeimarschierenden Nachtschwärmer.
Quádrupedánte putrém sonitú quatit úngula cámpum.
»Ein onomatopetischer Vers, der rennende Pferde suggerieren soll«, erläuterte Luzius. »Von Publius Virgilius Maro.«
»Auch einer, der jung gestorben ist?«
»Geboren 70.«
»Armer Hund! Keine zwanzig Jahre alt. Hol dir'n Eis und denk nicht mehr dran«, empfahl Bice.
Luzius beschloß, dem Ratschlag des Velozipeds Folge zu leisten, und trat – einen kleinen Schein schwenkend – in den Laden, über dem »Ice Cream« leuchtete. Er erkannte sofort, daß sein Kleingeld ihm hier nicht einmal zu einem Hauch Heidelbeer verhelfen konnte.

Níchts macht Vergänglichkéit so klár
wie der Wándel der Préise in éiner Eis-Bár.

So dichtete Luzius aus dem Stand. Hinter einem Tresen teilte ein schwarz-weißer Kellner namens Pit Pinguin mit erfahrenem Pinsel komponierte Farbwaffeln aus. So rinnt er dahin, der lange Fluß der Seelen, und jede Seele, kaum hält sie das Kunstwerk in Händen, entfernet sich tropfend und selig. Luzius sah einen Mann mit einem Zitronen-Mount Everest, eine Frau mit einem Himbeer-Matisse, einen Curval mit einem Nougat-Häubchen, ein Kind (männlich) mit einem Früchte-Gauguin, ein Kind (weiblich) mit einem Schoko-Sahne-Klee und einen Winzling mit einem Eis in Himmelblau, einem ganz besonderen Himmelblau.
»Wie von Beato Angelico«, fand Luzius.
»Wie die Schlümpfe«, korrigierte Bice.
Die Schlange trug Luzius vorwärts, und er sah in einer Ecke einen Knaben von etwa elf Jahren, der neidisch die Szene beobachtete und mit Metallmünzen in offensichtlich ungenügender Menge herumklimperte. Luzius trieb langsam – oder vielmehr: er wurde getrieben von der Masse der Nachtschwärmer – auf den Tresen zu und plante vor sich hin, welche durststillende Polyphonie er zusammenstellen und mit einem *cantus firmus* aus sehr viel Schlagsahne krönen sollte, und schon beim Warten hatte er Pfützchen auf der Zunge.
Auf Luchsis Zunge bildeten sich Echo-Pfützchen.
Der Mann vor Luzius verlangte ein banales Nuß-Eis. Banause. Auch der Junge nach dem Mann war nicht viel einfallsreicher: Nuß-Sahne. Luzius beschloß, seiner eigenen Persönlichkeit würde eigentlich nur die folgende Eis-Komposition gerecht:
Heidelbeer-Ananas-Aal-Vanille-Chinesen-Zabaione-Bakterien-Banane-und-endgültiger-Anfang.
»Zu wieviel, der Herr?« weckte ihn Pit Pinguin, vor dem er jetzt stand.
»Für einen Fünfer.«
»Welche Sorte?«

»Vanille und Zitrone mit ein bißchen Sahne.«
Während dieser Dreizehn-Silber umwaffelt wurde, spürte Luzius Luchsis Blick wie einen verzweifelten Appell über seinen Nacken rieseln. Er drehte sich um. Sie sahen sich an.
»Bist du nicht der kleine Bruder von Lothar?«
»Genau der, das ist sowieso klar.«
Niemals in der Geschichte der Sympathie hat ein Reim so rührend geklungen. Aber das war noch gar nichts, verglichen mit dem, was folgen sollte.
»Du magst Eis wohl nicht?«
»Kein Geld mehr, ganz schlicht.«
»Dann spendier ich eins für den Wicht.«
»Kaufen wir hier Eis oder machen wir hier Lyrik?« brüllte ein ungeduldiger Schnakenkopf über Luzius' Schulter.
»Was für'n Eis willst du denn?« fragte Luzius.
»Wenn er Eis will, soll er sich anstellen«, sagte der Ungeduldige.
»Nun lassen Sie doch, das ist ein Kind«, mischte sich eine gutherzige Nachtschwärmerin ein.
»Auch Kinder stehen an, gucken Sie sich um, da hinten steht eins.«
Die Diskussion ist eröffnet, die Spannung steigt. Der Pinguin sieht kommentarlos zu.
»Los, Opa, nehmen Sie Ihr Eis und machen Sie 'ne Biege«, setzt der Schnakenkopf nach.
»Und wenn ich nun zwei Eis möchte? Darf ich?« fragt Luzius herausfordernd.
»Sie dürfen nicht! Ist doch klar, daß Sie das andere dem Bengel geben.«
»Ach ja?« sagt Luzius. »Dann geben Sie mir bitte sechs à fünf, je eine Sorte.«
Der Pinguin zögert.
»Ich sagte sechs.« Luzius blättert die Knete auf den Tresen.

Und dann greift er das Bestellte mit triumphierender Miene und geht an dem ungeduldigen Schnakenkopf vorbei, sechs Eiswaffel-Hörnchen über dem Kopf balancierend wie eine Königskrone.
»Exhibitionist«, knurrt jemand.
»Danke«, sagt Luchsi, als sie an der Tür sind.
»Unter Freunden macht man sowas«, sagt der Lurch.
Sie setzen sich an ein Tischchen mit Eis in solchen Massen, wie sie es bisher nur im Traum gesehen hatten, Luzius vor endlos langen Jahre, Luchsi erst kürzlich noch. Luzius händigt das Vanille-Eis an Luchsi aus, dabei macht sich die Waffel mit dem Nuß-Eis selbständig und klatscht auf den Boden wie ein Turmspringer ins flache Wasser. Sofort läuft ein Promenadenmischhund herbei und beginnt mit gründlichen Säuberungsarbeiten. Luzius haut seine Zähne in das Sahne-Eis. Passanten betrachten ihn neugierig und machen sich gegenseitig aufmerksam auf diesen Alten mit den drei Hörnchen.
Und schon ist auch der Kellner zur Stelle.
»Sie dürfen hier nicht sitzen, ohne etwas zu verzehren.«
»Wir haben sechs Eis, was sollen wir denn noch verzehren.«
»Das war Selbstbedienung. An den Tischen berechnen wir einen Aufpreis.«
»Würden Sie ein Eis in Zahlung nehmen?«
Der Kellner ist aber nicht zu Witzen aufgelegt. Und Luzius hat keine Lust aufzustehen. Die Lage hätte sich zum Drama ausgewachsen, hätte Luchsi nicht für alle entschieden und sich mitsamt dem Eis davongemacht. Zweihundert Meter weiter hat er das Vanille-Eis verschlungen. Sechshundert Meter weiter das Erdbeer-Eis erledigt. Danach machte er auch noch das Zitronen-Eis kalt und gibt eine Presseerklärung ab: »So, jetzt geht's mir besser.«
»Donnerwetter!« sagt Luzius.
»Sagen Sie mal, wieso schieben Sie eigentlich Ihr Fahrrad anstatt aufzusitzen?«

»Gute Idee.«
Luzius schwingt sich in den Sattel. Luchsi sitzt ebenfalls auf – auf die Stange. Das war nicht vorgesehen.
»Wohin fahren wir? Soll ich dich nach Hause bringen?«
»Keineswegs. Ich habe eine Mission zu erledigen. Ich untersuche Leos Tod.«
»Wenn das so ist – ich auch«, sagt der Professor.
»Ich hab schon eine Menge herausgekriegt«, sagt Luchsi.
»Ich gar nichts.«
»Also, dann übernehme ich die Leitung der Operation, Herr Professor, radeln Sie rechts ab.«
»Halt dich schön fest.«
»Du bist nicht zufällig Pedorast?« fragt Luchsi.
Sie biegen in eine kleine Nebenstraße mit Kopfsteinpflaster. Geschickt torkelt Bice über die Steine; dann halten sie vor einem großen Leuchtwort:

HAMBURGER HOUSE

Das klingt nach Deutschland, ist aber USA; die Innenausstattung Original-US-Plastik, grüne Stühle, grüne Tische, Serviererinnen mit Marine-Käppis. Serviert wird gehacktes Rind in Brothalbkugeln, mit und ohne Kautschuk.
»Ich glaube, das heißt Ketchup«, sagt Luzius.
»Ich erklär dir gleich, wieso wir hier sind«, sagt Luchsi.
»Aber erstmal gehen wir rein.«
»An so einem Ort war ich noch nie«, gibt Luzius zu Protokoll.
Das sieht man. Kaum hat er ihn betreten, ergehen sich Milchbubis und -lieschen in bissigen Kommentaren über das Auftreten dieses Opasauriers. Die Serviererin beeilt sich persönlich, etwas klarzustellen. Wir führen hier aber nur Hamburger, Herr äh...
»Und die sind mein Leibgericht«, schreit Luzius. »Bringen Sie mir bitte sechs!«

»Und sechsmal O-Brause im Styroporbecher«, ergänzt Luchsi.
»Bis das alles kommt, erzählst du mir die Geschichte«, sagt Luzius. Aber er hat den Satz noch nicht zu Ende, da sind sie schon da, die sechs rindvollen Kugeln.
»Möchten Sie Kautschup dazu?« fragt die Serviererin.
»Und wie!« sagt Luzius. Dann schwenkt er die Flasche, zielt und versenkt die Rindskugel in einem Blutbad.
»Mit Checkup muß man vorsichtig sein«, sagt Luchsi und hat zwischen »muß« und »man« bereits die erste Kugel um die Hälfte dezimiert.
»Ich weiß«, lügt Luzius. »Aber ich mag's zu gern.«
Sie erledigen zwei (Hamburger), bleiben vier.
Die Milchbubis und -lieschen lachen nicht mehr, sondern kümmern sich wieder um ihren eigenen Mist.
»Ich wollte, daß wir hierher fahren«, sagt Luchsi leise, »weil hier immer Radau ist und kein Mensch mithört. Ich verfolge nämlich gerade eine heiße Spur! In diesem Apartmenthaus Bessico wohnt ein gewisser Sandri, und der hat vor Jahren mal schmierige Geschäfte gemacht. (Schluck.) Sehr schmierige. Irgendwas, was unter der Decke bleiben soll.«
»Woher weißt du denn das?«
»Freunde bei der Presse«, sagt Luchsi.
(Sie erledigen zwei weitere, bleiben zwei.)
»Dann gibt's nur eins«, sagt Luzius. »Ich kenne eine Dame, die in den letzten Jahren jeden Tag sämtliche Zeitungen gelesen hat. Sie ist wie ein Elektronenhirn. Sie weiß alles, was mit großen Tieren zu tun hat: Skandale, Hochzeiten, Tumore. Eine sehr kluge Frau. Und außerdem verkehrt sie inzwischen selbst in der Welt, die zählt.«
»Journalistin?«
»Nicht ganz.«
»Was denn? Versteh ich nicht. Essen *Sie* den letzten oder soll ich den nehmen?«

»Lieber Luchsi, ich weiß nicht genau, wie ich dir das erklären soll. Sagen wir mal, sie hat in den langen Wartepausen und toten Zeiten ihres Berufs Nacht für Nacht zwei, drei Zeitungen gelesen. Darüber hinaus hat jener Beruf sie mit Leuten aller Art in Kontakt gebracht...«
»Schon kapiert, ne Nutte!« schreit Luchsi.
Die Milchbubis und -lieschen drehen sich kollektiv zu ihnen um.
»Red leise...«
»Los, fahren wir hin zu deiner Dame.«
»Dafür bist du noch zu klein.«
»Käse! Ich weiß genug.«
»Da lachen ja die Hühner!«
»Prüf mich, Herr Lehrer.«
»Was ist ein Präservativ?«
»Im einzelnen weiß ich das nicht, aber ich habe dir mal eins mit Wasser gefüllt vom zweiten Stock auf den Kopf geklatscht.«
»Ach, du warst das!«
»Befehl von meinem Bruder.«
»Einer meiner abscheulichsten Schüler.«
»Die nächste Frage, Herr Professor.«
»Wie viele Bräute hattest du schon?«
»Vierzig.«
Das ist dermaßen gelogen, daß weitere Forschung, noch zwei Hamburger sowie ein Bier vom Faß fällig sind.
Diese Nacht ist eindeutig eine Nacht wie noch nie im Leben des unerschrockenen Professors und seines jugendlichen Knappen.

Einen Kilometer weiter östlich verabschiedet sich Luzi von Rosa, die zur Arbeit muß; sie kellnert im Schickeriarestaurant Goldbroiler – Seebarsch angelfrisch, Langusten mitten aus dem Leben gegriffen oder zumindest frohen Herzens gestorben.

Luzi geht vorbei an einer Bar, in der sie ein paar Abende zuvor mit Leo gewesen war. Der Kellner, ein bebrillter Kater, begrüßt sie.

»Ganz allein heute abend? Isser mit 'ner Blondine durchgebrannt?«

Luzi lächelt, sagt aber nichts. Sie schlendert weiter und redet im Gehen mit Leo, erklärt ihm, warum sie erst jetzt begreift, wie schwierig und wie selten seine Lustigkeit war und wie sie ihn immer darum beneidet hat. Leo antwortet, wie ein paar Abende zuvor, ich möchte sein wie du, ich möchte deinen schlichten Mut besitzen, nicht meinen, der manchmal nur mit Säbel und Schlachtroß funktioniert. Aber eines Tages, vielleicht, werde ich gelernt haben.

»Meinst du«, fragt Luzi, »daß es Leute gibt, die Glück haben?«

»Uns.«

»Jetzt auch?«

Leo antwortet nicht; Leute rempeln Luzi an.

»Und die kein Glück haben?«

»Davon gibt's viele«, sagt Leo. «Aber vielleicht helfen die, die Glück haben, ihnen.«

Leos Stimme verschwindet unter einer Decke aus schrillem Autohupen-Geschrei. Ein Mann rennt. Die Leute drehen sich kaum um. Luzi hat plötzlich das Gefühl, daß Atmen nicht mehr reicht. Ihr dreht sich der Kopf. Sie setzt sich auf den Bürgersteig, verliert einen Schuh. Ein Pärchen geht vorbei und murmelt etwas Feindseliges. Zwei junge Rekruten bleiben stehen. Einer fragt, ob sie etwas braucht, aber der andere zerrt ihn am Arm weg. Beine und Schuhe ziehen an ihr vorüber, aber Luzi kann

nicht einmal mehr hingucken. Dann erkennt sie, direkt vor sich, eine tabakbraune Hose, und eine Hand streichelt ihr über die Haare. Luzi hebt mühsam den Kopf und erkennt gegen das weiße Licht eines Ladens Lee. Ganz mager ist er geworden, trägt die Haare ratzekahl geschoren. Aber er hat sich gar nicht verändert, er ist nicht jemand anders geworden, er ist nicht...
»Du auch nicht«, sagt Lee. »Kannst du aufstehen?«
»Du hier... Du bist ja wahnsinnig!« sagt Luzi und muß sofort lachen. Solche ersten Worte an einen, der gerade aus einem Irrenhaus abgehauen ist! Auch Lee lacht, er hat immer noch dasselbe Gesicht, er sieht nur aus, als hätte er Fieber, aber ist ganz ruhig, so ruhig hat Luzi ihn nur selten erlebt.
»Alle Welt sucht dich, und du gehst mitten in der Stadt spazieren! Du mußt dich sofort verstecken!«
»Ich will mich nicht verstecken«, sagt Lee. »Ich hab wenig Zeit und viel zu tun. Komm mit, ich hab ein Auto.«
Luzi läßt sich zu einem roten Wagen tragen. Lee schließt die herausgerissenen Anlasserkabel kurz. Und stellt als erstes das Autoradio an.
»Musik haben wir auch«, sagt er.
(In every dream-home a heartache – Roxy Music.)
Er fährt langsam, vorsichtig. Manchmal macht er die Augen zu, als störe ihn das viele Licht. Luzi bemerkt, daß er einen viel zu großen Pullover und zu große Schuhe anhat, wer weiß, wo er die her hat. Lee fängt an zu erzählen, es ist eine seiner Reden wie Feuerwerke, die sie so gut kennt. Ich muß einen Typ finden. Krokodil heißt er. Dealt. Vielleicht hat er nix damit zu tun. Weißt du, ob Leo gedrückt hat? Nein, sagst du, aber oft kriegen nicht einmal die nächsten Leute sowas mit. Nein, du hast recht, Leo war nicht der Typ dafür. Aber was wollte er in Bessico? Da wohnt so ein Kerl, Friederich, ein geschniegelter Faschist, hab ihn mir vorgeknöpft, da hat er mir die Vorzüge dieser Wohnanlage erklärt. Ich hab gelernt,

die Leute nachzumachen, weißt du, manchmal gehe und rede ich genau wie die und spür, was die so denken, glaubst du mir nicht? Sie haben mir meine Bücher weggenommen, ein paar sind ja gut, sagen sie, die andern nicht, genau wie im Knast, und dann jagen sie mir sechs Nullol-Spritzen rein und ich steh auf und renne weg und sie stehen doof da, der Arzt hat gesagt, der benimmt sich als hätt er 'ne andere Chemie im Leib, stimmt, guck mich doch nicht so an: Das ist wissenschaftlich belegt, sobald du eine Sache genauer unter die Lupe nimmst, entdeckst du immer neue Unordnung, neue Teilchen, Figuren im Staub und alles was du gewußt hast über die Sache fliegt in die Luft. Hast du mal gesehen, wie Verrückte auf einen einzigen Punkt starren können? Du weißt ja nicht, was die sehen können, und du weißt auch nicht, warum ich immer wach bleibe und mich gar nicht retten will um jeden Preis, guck mich nicht so an. Wir waren uns mal so ähnlich, wir waren drei Noten eines Akkords, Löwe, China und Gypsy, aber dann kommt ein Punkt, da reißt der Faden, und die anderen rücken fern. Die Arschlöcher dagegen, die sehe ich sehr gut, ja, die sind immer noch auf ihren Posten und die haben eine Wahnsinnswut, denn wir haben die mal demaskiert und das verzeihen sie uns nie, in Aberjahrhunderten nicht, und deshalb ist Krieg, erzähl mir nichts von Sanftmut, Sanftmut ist ein großes Privileg, aber der Schmerz kann sie vergiften, in einem einzigen Augenblick, da haue ich ab aus diesem Knast da und die Stadt ist schlimmer als je zuvor, die Leute kippen um auf offener Straße reden mit sich selbst kotzen krepieren und alle laufen dran vorbei und haben nix gesehen und denken sich bloß in aller Eile einen neuen Namen aus für ihre ganze korrupte Existenz, und dann fällt ihnen manchmal der gewöhnliche Mann von der Straße ein, diesen Heuchlern, der gewöhnliche Mann der euch gefällt ist dumm und gierig wie ihr selbst, so hättet ihr ihn gern, als Feigling, der aus Feigheit morden darf, während sie selbst ja morden, weil's notwendig ist, wegen ihres göttlichen Geldes. Luzi, sie sind die Extremisten von heute, gewalttätige mörderische Extremisten mit der ideologischsten Ideologie des Jahrhunderts, mit ihrer Ökonomie heiliger als jede Religion grausamer als jedes Heer, denkt dran und erschauert, wenn alles in die Luft fliegt, wenn es zappenduster wird, Krankheit ohne Symptom, Chaos aus unverständlichen Hieroglyphen, wenn ihr auf der Straße sitzt, ihr immer grausameren impotenten Informationsträger, und wer soll dann die Fragmente zusammensammeln, die Trümmer, womöglich gäbe es jemanden, womöglich könnte das passieren, Luzi, das ist die Hoffnung und inzwischen verbrenne ich und es gibt keinen Pakt mehr zu schließen mit dem Teufel nicht und auch nicht mit der Resignation, Luzi, wir sind immer schon was anderes gewesen, zum Glück, und guck mich doch nicht so an, nein, ich bin noch nicht fertig, ich werde dir sagen wer Leo umgebracht hat vielleicht war es einer von denen da die mal auf Genosse gemacht und jahrelang gedealt und die ganze Zeit erzählt haben, das sind die Faschisten, von wegen, komm mit mir mit und guck dir an, wer es ist, oder hast du Angst, entschuldige, nein, komm nicht mit, das sind widerliche Ecken, da tummeln sich die Chaoten von heute, schönes Wort, schade daß Genossen nicht einfach alle so sein können wie du Luzi, komm mit, guck dir dieses Krokodil an, diesen Bullenspitzel, der hat mir so oft Stoff vertickt, und als ich ausgestiegen bin, da hat er mir 'ne Gratisportion auf dem Autositz liegenlassen, großzügig was? Genau wie die Leute die dir Sprengstoff in die Bude packen und dann erzählen jeder muß seinen Beitrag leisten, und trotzdem, es gab auch welche die mich gerettet haben, immer wieder, die mit mir geredet haben, du auch Luzi, und es wird am Ende eine Wahrheit geben Luzi, und wir werden die Wahrheit finden, tief unten im Wasser und rauf bis ganz oben zum höchsten Dreckschwein glaubst du nicht? Sag ja, ich verbrenne in dieser Geschichte und sehe kein Ende, aber wir werden die Wahrheit finden, und wenn es nur ein Fünkchen Wahrheit gibt, gibt es auch Hoffnung und wer sie zum Leuchten bringt hat eine Menge getan und es spielt keine Rolle mehr ob man dann noch zu retten ist, für was denn zu retten, für diese Welt in der sie die Schwachen weiter beleidigen, Luzi, wenn ich an all die sauberen Leute denke, denen ich begegnet bin, und die beleidigen sie einfach immer weiter Luzi, die bringen sie um, es gibt keinen Begriff für so ein Verbrechen, man kann das alles gar nicht aushalten verstehst du Luzi wenn sie in meinem Zimmer stehn und jemand brüllt man kann auch mit den Augen brüllen Luzi, Luzi ich frage mich was ist passiert, warum tut ihr als ob ihr nix seht, manchmal möchte ich begreifen Luzi, aber wenn du wüßtest, diese Musik in meinem Kopf und in den verbrauchten Gegenständen, und danach, was für eine Wut du da in dir spürst, Luzi, und dann denke ich, wenn es nun nicht so wäre wenn ich nicht mehr dran glauben würde wenn ich ein ordentlicher Mensch wäre Luzi, dann wären wir ein ganz normales Paar du und ich und nach dem Kino würden wir nach Hause gehen und nicht in der Großstadt verlorengehen, aber vielleicht sind die ordentlichen Leute genau so verloren, Luzi, wenn sie doch bloß hinhören würden, kapieren, daß die andere Hälfte der Wahrheit, selbst wenn man sie bloß heraus*schreien* kann, die notwendige andere Hälfte ist, man kann sie nicht abschneiden man kann sie nicht vergessen aber am Ende gibt es nur den Schmerz, wie es mich gibt, einen Bekloppten auf der Straße, ein Bekloppter ist einer der nicht weiß wo er hin soll, sonst gar nichts Luzi, du verstehst das, du die du gebenedeit bist unter den Frauen, du die du mich gesehen hast als ich glücklich war, du die du mutig bist die du mich manches Mal alleingelassen hast wie einen Hund du die du jetzt bitte aussteigst guck mich nicht so an sage ich dir, dies ist ein Pfad für komi-

sche erschrockene Krieger und ich will weder siegen noch verlieren nur daß du mich nicht vergißt, und nachher sollen sie mich ruhig annullieren mit ihren Medikamenten und mich nennen wie sie wollen und weiter ihre Geschichten erzählen, sie sind nicht wahr, die Hälfte fehlt, du verstehst das Liebste, wenigstens du, und deshalb steig jetzt bitte aus.
»Ich komme mit«, sagte Luzi.

Um diese nächtliche Stunde ist auch die Lage der übrigen Mitwirkenden keineswegs rosig, und nicht nur wegen der Hitze. Der Inspektor hat es mit drei Kreuzworträtseln für mehr-als-findige Rater aufgenommen und gesiegt, aber dieser Fluß in Eritrea hat immer noch zwei unversöhnliche weiße Felder, die ihn buchstabslos versanden lassen, eine entsetzliche Zahnlücke innerhalb der Ordnung. Portius aber ist ein Mann der Ordnung, ein Intellektueller, musterhaft fürs ganze Land. Er wird demnach weder zu einem Lexikon greifen noch sich mit einem Atlas behelfen. Dieser Name muß in seinem Kopf aufblühen wie die Lösung des Verbrechens in einer Ermittlung oder Schuldgefühl in der Seele. Das ändert allerdings nichts daran, daß Portius summa summarum unglücklich ist und – wenn er nur dürfte – mit Freuden Repressalien aller Art gegen Eritrea und seine sämtlichen Nigger erlassen würde.
Was den Journalisten Carläleon angeht, der liest und aberliest einen Text, den er geschrieben hat, der ihn aber nicht überzeugt. Also greift er nach seiner orangeroten Weste, steigt in seinen FIAT-Schweinchen und entschwindet in die Nacht.
In eben jener Nacht ähnelt die Wohnanlage Bessico, wie sie da so weiß ins Mondlicht ragt, deutlicher denn je einem Riesenklo. Ihre Bewohner werden umgetrieben von verschiedenen Gemütszuständen. Hannelore Hämisch döst vor dem Fernseher vor sich hin, farciert mit kalter Paprikapfanne, und durch ihre Wachträume geistern abwechselnd Showmaster im Smoking, Verkehrspolizisten, Moderatorinnen in Lamé und Ballereien, in denen Sänger untergehen, kaum daß sie die Bühne betreten haben. Jesses nee nie wieder was 'n Alptraum, und so schleppt sich Hannelore auf ihren beiden Raupenschlepper-Pantoffeln aus kaninomorphem Fell in Richtung Bett.
Frieder kommt gerade zurück aus der Polo-Bar, wo er

vergebens auf die beiden Puppen gewartet hat, und verleiht seiner Unzufriedenheit dadurch Ausdruck, daß er seine Makaramoto aufheulen läßt. Das hört Edgar im ersten Stock, aber der wird sich hüten, die Polizei zu rufen, oh nein, der ist viel mehr in Sorge wegen der Hausdurchsuchungen als wegen eines türeneintretenden Bekloppten, und außerdem zerreißt er gerade Schecks und seufzt, das hätte nicht passieren dürfen, ausgerechnet jetzt, wo er endlich diese Abschreibungsmöglichkeiten mit diesen Einzimmer-Apartments gefunden hatte. Edgars Frau liegt im Bett mit Korken in den Ohren und lauscht auf ihren Puls, der zwischen neunzig und hundert Schlägen in der Minute hin- und hertorkelt. Da sie im Sambatakt ihres Herzrhythmus' ab und zu ein »uh« zu vernehmen glaubt, schluckt sie eine Rhythmol und eine Wohlinait; der Hund beäugt sie angstvoll und versucht, darauf aufmerksam zu machen, daß man auch heute abend wieder vergessen hat, ihm etwas zu fressen zu geben. Der Sohn schläft heiter, da prügelfrei vor sich hin. Zweiter Stock. Der Lemur ist nicht da; er ist zum Schlafen ins Hotel gezogen.

Dritter Stock. Die Varzi ist dabei, ihren Schmuck zu verstecken. Zwei Ketten hat sie bereits in einen alten Schlüpfer gewickelt und in die hinterste Ecke des Schranks gesteckt, die Korallenkette tief unten im Topf mit dem Ficus verbuddelt. Die Ringe sind alle im Kühlschrank, entweder in ein Fischmaul geklemmt oder in die Majonäse getunkt. Aber das Amethystcollier, das aussieht wie die Kette von Macistes Braut mit den violetten Hundertgramm-Klunkern, wo könnte man das bloß verstecken? Und den südafrikanischen Rubin? Das Leben ist furchtbar miese zu Leuten mit etwas Gemüse.

Gehen wir wieder hinunter in den ersten Stock. Sandri sieht fern, einen Kriegsfilm, der ihm gefällt. Es ist die Sorte Film, bei dem einem jedermann ständig weismachen will, »der Krieg ist ein Drecksgeschäft«, aber völlig klar ist, daß der Regisseur den Krieg ganz im Gegenteil für toll und aufregend hält. Es ist doch einfach beruhigend zu wissen, daß auf tausend Schlappschwänze, die *gegen* den Krieg wettern, bloß ein einziger Vertrauenswürdiger kommen muß, der ein bißchen TNT an der richtigen Stelle plaziert, und schon macht alles Bumm wie eine Gasheizung. Sandri betrachtet seine Pistolensammlung und findet sie viel schöner und fataler als jede Pfeifenkollektion. Nach dem Film folgt eine Diskussion mit einem deutlich pazifixierten Intellektuellen. Arschgeigen. Was bilden Sie sich eigentlich ein, wir haben auch mal Bücher gelesen! Die Ilias ist ein Buch über den Zorn, die Odyssee über die Scheißwut eines rachlustigen Gottes und die Aeneis ein Massaker und Roland ein Rasender und Jerusalem haben sie auch nicht mit dem Abschleppwagen befreit und Shakespeare endet immer mit gezückten Schwertern und Don Quijote hab ich zwar nicht gelesen, aber wenn der Don heißt, dann kann er ja nur der Typ Pate sein, mit Blut und MG-Salven. Sandri sieht in den Spiegel, pumpt seinen Brustkorb auf und findet sich gar nicht übel. Nicht ganz Rambo, aber das macht gar nichts. Die Rambos vergehen, die Sandris aber bleiben bestehen.

Letzter Stock. Die Büros der Videostar sind hell erleuchtet. Eine Filmrolle verkrumpelt im feurigen Todeskrampf. Die wird auch verbrannt. Die andere da heben wir auf, die schaffe ich ins Ausland. Danach gehen sie, die von der Videostar.

Im Garten sind vier Bewacher und halten Wache.

Der willensstarke Lo Pepe denkt an seine Braut und seufzt, außerdienstlich.

Der schlaue Pinotti raucht und denkt an nichts, was auch mal vorkommen kann.

Der solide Olla denkt, wie schön es wär, wenn er jetzt an seinem Strand sein könnte, mit einem Bier, und die ganze Frische des Mistrals tanken und die Netze mit den

gefangenen Langusten aufmachen und vielleicht eine Languste essen, im eigenen Saft, und danach Schmalzkuchen und wer weiß was für Süßes aber nein Kacke verdammte hier muß ich rumhängen gequirlte Scheiße nochmal als inkontinenter Kackpolizist auf dem Festland. (Olla denkt sehr schnell, verglichen mit den anderen.)
Der geduldige Santini schließlich denkt an den toten jungen Mann und empfindet tiefes Mitleid, und dann fällt ihm ein, wie schön diese beiden Mädchen waren, die am Nachmittag dagewesen sind, und wie komisch dieser Alte mit dem Fahrrad an der Hand, den er hat wegschikken müssen.

In diesem Augenblick traten Herr Ritter Luzius von und zu Lurch und sein junger Knappe aus dem Lokal, in dem sie ein Vermögen in Getränken und Getreidehalbkugeln mit haschiertem Rindvieh und chinesischer Chengchung-Sauce angelegt hatten. Aber wie verblüfft war unser alter Ritter, als er feststellen mußte, daß sein treues Roß ihm arglistig entwendet worden war! Er war empört, wenn auch in noblem Rahmen, und schrie: »Verdammter Scheibenhonig, man hat mir mein Rad geklaut!«

»Hattest du es denn angeschlossen?«

»Wie angeschlossen? Ich bin nie nachts damit unterwegs. Und in meinem Viertel hat es mir noch nie jemand geklaut!«

Der junge Knappe erklärte ihm, in ihrer beider Viertel passiere so etwas zwar vielleicht nicht, aber ein Fahrrad ohne Keuschheitsgürtel in der nächtlichen Kasbah stehenzulassen, stelle eine Herausforderung an Merkur persönlich dar, den Beschützer der Diebe und Bicycle-Recycle-Experten. Ergo sei der Ritter ein Trottel gewesen, und es geschehe ihm recht.

»Oh je«, seufzte der Ritter, von übermäßigem Biergenuß angeschlagen. (Checkup dagegen enthält keinen Alkohol.)

»Vielleicht bringen sie es mir ja wieder«, sagt er dann.

»Das würde ich ausschließen«, entmutigt ihn Luchsi.

»Woher willst du das wissen?«

»Ihre Bice ist zu dieser Zeit bereits umgespritzt und kurz gesagt nicht mehr Ihre Bice...«

»Sondern gehört einem anderen.«

»Ganz recht.«

»Du meinst, das ist, wie wenn sie einem eines Tages die Braut wegnehmen, die brünett war, und dann trifft man sie später wieder, am Arm eines andern Mannes, und sie ist superoxidiert und hat eine operierte Nase?«

»Ganz recht.«

»Das ist alles sehr grausam«, sagt Lurch. Und so wandern sie weiter ins Moor der Nachtschwärmer, der Herr Ritter schwankend, sein Knappe hinter ihm her trottend. Sie sind auf dem Weg zur Höhle von Wanda der Walin, Ex-Kurtisane und derzeitige Besitzerin eines besonders fashionablen Treffpunkts, frequentiert von Geburts- wie auch Geldadel, von Damen und Butlern, das Filetstückchen der Nation.

»Darf man erfahren, wohin wir gehen?« fragt der Knappe.

Dem Ritter entgehen selbstverständlich nicht die vielschichtigen philosophischen Implikationen dieser Frage, er beschränkt sich jedoch auf folgende Antwort: »Still sein und weitergehen.«

»Ich bin müde, und die Füße tun mir weh.«

»Mir auch.«

Sie setzen sich an cin Tischchen.

Sofort kommt ein Kellner.

Sie setzen sich auf den Bordstein.

Da kommt keiner.

»Wie ist denn diese Madame Wanda?« erkundigt sich Luchsi.

»Früher war sie wunderschön, eine Perle auf dem Mantel der Nacht.«

»Hat sie viel verlangt?«

»Weiß ich nicht mehr.«

»Ist es schon lange her, daß Sie zum letzten Mal gebumst haben, Herr Professor?«

Der Professor hebt eine Augenbraue und will diesem Frechdachs eigentlich ein paar passende Worte entgegnen. Aber dann überlegt er sich's anders und sagt: »Ja, es ist wirklich schon ganz schön lange her.«

»Ich hab noch nie«, deklariert Luchsi.

Diese vier Wörter rühren den Professor, er drückt Luchsi lächelnd an sich, und letzterer versetzt: »Du bist nicht zufällig Pedorast?«

»Mein junger Knappe! Du Glücklicher, der du bald unter dem höchsten aller Triebe der Natur erbeben wirst. In diesen deinen Zeiten ist es nicht sehr schwer, den Eros kennenzulernen. In meinen dagegen mußte man sich noch jahrelang auf die Lauer legen, wenn man auch nur einen nackten Schenkel in einer Illustrierten erhaschen wollte. Ihr mit diesen Heftchen heute erlebt eine derartige Konzentration von erogenem Material – eine Seite davon, ich sage: eine einzige Seite hätte meiner Generation gereicht für die Einbuße zahlloser Arbeitsstunden sowie für schwere Verrenkungen an der Mittelhand.«
Luchsi hat vollstes Verständnis außer für den letzten Teil des Satzes.
»Hast du denn zur Zeit eine Braut?« fragt ihn der Professor.
Luchsi hebt den Blick gen Mond und antwortet erst nach einer kurzen Bedenkzeit: »Es gibt drei, die mir gefallen. Luzia, aber die ist schon zu groß; Luzinde Fuchsschwanz, aber die ist noch zu klein; und die Barazzutti, aber die ist zu bescheuert.«
Sie gehen weiter.
»Und Sie, Herr Professor? Haben Sie eine Braut?«
»Ich bin Witwer.«
»Wenn man Witwer ist, muß man doch vorher eine Braut gehabt haben, nicht?«
»Genau.«
»Und wie war sie?«
»Typ Ehefrau. Groß, stolz, traurig, manchmal ein bißchen fern und kalt.«
Schweigen seitens Luchsis.
»Aber ich habe sie geliebt... Ich hätte nur gern... mehr Wärme von ihr bekommen, ich weiß nicht, ob du das verstehst. Deshalb habe ich mir damals eine Geliebte genommen.«
Heute abend läßt der Professor aber wirklich die Leinen los.

»Und wie ist das ausgegangen?«
»Sie war die Frau eines geschätzten Kollegen, des Zeichenlehrers. Es war ein Drama. Auch die Schuldiener waren erschüttert.«
»Ich kann Sie gut verstehen. Ich hätte mich ja auch mit Luzi längst verlobt, wenn Leo nicht...
Sie schweigen. Und dann fällt ihnen wieder ein, wonach sie eigentlich suchen wollten.
Um Punkt 23.30 stehen sie vor dem Leuchtwort »MoreFun«. Nachtschwärmer in Zweier- oder Dreierformation oder in ganzen Sträußchen gebündelt strömen hinein, unter einer Pergola aus künstlichen Weinranken und unter Filmspotlights hindurch. Fast alle sind braungebrannt, genauer gesagt, alle außer unseren beiden Helden. Welche jedoch trotz ihrer Blässe resolut auf den Eingang zusteuern.
Sie werden abgeblockt von Georg dem Gorilla und seiner enormen Pfote.
»Kei Tschangs«, sagt der in fließendem Japanisch.
»Kei Tschangs wie meinen?«
»Kei Tschangs Angtreh!«
»Wieso nicht?«
»Hier entscheide ich, wer reinkommt und wer nicht. Gehnse sich'n Eis kaufm, Sie mit Ihrn Knirps.«
Vom Gipfel seiner sechs Eiswaffeln und seines Stolzes herab bombardiert Luzius den Gorilla mit einer solchen Salve aus Schmähreden, daß der Gorilla nicht recht weiß, was tun, und sich nachdenklich am Kopf kratzt: Wie vermöbelt man denn bloß einen alten Knacker mit einem Gör von augenscheinlich elf Jahren im Schlepptau?
Angelockt vom Krawall erscheint Madame Wanda die Walin. Sie trägt ein Kostüm aus Seebarbenschuppen mit einer Kette aus Rogen, im Haar eine goldene Gräte und an den Füßen Schuhe aus echtem, auf Schlange gemachtem Hecht. Luchsi findet sie autochromatisch fast noch viel schöner als das Trikot des FC Sampdoria. Der Herr

Professor sperrt das Maul auf. Das tut auch Wanda, die ein dreimal so großes Maul ihr eigen nennt, und dann ruft sie aus: »Professor Lurch! Sie hier! Das ist ja 'n Klopper!«
»Sind ein paar Jährchen vergangen«, sagt der Professor, wohl wissend, daß – in aller Bescheidenheit – nicht jedermann sich so hält wie er.
»Und was machst du hier?«
»Ich wollte mit dir reden. Dürfen wir eintreten?«
»Du und der junge Mann?«
»Ja. Das ist mein treuer Gefährte.«
»Du bist nicht zufällig Pedorast?« sagen Walin und Gorilla auf einmal.
Und so betreten unsere beiden das MoreFun. Innen ist alles Krypta und Kerzen, eine Atmosphäre wie in Julias Gruft. Luchsi flimmern die Augen. Da gibt es Puppen im Quarzlicht, Männer, die alles kriegen, Industriewohltäter der Richtung Italy for Svizzera, auf Sofas lümmelnde unbequeme Journalisten, den berühmten Komiker, der den Satz: »Machen wir einen Schwund nach vorn!« erfunden hat, männliche und weibliche Models und auf den Tischen Säfte und Schnäpse, und kein Kellner kommt und geht einem auf den Keks, sondern man ruft selbst einen Kellner herbei, mit derselben autoritären Geste wie ein Schiedsrichter, wenn er einen Spieler verwarnen will: Kommse ma her hier! Es gibt außerdem eine Abteilung Speisen, todschick, Nuwell-Kwiesien – Spaghetti à la Tunten und Blasen oder Risotto mit Heeresfrüchtchen. Dazu erklingt:

Your love is king
crown you in my heart...

Und zwei sind sich in die Wolle geraten. Das sind doch ein Vizeminister und ein Modedesigner.
»Bin gleich wieder da«, sagt die Walin. »Trinkt ihr schon mal, was ihr möchtet.«

Sie entschwindet, den phosphoreszierenden Schwanz wedelnd.
Unsere beiden nehmen auf einem himmelblauen Sofa Platz, und das fühlt sich an, als ob man in einen Knetgummi sinkt.
Sie (selbst!) rufen einen Kellner.
Bestellen eine O-Brause und einen Fernet-Feffermünz.
Machen es sich gemütlich.
Schlafen beinahe ein.
Schließlich sagt Luchsi: »Herr Professor, du bist ja wirklich bekannt hier, was?«
»Ich hatte in meiner Jugend eine mondäne Phase.«
»Wie Madame Walin?«
»Nicht ganz. Meine stand mehr auf der Sollseite, bei den Passiva.«
Ein paar Nachtschwärmer mustern sie neugierig. Der Professor erläutert Luchsi welche verschiedenen Branchen eine mondäne Cocktail-Bar machen.
Am Nebentisch sitzen lauter Leuchten der Filmwirtschaft, unter anderem das Team der Videostar. Die Unterhaltung nimmt folgenden Verlauf:
»Ja, aber läßt die sich nun?«
»Ich hab ihr das Drehbuch gegeben.«
»Ja, aber läßt die sich nun oder läßt die sich nicht?«
»Sie wird mir Bescheid geben... Was die Außendrehs angeht...«
»Scheiß-Außendrehs. Wenn die sich läßt, dann wird der Film gemacht, wenn nicht, dann lassen wir uns...«
»Wenn die sich nicht läßt, fragen wir die Murzi.«
»Aber die Murzi läßt sich nicht, Scaffardoni hat sie gefragt, und der hat ihr vierhunderttausend geboten.«
»Also, meiner Meinung nach, vielleicht nicht gerade die ganze Szene lang, aber 'n halben Arschfick läßt die sich...«
»Läßt sie sich, wird der Film gemacht. Den Komiker haben wir ja. Aber wenn die sich nicht...«

An einem anderen Nebentisch debattieren ein paar präprominente Herrschaften über einen Ausflug auf einer Yacht, der bis auf die Balnearen führen soll.
Eine der Damen erläutert, erst das Boot bringe den wahren Charakter von Leuten hervor, eine andere Dame, den von Hunden auch, der Ehemann, oh nein, der Hund bleibt zu Hause, sonst komme ich nicht mit, ein anderer, besser, sie schleppt dir einen Hund an Bord, als daß sie dir einen Liebhaber anschleppt, oh Liebling, paß mal auf, wenn ich will, schleppe ich die an der Leine ran, alle beide, hoho, haha, Clarissa, du bist 'ne Marke, hoho Clarissa, laß dir den Arsch vergolden, du, du bist ja betrunken, laß ihn dir vergolden und den von dem Hund gleich mit, ruhig, keinen Streit! Poldo fährt auch auf die Balnearen, und wißt ihr schon wie? Der macht 'ne Tunten-Fregatta, hoho haha, 'ne Tunten-Fregatta, Renzo was du immer erzählst hoho Tunten-Fregatta, Kellner, kommen Sie mal her, bevor Sie ganz einschlafen! Haha, Tunten-Fregatta, das ist gut.
»Was für eine Welt«, sagt der Professor. »Das ist ja schlimmer hier als in den fünfziger Jahren.«
»Tja-ja«, sagt Luchsi als profunder Kenner der fünfziger Jahre, in denen er noch für das Spermatozooikum kandidierte.
»Ich weiß nicht mehr, wo Anfang und wo Ende ist«, sagt Luzius, dessen Widerstandskräfte nach dem Feffermünz-Fernet ausgesprochen geschwächt sind. »Ich weiß nicht, ist es das Ende, wenn die Zeiten schrecklich werden, oder ist es der Anfang einer neuen strahlenden Ära.«
»Ein Anfang«, sagt Luchsi, »ist, wenn man ankommt, ein Ende, wenn man abfährt.«
»Das ist nicht immer so«, sagt der Professor. »Weißt du, daß es einmal Bakterien gab, die nicht geatmet haben?«
»Wie lange?«
»Wie meinst du?«
»Wie lange? Ich habe einen Mitschüler, Comellini, der kann anderthalb Minuten lang nichtatmen.«

»Sie haben *nie* geatmet.«
»Achso.«
»Und in unserem Körper gibt es Zellen, die nie sterben. Sie gehen nur in etwas anderes über, in eine andere Struktur. Aber es sind dieselben, seit dem Ur-Chaos.«
Luchsi denkt an die Rotzklümpchen seines Freundes Hase, behält das aber für sich.
»Und du, mein vertrauenswürdiger junger Freund! In wie vielen Schülergesichtern wie deinem habe ich die Erwartung des Lebens gesehen! Aber das Leben erwartet man nicht, es ist nichts anderes da draußen vor den Fenstern des Klassenzimmers!«
Das sieht Luchsi zwar anders, er ist aber mit Trinken beschäftigt.
»Und sie haben im Unterricht von Dichtern gehört, die jung gestorben sind, fast so jung, wie sie gerade waren. Sie haben Kriege durchgenommen, in denen Leute starben, und während derselben Zeit starben ihre Altersgenossen. Und wenn ich jemanden versetzen sollte, habe ich gedacht: Geht nur, geht nur, die Enttäuschungen des Lebens kommen noch dicke genug, was soll ich euch da auch noch mit einer dicken Fünf enttäuschen.«
»Und wieso hast du dann meinen Bruder durchsausen lassen?«
»Nur in einem Fach, er wollte nichts wissen von der Materie. Obwohl ich selbst nicht definieren könnte, was ›Materie‹ ist. Welche Klassifizierung, welche Gattung ist denn nicht letzten Endes doch bloß ein zusammengeknüllter Zettel im Papierkorb der Zeit? Gibt es auch nur das geringste Kriterium für den Unterschied zwischen, was weiß ich, Mathematik und Naturwissenschaft?«
»Die Hefte.«
»Wie meinst du?«
»Die Mathehefte sind kariert, die anderen liniert.«
Der Professor seufzt, inzwischen völlig abgesoffen.
»Tja, ja. Viel Zeit ist vergangen, seit ich mich mit sol-

chen Dingen beschäftigt habe. Und trotzdem träume ich heute noch manche Nacht von Prüfungen. Ich träume, ich bin nicht vorbereitet auf ein paar Fragen...«

»Das kann ich nachfühlen...«

»Ich träume, ich werde zum Militär eingezogen... Aber ich bin schon siebzig Jahre alt, verstehst du? Siebzig Jahre lang jedem Gewehr entronnen. Und heute noch schlage ich Bücher auf... und quelle über vor Erinnerungen und trage ganze Koffer und Truhen voll davon mit mir herum. Dabei müßte ich mich leicht wie eine Feder fühlen, denn was für Reisen könnte ich wohl noch machen, was für Hotels noch besuchen?«

»Wenn Sie so weiterreden, fange ich an zu heulen.«

»Bloß nicht. Alles, was ich beklage, ist gar nichts verglichen mit den Wundern, die du noch erleben wirst. Nur ein Lamento, das das große Orchester deines Erstaunens übertönen wird. Wie viele Dinge warten auf dich! (Pause) Woran denkst du?«

»Ich denke, daß Sie kein Feffermünz vertragen.«

Da platzt die Walin mit großem Schuppengepränge und einer Flasche Champagner dazwischen.

Es ist fast Mitternacht.

Lee und Luzi tauchen ab in ein merkwürdiges Meer, dessen Gezeiten sich nach den Sensationellen SommerSpielen richten, einem Ereignis, das jedes Jahr die Städter wieder mit ihrer Stadt versöhnen soll, Anlaß zu Polemiken gibt, die Sehenswürdigkeiten der Altstadt (nach Meinung einiger) zu neuem Leben erweckt beziehungsweise (nach Meinung anderer) verschleißt. Die SommerSpiele bringen uns Filme nahe, die wir entweder nie sonst hätten sehen können oder aber nie sehen wollten, und vermischen auf diese Weise die Geschmäcker von tausend Epochen und zwanzigtausend Konsumenten miteinander.
Zum gegenwärtigen Zeitpunkt läuft auf der kleinen Flimmerwand eine Retrospektive der Mineralwasser-Werbung von den zwanziger Jahren bis heute, auf der mittleren Flimmerwand eine Retrospektive eines Großen Komikers und auf der großen Flimmerwand King Kong II., die Geschichte von einem Riesenaffen, der von seiner Insel verschleppt wird; das Ende ist tragisch, denn der ganze Film ist ein Fiasko. Ferner gibt es eine Modenschau, einen beißenden Komiker (der ätzende konnte sich nicht freimachen) und selbstverständlich Videoclips. Ein paar von denen hat man bereits viele Male sehen dürfen, andere erst zweimal, noch andere sieht man hier zum ersten Mal. Sie haben praktisch die Fan-Photos abgelöst. Dann ist da noch einer, der postmodernen Schweinebauch und diversen Frettchen, Hühnchen, Pfauen verkauft, und ein Korall in roten Lockbuchstaben.
In einem Raum hinter der Leinwand gibt es die Musik-Videos, und da streitet sich Carlo Chamäleon mit einem Kollegen von der *Music Time* und sagt basta, ihr geht mir auf den Keks mit euern Duran-Duran-Aufmachern, und der andere schlägt zurück, genau wie ihr mir damals auf den Keks gegangen seid mit euerm Terrorismus, und heute mit euern Benimmregeln; und die zwei Täubchen an seiner Seite kommentieren einen Videoclip, und die eine sagt, Springsteen ist der Größte, und die andere, Spring-

steen ist ein Brachialo. (Was soviel heißt wie Rauhbein und Plebejer.)
Carlo Chamäleon erklärt seinem Kollegen eben den Unterschied zwischen Playback und Terrorismus-Aussteigern, da kommt eine Brünette vorbei, die er schon mal gesehen hat, aber er weiß nicht mehr wo, und mit ihr zusammen ein Typ mit einer schrägen Visage, den hat er auch schon mal gesehen, in den guten alten Macht-Kaputt-Zeiten, denn ideologiemäßig mag Chamäleon zwar mittlerweile zu den Gebißträgern zählen, aber sein Gedächtnis ist immer noch gut. In der näheren Umgebung tummeln sich auch Frieder und drei seiner Kumpel in echtem Leder; sie schleppen gerade ein paar Puppen ab, beim Stand mit den Wassermelonen. Zum Glück dreht sich Frieder, als Lee und Luzi vorbeigehen, gerade um, weil er jemandem, der ihm seine Ellbogen in die Rippe gerammt hat, eine verpulen muß, und so kann die Handlung weitergehen.
Lee und Luzi setzen sich auf die Stangen eines Metallgerüsts seitlich der Leinwand. Von dieser Stelle aus ist der Film eine rasche Folge von Schatten und Stimmen und ziemlichem Krach aus einem Lautsprecher direkt über ihren Köpfen.
Es ist nicht leicht, die Stimmen zu verstehen, wenn man die Story nicht kennt, denkt Lee.
Ob es das ist, was dir passiert? Denkt Luzi.
So sitzen sie eine Weile da, wie Vögel auf einer Stromleitung, aber mit baumelnden Beinen. Für eine lange Weile des Friedens, während der der Krach auf der Leinwand ohrenbetäubend wird, das klingt jetzt wie Kriegsbomber, und es *sind* Kriegsbomber, King Kong ist jetzt ganz oben auf einem Turm in Manhattan und soll für sein Tiersein büßen. Tausende von Affen wohnen der Tragödie bei, ohnmächtig.
Dann ist der Film aus. Lee hebt den Kopf und nimmt Witterung.

»Er muß bald kommen. Sie haben mir gesagt, daß er hier rumschwirrt, unser Mann.«
Und tatsächlich beobachten sie kurze Zeit später, wie sich hinter der Leinwand ein paar Leute zusammenscharen. In einer Ecke, im dunklen Tarnanzug, steht das Krokodil. Grüne Lederjacke, braunes Hemd, Lederkrawatte und Spiegelbrille über der grinsenden Visage mit den zwei kleinen Falten.
»Der hat den Stoff gar nicht, siehst du?« sagt Lee. »Das Aas! Der treibt bloß die Gelder ein, die Ware hat irgendein armes Schwein, das nach ihm kommt.«
Und wirklich, sie finden auch den mit dem Stoff. Es ist ein zahnloser Dünnling, der sich in eine Winterjacke gewickelt hat, um respektabel zu wirken. Jetzt reicht er zartfühlend eine Dosis an ein Mädchen weiter.
»Das ist er, der Spitzel, das ist der Kerl, der Stoff verschenkt, aus lauter Großzügigkeit«, zischt Lee, und Luzi hält ihn am Arm fest.
»Laß mich los«, brüllt Lee, springt hoch und hechtet sich auf das Krokodil, das einen Augenblick lang verblüfft ist und dann reagiert, das Mädchen als Schutzschild greift und dann Lee entgegenschubst, die Leute kapieren gar nichts, das Krokodil rast davon, kiesspritzend wegen seiner spitzen Schuhe, Lee streift seine Schuhe ab und rennt barfuß hinter ihm her, jetzt sind sie hinter der Leinwand, die Leute sehen ihre Schattenrisse, halten das Ganze für ein komisches Finale des Films, ein paar nehmen wieder Platz. Aber das Krokodil springt aus der Szene und über eine Wand, jackenschwanzschwenkend, und Lee immer hinterher, mit einem wilden tierischen Satz, und Luzi ist inzwischen hoffnungslos in der Menge verloren.
Das Krokodil schnaubt Jesus Jesus Jesus, jagt über den feuchten Asphalt des riesigen SommerSpiele-Parkplatzes, entdeckt die beruhigenden Umrisse seines spitzen schwarzen Autos. Keuchend reißt er die Tür auf und zieht die Pistole von der Ablage, dreht sich ruckartig um,

aber Lee ist weg. Da sind nur zwei Jungen auf einer Lambretta, die entsetzt die Flucht ergreifen. Kroko bleibt mitten auf dem Parkplatz stehen, eine Haarsträhne hat sich schweißeshalber aus der Frisur gelöst und hängt ihm über die Augen, ihm klopft das Herz, aus der Ferne dröhnt Musik von einem Clip herüber.

I'm so tired. (Ozzy Osbourne)

Er steckt die Pistole in den Gürtel und will sich in sein sicheres Auto setzen. Er ist schon halb drin, da knallt ihm urplötzlich die Wagentür an den Hals. Lee der Schatten hatte hinter einem anderen Wagen gelauert, und jetzt hat er das Krokodil fest unter der Guillotine. Kroko tritt um sich. Aber es ist nichts mehr zu machen. Ein Schlag unter die Rippen streckt ihn nieder, er flutscht auf den Asphalt wie ein Groschen ins Wasser. Lee schleppt ihn ins Auto, schließt die Tür, fährt aber nicht los. Sondern sitzt nur da und dreht das Radio auf.

Once in a lifetime. (Talking Heads)

»Sieh da, sieh da. Warst du nicht eingefahren?« schnaubt das Krokodil, nachdem es seine Puste wieder hat. Er versucht es auf die freundschaftliche Tour.

»Wo denn?«

»Na . . . in 'n Knast oder SV-Klapse . . . irgendsowas . . .«

»Ich? Wann denn das?« lacht Lee. »Ich habe mich selbständig gemacht als Dealer, hab jetzt ein Segelboot und leben tu ich auf Hawaii . . . tolle Gegend.«

»Hawaii . . .«

»Und du? Wie geht's dir denn so, Krokodil?«

»Ich deale nicht mehr. Hab 'n Laden aufgemacht. . . Schuhe, am Stadtrand. Hatte zu viele Bullen auf dem Hals.«

»Geht mir auch manchmal so«, grinst Lee höhnisch. »Und Romana?«

Das Krokodil breitet die Arme aus.

»Abgemeldet oder tot?«

»Erst das eine, dann das andere«, sagt das Krokodil.

Lee bricht in ein entsetzliches Gelächter aus. Auch das Krokodil lacht. So wird er vielleicht fertig mit diesem Verrückten, so kommt er hier davon.
»Nee, so kommst du hier nicht davon«, sagt Lee. »Du gibst mir jetzt deine Uhr.«
»Wenn du Geld brauchst, Lee, kann ich dir besorgen. Schwör ich dir. Fahren wir zu mir nach Hause, ich hab da vier Riesen, sonst hab ich eigentlich nie Bares im Haus, aber diesmal hab ich ne Zahlung gekriegt, für die Schuhlieferung, und wenn du willst...«
»Die Uhr!«
Das Krokodil nimmt einen kiloschweren Gold-Pfannkuchen vom Handgelenk und reicht ihn Lee.
»Okay, Lee... aber bleib cool.«
Lee schließt halb die Augen. »Und jetzt, Krokodil, wollen wir mal Quiz spielen. Du kriegst zwei Minuten, um die Fragen zu beantworten, die ich dir gleich stelle. Zwei Minuten, hab ich gesagt. Und wenn ich mit einer Antwort nicht zufrieden bin, haue ich dir den Kopf auf dem Lenkrad zu Brei.«
Das Krokodil geht augenblicklich seines berühmten Panzers verlustig.
»Aber Lee...«
»Die Uhr läuft! Tun wir mal so, als wären wir hier auf dem Revier. Erste Frage: Kennst du einen Leo den Lustigen? Und hast du ihm je Stoff vertickt?«
»Kenne ich nicht, nie was verkauft, schwör ich dir...«
»Was treibst du in der Wohnanlage in der Bessicostraße?«
»Ich bring da 'n bißchen Stoff vorbei... Aber nur ein bißchen.«
Die Autohupe meldet das Echo von Krokos Schädel.
»... ich übernehme Stoff, von einem gewissen Edgar, der hat 'n Großhandel für die Ganz Hohen Tiere.«
»Weiter.«
»Der ist Geschäftsmann, glaube ich, der bezieht den

Stoff versteckt in Tomaten oder was weiß ich, mehr weiß ich auch nicht darüber, Lee, schwör ich dir.«
»Und Sandri, was weißt du über den?«
»Das ist ne Nummer zu groß. Ich weiß bloß, der hat mit Waffen zu tun, aber das ist ne internationale Connection, davon weiß ich sonst nichts, schwör ich dir.«
»Und was erzählt man sich auf dem Polizeipräsidium so über dieses schmucke Apartmenthaus?«
»Sie haben ne Durchsuchung gemacht, aber alles geheim, muß alles unter der Decke bleiben, das ist ne saubere Gegend da, nicht so 'n Rattenloch wie das, wo wir reingeboren sind, Lee.«
Die Hupe echot wieder.
»Also hattest du doch schon gehört von der Sache mit Leo ...«
»Ja, hatte ich. Aber ich schwör dir, ich weiß sonst nichts davon, bloß daß sie nichts mit Stoff zu tun hat. Da muß einer durchgeknallt sein, der ne Knarre in der Hand hatte. Vielleicht wollte er auf Tauben ballern, und dann hat er ihn da reingehen sehen, vielleicht wollte der was klauen, dein Freund ...«
Hupe.
»Ich weiß doch auch nicht, was er da gemacht hat, ich weiß überhaupt nichts, mir platzt der Kopf, verdammte Scheiße, Lee, hör auf, was willst du denn noch alles wissen?«
Nichts. Gar nichts will er mehr wissen. Leute steigen in Autos und fahren nach Hause. Alles ganz normal. Leute gehen ins Bett. Wie in der Anstalt. Lichter werden gelöscht. Angeknipst. Es wird geschossen. Das ist die Musik. Lee öffnet die Wagentür und macht sich davon. Das Krokodil mit der blutigen Nase läßt den Motor an und macht sich ebenfalls davon.
In der SommerSpiele-Arena beginnt der nächste Film.

Eine halbe Stunde nach Mitternacht.
Luzius Lurch ist voll wie eine Strandhaubitze. In Luchsis Magen gehen Eis, Hamburger und O-Brausen eine erstaunliche Verbindung ein, aus der noch alles mögliche entstehen kann, von einer Supernova über schwere Durchfälle bis zu einer neuen Treibstoffmarke. Über den Köpfen der beiden dräut und trillert die Walin.
»Professor, Sie vertragen längst nicht mehr so viel wie früher. Und der Kleine, wer ist denn der Kleine? Ihr Enkel oder ein Neffe?«
»Das ist mein Knappe.«
Luchsi nickt.
»Hat er denn keine Eltern?«
Luchsi demonstriert mit Zeige- und Mittelfinger, in welcher Anzahl er über selbige verfügt.
»Und das Schwengelchen? Wie steht's denn damit? Prickt er schon?«
Wieder versteht Luchsi alles, bleibt aber etwas zugeknöpft.
»Gnädige Frau, stimmt es, daß Sie früher in der mondänen Halbwelt waren?«
»Na klar«, trillert Madame. »Wo hätte ich denn diesen Hurenbock von einem Professor sonst wohl kennenlernen sollen?«
»Genau«, sagte Luzius.
»Ich war allerdings nur ein paar Jahre im Dienst. Dann habe ich ein Restaurant aufgemacht, das ist pleite gegangen. Danach habe ich Pelze verkauft. Dann habe ich einen Jockey geheiratet. Dann habe ich dem Hörner aufgesetzt. Dann hat er das Zeitliche gesegnet. Dann habe ich eine Bar gekauft und wieder verkauft und wieder eine gekauft, und die ist in Mode gekommen, und da bin ich jetzt.«
»Gar nicht übel.«
»Ein Haufen Arschlöcher, die ihresgleichen suchen«, sagt die Walin und wirft ein strahlendes Lächeln in die Runde.

Unsere beiden berichten, warum sie da sind. Die Walin hört betrübt zu, gurgelt nur ab und zu mit einem Schluck Champagner. Beim Namen Sandri sagt sie, und ob ich die kenne, alle! Der eine Junior ist hier früher immer mal vorbeigekommen und hat um sich geballert, der schcint auf Randale zu stehen. Der andere Junior – ein Hühnerfuchs, Playboy für reife Damen. Und dann natürlich Sandri Senior. Bekannte Finanzfamilie, Baubranche, gehören zum Schandkräh-Clan, der Senior stand mal vor Gericht wegen mafiöser Vereinigung, Logenkram, Waffenhandel. Liegt heute alles vergessen in Archiven. Dabei macht er jetzt genau dasselbe wie früher, bloß ganz offiziell von der Regierung genehmigt. Recycling, Geldwaschanlagen, Import-Export, Einschaltquoten. Wird mal Abgeordneter, heißt es. Der kommt hier manchmal rein, und er ist ständig sauer, egal, was er sagt, und wenn er nur einen Aschenbecher verlangt. Der Schrecken der Kellner aller fünf Kontinente. Bessicostraße, na klar, diese vierstöckige Bedürfnisanstalt. Die Varzi kenne ich auch, die kommt manchmal hierher und knallt sich mit Koks voll, eine hysterische alte Zicke, aber wehe, wenn die mal was locker machen soll. Dann die von der Videostar, guck mal, da drüben am Tisch sitzen zwei von denen. Machen Filme im Stil von ›Nieder mit den Kannibalen, die fressen deine Eier‹. Der eine hat sechs Monate eingesessen, der andere ist Kabrio-Typ, ich meine, ungedeckte Wechsel. Reg dich doch nicht auf, völlig normaler Vorgang, oder hast du etwa gedacht, in so einem Luxusbau wohnen lauter Saubermänner? Siehst du den Tisch da hinten? Ungedeckte Schecks in Millionenhöhe. Und da drüben sitzt einer, der hat eine Vergewaltigung und zwei hübsche Unterschlagungen zu bieten. Nun lächelt doch mal... Professor, man muß sich über gar nichts wundern, so ist die Welt. Wenn wir erschrecken, wird es noch schlimmer. Es braucht nicht viel, damit aus Moralisten Parasiten werden. An die Arbeit, Jungs! (Klaps für den Lurch.) Sicher, wenn man an ein Stoppschild kommt, dann soll man anhalten. Aber das Entscheidende ist, daß sich alle einig sind, wo das Schild steht. Sonst kracht alles zusammen. Ich kann ja durchaus einer Meinung sein mit den Revolutionären, aber ich möchte die doch gern mal sehen, wenn sie drei Tage lang ohne Licht leben müssen. Machen wir mal einen Wahlkampf bei Kerzenschein, dann kriegen die Christlichen Schwarzen aber siebzig Prozent, wetten? Ihr könnt mir erzählen, soviel ihr wollt, im Namen von Lenin, aber Lenin war Russe, und in Rußland ist es reichlich kalt, was wollt ihr denn wohl machen, wenn ihr euch schon bei den ersten drei Schneeflocken in die Hose scheißt? Da lachst du, was, Kleiner? Du bist ein hübscher Bengel, du weißt ja nicht, was für ein Drecksleben ich hinter mir habe. Klar, jemanden so abzuknallen, mit einem Gewehr aus dem Fenster raus, das heißt, das Stoppschild überfahren. Ich weiß ja auch nicht, vielleicht haben die es inzwischen längst umgestellt. Vielleicht bin ich einfach alt und ein bißchen feige, ich schlucke alles runter. Nächstes Jahr feiere ich mein Comeback auf dem Strich, für Bauern über sechzig. Gott, wie rede ich denn, entschuldige, Kleiner. Warum schleppst du den Bengel in dieser Sache hinter dir her? Bring ihn nach Hause, wissen seine Eltern überhaupt, daß er hier ist? Luzius, du, mit deinen ganzen schönen Reden, guck dich doch mal an. Du bist jetzt Rentner, und ich will auch gar nicht wissen, was du auf die hohe Kante gelegt hast. Aber eine Jacke hast du an, die sieht aus, als wäre sie mit einer Gabel gebügelt. Das einzig Ordentliche an dir ist dein Schnurrbart. Aber sympathisch bist du. Na, Kleinchen, möchtest du more orange?«

»Eh littel, nur eh littel.«

»So ein Schatz! Der kann ja sogar Englisch. Wo hast du das denn gelernt?«

»Long playings, Madame.«

»Wirklich sympathisch. Geh und bring den Professor nach Hause, der sieht ja allmählich aus wie Draculas Opa, guck doch mal. Und dann gehst du auch schleunigst heim.«
»Erst gehen wir noch die Schuldigen anzeigen«, sagt Luchsi. »Los, schnell in die Bessicostraße, da wimmelt es jetzt von Polizisten, denen können wir alles sagen, was Sie uns erzählt haben.«
»Ach geh«, agonisiert fernetmünzgrün der Professor.
»Fahrt nach Hause, das ist besser«, empfiehlt die Walin. »Ich rufe euch ein Taxi ...«
Tango Elf ist zwei Minuten später zur Stelle. Der Professor hat kaum auf seinem Arsch Platz genommen, da schläft er auch schon. Luchsi sagt geistesgegenwärtig: »Bessicostraße, bitte. Und schnell, bevor mein Opa sich vollmacht.«

Luzius im Taxi schläft und träumt. In einer anderen Jahreszeit, an einem lauen Septembertag, kommt der Professor zusammen mit dem Elephanten aus Berg Drei. Sie haben eine Umhängetasche bei sich und wollen Fußballspielen gehen, im Rahmen des Turniers Under 85. Der Platz ist überfüllt mit gelben und roten Spielern, es sind bestimmt mehr als fünfzig. Der Professor sagt: Was für ein Spiel soll das sein? Und Fuchs, hochelegant im Smoking, erklärt ihm: Das ist ein ganz wichtiges Spiel, und je mehr wir sind, desto wahrscheinlicher ist, daß wir es gewinnen, aber im Augenblick haben wir nur noch für einen weiteren Mann Platz in der Mannschaft. Spiel du, Elephant, sagt der Professor, und der Elephant verschwindet im Umkleideraum und kommt als Torwart wieder heraus, in einem grauen Pullover, der ihm bis über die Pfoten reicht. Der Professor setzt sich auf eine Stufe, und auf dem Zementboden blühen wunderschöne Geranien, man sitzt regelrecht mitten zwischen Geranien, die Zuschauer sind sehr höfich, ein paar haben Sonnenschirmchen dabei. Dann erscheint der Schiedsrichter, und es ist Rosa in knappen Shorts, und alle springen auf und klatschen Beifall. Die einführenden Worte spricht der Hummer, er zitiert ziemlich häufig Virgilius Maro, den großartigen Sportsmann. Im Publikum entdeckt der Professor auch das Opossum, seinen Lieblingsdichter, graugekleidet und bebrillt. Gleich in der ersten Spielminute kommt es zum Elfmeter für die gegnerische Mannschaft. Armer Elephant, denkt der Professor, den hält der nie. Der Mittelstürmer der anderen – er hat entfernte Ähnlichkeit mit dem Schutzmann vom Cardonaplatz – setzt an zum Schuß (voller Freudscher Doppeldeutigkeiten), schießt, und der Elephant hebt ab und will das Leder erwischen. Ein Wunder! Er fliegt nicht nur zwischen den Latten aus dem Tor heraus, er fliegt gleich weiter über die Ränge und steigt höher, in Zeitlupe, wie ein aerostatischer Ball. Die Leute klatschen Beifall, der Elephant hält in einer Hand den Ball, mit der anderen winkt er zum Gruß, und dann segelt er hinein in ein paar Wolken wie aus einem amerikanischen Western, bis er schließlich im Äther verschwindet. Auch auf dem Spielfeld blühen jetzt Geranien auf. Der Professor fühlt sich glücklich, er verläßt das Stadion und befindet sich jetzt auf einem Spaziergang durch sein Viertel am Stadtrand. Er sieht einen Mann im Schlafanzug, der sich aus Bettlaken ein Seil geknüpft hat und sich daran von seinem Balkon herabläßt. Dann setzt sich der Professor in die Kennedy-Anlagen. Und plötzlich sind zwei Kellner mit MGs da.

»Hier darf man nicht sitzen.«

»Auch nicht bei Verzehr?«

»Nein. Dies ist militärisches Sperrgebiet. Eine U. S.burger-base.«

Und wirklich, der Professor kann das unverwechselbare Aroma riechen und bemerkt, daß der ganze Berg Vier mit Rampen ausgerüstet ist; vom Dach heben gigantische Hamburger ab und rotieren wie fliegende Untertassen, jeder geschmückt mit einem amerikanischen Wappen.

»Das ist eine Schande!« schreit der Professor. »Hier auch schon! Eine U. S.burger-base mitten in der Stadt. Man macht nicht solche Witze mit dem Leben der Bürger!«

Ein Hamburger setzt mit einem weichen Plopp auf, zwei Marines springen heraus und kommen mit riesigen Ketchup-Pistolen auf ihn zugerannt. Der Professor flüchtet. Er läuft durch die Anlagen, vorbei an einer Ausstellung über Renn-Bakterien, vorbei an kleinen Eisbuden mit Reliefschrift: »Eis Sonderangebot 60,– die kleine Waffel.« Und dann ist plötzlich um ihn die Stille einer menschenleeren Straße, die er nie zuvor gesehen hat. An beiden Seiten ragen Bäume der Gattung Bagurolopys palmata auf; sie tauchen die ganze Straße in Schatten und schließen sich wie ein grüner Tunnel über seinem Kopf. Ein Schild erläutert: »Die Lichteffekte dieses natürlichen

Grüntunnels hat der Architekt Monet studiert.« Am Ende der Straße auf einer kleinen Bank sitzt seine Frau. In der Hand hält sie ein Buch. Sie lächelt ihm zu: »Also hast du es doch endlich geschrieben ...«
Sie zeigt es dem verblüfften Professor. Das Werk hat einen Einband in Klassenbuchgrau mit der Aufschrift: *Originalgedanken von einem der umstrittensten zeitgenössischen Meister: Luzius Lurch*. Und in roten Lettern der Titel: *Der Endgültige Anfang, oder: Prolegomena zu einer Theorie der Abschließenden Abgänge.*
Der Professor wird vor lauter Stolz ganz rot.
»Hast du es gelesen?«
»Wie alles, was du geschrieben hast«, sagt seine Frau. Und dann ist plötzlich Abend, und die Szenerie wechselt. Die Sonne geht unter, und der Professor beschließt, sich auf ein Bänkchen zu setzen. Er sieht auf die Uhr: Mittag. Die Sonne hat es sich anders überlegt. Zwei blonde Forellen strampeln auf Fahrrädern gegen den Strom des rasenden Verkehrs an. Sie mustern ihn neugierig. Hab ich etwa den Hosenstall offen? Denkt der Professor. Aber die Mädchen sehen wirklich ihn an, und die eine lacht und sagt etwas zur anderen. Der Professor merkt, daß er Bluejeans und Tennisschuhe trägt. Wie sieht denn das aus! Also deshalb!
Ein Ex-Schüler kommt auf einem Moped vorbei, bremst und hält vor ihm.
»Guten Abend, Gazzelli«, sagt der Lehrer. »Na, haben Sie die wissenschaftliche Laufbahn eingeschlagen, wie ich Ihnen geraten hatte?«
»Was für 'n Scheiß erzählst du denn da, Leo«, sagt Gazzelli. »Wieso warst du heute nicht beim Spiel?«
Luzius Lurch fährt sich verwirrt über den Kopf und fühlt, anstelle seines karstigen Kahlschlags, eine Mähne; sie ist fuchsrot. Oh Gott, ich bin ja Leo! Und heute ist dieser schicksalhafte Tag. Also dann könnte ich ja wirklich alles herausfinden, rekonstruieren... Ich muß jetzt unbedingt...«

»Dreizehn.«
»Wie?«
»Dreizehn, der Herr. Zehn für die Fahrt und drei Nachtzuschlag«, sagt der Taxifahrer.
Dann stehen unsere beiden auf der Bessicostraße, hundert Meter von dem Apartmenthaus entfernt.

Die Scheinwerfer eines Polizei-Pantherwagens erleuchten den soliden Olla und ertappen ihn beim Lesen von Tozzi. Inspektor Portius hält sich nicht damit auf, sondern schreitet in kameleskem Paßgang über den Rasen, stinksauer wie selten.

»Jungs, macht bloß die Augen auf! Inzwischen hängen sich schon Minister ans Telephon. Dieses Arschloch von Sandri erzählt herum, daß wir uns nicht genug Mühe geben. Ich schicke euch zwei Mann Verstärkung. Ein Informant hat uns angerufen, der Verrückte war vor einer halben Stunde noch bei den SommerSpielen. Heute nacht keine Ablösung, tut mir leid.«

»Jawollja«, sagt Olla nach außen; innerlich erwähnt er die Schlampe-von-deiner-Mutter-die-Schlampe-Madonna-nochmal.

»Ist sowieso zu heiß zum Schlafen«, schleimt Pinotti.

Portius antwortet nicht, er betrachtet nur das Große Klo und denkt sich Verwünschungen aus. Wie da einer reinkommen soll, daß weiß kein Mensch, aber vielleicht kann der ja fliegen, dieser bekloppte junge Kerl, auf jeden Fall besser, wir schnappen den bald, sonst kriegen die friedlichen Bürger dieser Stadt kein Auge zu, aber wer weiß, wieso die nicht schlafen können, bei mir weiß ich das wenigstens. Dieser beschissene Fluß, sollen sie doch die Eritreer aufhängen, mitsamt ihren Befreiungsbewegungen, und das ganze Land einstampfen. Mancuso!

»Zu Befehl.«

»Wir fahren, hier ist alles ruhig.«

Der Panther fährt ab. Die Nacht ist hell, und die Augen der Schnüffler durchforsten jeden Winkel. Ihr wüßtet gern, wo Lee gerade steckt? Das ist rasch gesagt. Auf einem Baum. Wenn man über die östliche Außenmauer klettert, dann steht da nämlich eine Magnolie, der einzige Baum von einer gewissen Höhe und überhaupt der einzige Ureinwohner des ganzen Gartens. Lee hat sich bis in die Baumkrone gehangelt. Jetzt verknotet er ein Seil an einem der hohen Äste, läßt sich daran ein bißchen hin- und herschwingen und schubst sich dann ab. Pinotti hat sich eben umgedreht, um die Mauer auf der anderen Seite zu kontrollieren, und sieht nicht, wie Lee durch die Luft saust und auf einem Balkon im ersten Stock landet, dann das Seil los und zwischen den Blättern verschwinden läßt.

Hineinkommen ist kein Problem: Die Balkontür ist nur angelehnt. Edgar macht sie zwar immer richtig zu, aus Gründen der Angst, aber seine Frau macht sie wieder auf, aus Gründen der Hitze. Der Schatten schlüpft geräuschlos ins Wohnzimmer. Dort sieht er sich um und durchsucht es gründlich. Er wühlt in Schubladen und zwischen Zeitungen.

»Pina.«

»Hmmmmm.«

»Ich höre Geräusche.«

»Schlaf und geh mir nicht auf die Eier.«

»Ich höre wirklich...«

»Dann hätte der Hund längst angeschlagen.«

(Keineswegs, der Hund wandelt seit drei Uhr auf Freiersfüßen, und keiner hat's gemerkt.)

Lee steht jetzt mitten im Zimmer, sein Herz schlägt nur ein kleines bißchen schneller. Er kann nicht finden, was er sucht. Aber er wird es finden, wie im Traum. Er bemerkt, daß eine Armlehne an einem Sessel schmutziger ist als die andere. Die linke ist hellgelb, die rechte dunkler. Sind die Edgars alle einarmig? Lee knöpft die Bespannung ab, und darunter kommt ein hübsches kleines Kunstwerk zum Vorschein.

»Pina.«

»Mhhhhh...«

»Ich höre aber wirklich Geräusche.«

»Das sind bestimmt die Polizisten.«

»Das ist in unserer Wohnung.«

»Geh mir nicht auf die Eier.«

»Soll ich mal nachgucken?«
»Mhhhhh.«
Edgar bleibt im Bett sitzen und lauscht auf jedes Knistern, das den Zusammenbruch der Lage einläuten könnte. Seine Frau schnarcht längst wieder. Er haut ihr auf den Rücken, und sie gibt einen Ton wie eine Riesenrobbe von sich. Das hört Lee. Er weiß jetzt, daß sie wach sind. Aber er hat es ohnehin geschafft: Mit einem letzten Ratsch reißt er die Sessellehne auf.
»Hast du das gehört?«
»Jawohl, diesmal habe ich es auch gehört.«
In der Lehne stecken vier Beutel mit einem weißen Pulver, das Lee sehr wohl kennt.
»Hat wirklich einen Großhandel, der Herr«, denkt Lee. Im selben Augenblick erscheint der Herr und zittert wie Espenlaub, ein Gespenst im Unterhemd mit schlotternden Eiern. Tapfer vermeidet Herr Edgar zu schreien. Er beißt sich auf die Lippen und sagt: »Legen Sie das Zeug wieder hin, wir können uns darüber einigen.«
Lee lacht, reißt mit den Zähnen eins der Beutelchen auf und verstreut das Pulver durch die ganze Wohnung. Edgar schreit Aufhören. Die Ehefrau kommt herbeigestürzt, bewaffnet mit einer Banderilla, Souvenir aus Spanien, die sie Lee entgegenschleudert, irgendwo bellt feierlich ein Hund, ihm antwortet der Hund der Sandris, die Varzi setzt ihre Alt-Sirene in Betrieb, Hannelore betet, Frieder schießt mit einem Baseballschläger herbei und mäht erstmal den soliden Olla nieder. Sie schreien in verschiedenen Tonhöhen. Lee läuft auf den Balkon und leert sämtliche Beutel in den Garten, es schneit, Pinotti sieht es, richtet die Pistole auf Lee, schreit: »Da oben«, und schon rennt alles dazu, eins nach dem anderen gehen die Lichter im Haus an, das sieht hübsch aus, als würde es plötzlich Tag in dieser mechanischen Weihnachtskrippe. Pinotti brüllt: »Stehenbleiben oder ich schieße!«, hat aber längst geschossen, naja, das kommt eben vor, Lee springt

auf den Nachbarbalkon, tritt die Tür ein, innen ist Licht, sofort springt ihn Bronson Dobermann Sandri an, und Lee haut ihm auf der Schnauze einen Stuhl zu Bruch, Sirenen heulen, Türen knallen, und dann sind die nächsten beiden Sandris zur Stelle, der Papa mit einer schwarzen Mauser (nilpferdgetestet), der patrio(p)tische Älteste mit einer Beretta. Die Schüsse kommen wie aus einem Mund, der Sohn macht den Hund kalt, der Vater erwischt Lee an einer Schulter, kann ihn aber nicht aufhalten, Lee lädt sich selbst nach und feuert Sandri einen Tritt ins Gesicht, der ihn unter den Wagen mit der Hausbar katapultiert und in einen Cocktail sacken läßt, der Sohn macht noch eben eine Lampe kalt, bevor auch er sich den Tritt zur Guten Nacht einfängt. Dann klettert Lee über ihn weg und haut den Rest der Wohnung kurz und klein, Möbel und Fenster, er hört nichts mehr, keinen Laut, es ist, als ob er unter Wasser sinkt, er hört auch nicht die Polizisten die Treppe hinaufstolpern, er hat im Kopf nur noch sich und Leo und Luzi unter den Arkaden, er bricht einen Holzschrank auf, Gewehre und ein Zielfernrohr poltern heraus, und dann fliegen zerbrochene Gläser und Kleider durch die Gegend, und Lee zerschlägt einen Stuhl nach dem anderen, der Fernseher explodiert, Lo Pepe ist zuerst da, aber er schießt nicht, er bleibt stehen, völlig verdattert über so eine Wut, und dann endlich springt Lee hoch und fliegt selbst durch die Luft und zerschmettert mit einem Fußtritt die Lampe und landet wieder unten und steht nicht wieder auf.
Lo Pepe und Santini gehen zu ihm, halten ihm ihre Maschinenpistolen an den Kopf.
»Der ist verletzt«, sagt Santini. »Der kann nicht mehr.«
Lee sieht nicht hoch. Er atmet schwer.

Sie bringen ihn auf einer Trage hinunter. Draußen tobt ein Spektakel aus Licht und Lärm mit gut vier Rettungswagen und Dutzenden von neugierigen, halbnackten Zuschauern. In einem der Rettungswagen sitzt Sandri mit einem geschwollenen Gesicht und einer auberginenfarbenen Kinnlade und ist verdutzt, daß er nicht mehr brüllen kann. Sandri Junior hat sich vollgemacht und verströmt Gase der Marke pas bon ton. Hannelore Hämisch hat einen Kollaps erlitten und dabei eine von der Krankenschwester als für eine Frau in ihrem Alter und mit ihrer Konstitution überraschend bezeichnete Menge Paprikas in Essig & Öl von sich gegeben.
Inspektor Portius steht kopfschüttelnd im Bühnenmittelpunkt. Das Chamäleon hält ihm zwei Heroinbeutel unter die Nase und bestürmt ihn, der Inspektor reißt ihm die Beutel aus der Hand. Es gibt einen heißen Dialog zwischen Polizei und Presse. Mitten in dieses Gedränge hinein platzt Luzius, indem er einfach den Cordon durchbricht und brüllt wie am Spieß. Dann sieht er den blutüberströmten Lee.
»Jetzt ist Schluß!« brüllt er. »Verbrecher! Mörderbande!«
»Wer ist denn dieser Bekloppte?« brüllt Portius seinerseits.
Jetzt kommt auch der Varzi das Kotzen.
»Was weiß ich«, brüllt Olla. »Der ist zusammen mit dem Knirps hier gekommen, der mir andauernd gegen das Schienbein tritt.«
»In diesem Haus passieren die dollsten Dinger«, brüllt Luzius weiter. »Sagen Sie das den Leuten, Herr Inspektor, anstatt herumzuerzählen, daß Leo auf Raubzug war. Sagen Sie ihnen, daß Sandri Waffen geschoben hat und mitsamt seinem Sohn durch die Gegend gerannt ist und Pistolero gespielt hat. Und daß hier auch mit Drogen gedealt wird!«
Nunmehr kotzt Frau Edgar, und zwar Tagliatelle und Tranquilizer.

»Sagen Sie das! Warum nehmen Sie immer nur die armen Schlucker aufs Korn? Wer ist denn hier schuldig – Leo etwa? Oder diejenigen, die ihn umgebracht haben?«

»Mein Herr«, sagt ruhig der Inspektor, »hier wurde eben ein neuer Anschlag verübt. Ein Verrückter ist in das Apartmenthaus eingedrungen. Ist das vielleicht auch die Schuld der Bewohner, soll ich das sagen?«

»Warum reden Sie denn von einem neuen Anschlag?« schreit Luzius. »Welches war denn der alte?« Und er fühlt, daß ihm der Kopf brummt wie ein Flugzeug.

Sandri rappelt sich hoch und zeigt mit dem Finger drohend auf Luzius. Aber nichts kommt. Wenn er nicht brüllen kann, kriegt er kein Wort raus. Er setzt sich wieder hin.

»Machen Sie, daß Sie hier wegkommen«, sagt Pinotti und gibt Luzius einen Schubs.

Carlo dem Chamäleon fällt seine eigene militante Phase wieder ein.

»Nun mal langsam, das ist ein alter Mann.«

»Ich bin zwar alt, aber gehen tue ich trotzdem nicht«, brüllt Luzius.

»Bravo!« brüllt auch der unsichtbare Luchsi.

»Herr Inspektor, den Knirps haben wir identifziert. Es ist der, der seit heute morgen vermißt wird.«

»Wenigstens etwas, das gut endet«, denkt die Hauswartsche.

»Herr Inspektor«, sagt das Chamäleon ziemlich laut, »wie wollen Sie eigentlich die Sache mit dem Heroinbeutelregen erklären?«

»Die werden wir schon erklären«, sagt Portius.

»Von wegen ›werden wir erklären‹. Die erklären Sie jetzt! Auf der Stelle! Augenblicklich! Wir möchten das wissen«, wettert Luzius wieder los. »Der Bürger hat ein Recht auf sofortige Aufklärung!«

Das hört der Inspektor seit nunmehr zwanzig Jahren, und beeindrucken kann es ihn wirklich nicht mehr.

»Alle weg hier, räumen!«
»Wir gehen nicht«, brüllt Luzius und setzt dahinter einen Punkt, indem er überraschend zu Boden sinkt.
»Das wär'n dann sechs«, resümiert der Sanitäter.
»Bitte, gehen Sie gut mit ihm um«, sagt Luchsi. »Geben Sie ihm Sauerstoff.«
Den hat er tatsächlich nötig, der alte Mann. Er hört die Stimmen schwinden. Eine Tür wird zugeklappt. Leuchtende Bakterien tanzen. Der Elephant fliegt am Himmel. Zwei Rettungswagen fahren gemeinsam los. An einer Kreuzung trennen sie sich; der eine fährt Luzius ins Krankenhaus, der andere Lee an den Ort, an dem er bleiben wird, für immer.

Dritter Satz

Luziusleo

Seit der letzten Seite ist eine Woche vergangen. Passiert ist in dieser Woche nicht viel. Zirka zweitausend Erschossene, verschiedene Kaliber, die Lage der Regierung voll im Siff, Inter hat die Kurve elfmeterweise gekratzt, Intellektuelle debattieren hitzig über die Wiederkehr des Hosenträgers, Algen verwandeln ein an sich lachendes italienisches Meer in Dünnschiß, Staudamm gebrochen, Staatsanwalt kaltgemacht.

Lokalmeldungen: Von Leo ist nicht mehr die Rede. Aber:

1) Unser Verein hat dem FC Cremona seinen gefährlichen Wespenstachel abgekauft

2) In einer Woche werden wir wissen, wer neuer Bürgermeister ist

3) Luzius Lurch ist in stationärer Behandlung, und zwar im Poliklinikum St. Hedwig (Hedwich, Hedwich, meine Nähmaschine geht nich...), in der Kardiologischen Abteilung von Professor Karsten Kauz, Zimmer 109.

Das Zimmer liegt im dritten Polistock der Poliklinik, von hier aus hat man einen unvergleichlich schönen Ausblick auf den Parkplatz. Es ist mit drei gemütlichen Betten versehen, zu deren jedem eine leere Mineralwasserflasche und eine volle Urinente gehören, oder umgekehrt. Die Einrichtung wird vervollständigt durch Infusionsapparate mit Traubenzuckerlösung und eine Karaffe Margeriten im eigenen Sud. Die absolute Attraktion jedoch ist ein Gegenstand, den einer der Patienten von seinen Angehörigen geschenkt bekommen hat. Es handelt sich um einen tragbaren Kleinstfernseher, der Antennen hat wie eine Grille und zwanzig Stunden täglich die Atmosphäre bereichert, sehr zum Neidwesen der übrigen Kranken. Die Equipage von Zimmer 109 setzt sich heutigentags so zusammen: Im Bett ganz links und etwas abgemagert Luzius Lurch. Mit einem Päckchen unterm Arm und im frisch gewaschenen Hemd an seinem Kopfende sitzend Humbert der Hummer. Im mittleren Bett und im kobaltblauen Schlafanzug Hans-Martin die Maus, der Gatte von Hauswartin Hannelore Hämisch. Hinten rechts, kaum erkennbar, da zwischen den Laken versteckt, der glückliche Besitzer des Fernsehers. Er hat sich in den letzten Jahren seiner Krankheit dermaßen daran gewöhnt, im Liegen fernzusehen, daß er sich eine Mißbildung der Augäpfel zugezogen hat, sie sind ihm – aufgebläht und ein bißchen enger zusammengezogen – auf die Stirn hochgeklettert. Dank dieser Besonderheit heißt er Seppel die Seezunge. Die Scczunge dümpelt seit gut zweiundneunzig Tagen am Grund des Bettes und glotzt Glotze. Seit dem Tag, an dem er den Fernseher geschenkt bekam, hat ihn kein Mensch mehr besucht, aber das kann er locker überleben, es heißt sogar, er könne in Kürze entlassen werden. Und jetzt treten Bärnhardt Eis-Bär und Susi Schwanin, das Pflegepersonal, samt den dazugehörigen Medikamenten ins Zimmer. Bärnhardt wendet die Seezunge, paniert ihn mit Talkum an einer wundgelegenen Stelle, schiebt ihm rasch ein Rosmarinzäpfchen in den Hintern und wendet ihn mit einem »Hoppla!« wieder zurück, bratfertig. Im Anschluß daran macht sich Bärnhardt an die Linderung der hauswartlichen Qualen:

»Wie geht's?«

(Seufzer.)

»Nur Mut, gleich kommt Susi und verpaßt Ihnen eine schöne Spritze.«

Die Schwanin zieht lächelnd eine Spritze gegen das Licht auf. Ihre Hand bewegt sich leicht wie eine Brise. Man

munkelt, sie könne Schlafenden eine Spritze geben, ohne daß die aufwachen.
»Sind wir soweit?«
»Tun Sie mir nicht weh.«
»Hopp hoch, Hopp hoch«, Susi die Schwanin hat phantastisch gelernt, sich mit Ärschen zu unterhalten, »und entspannen.«

Heute rechts und morgen links,
nicht versteifen, dann gelingt's.
Keine Angst und kein Trara –
ist dies Verslein vorbei, war ich längst da.

»Voilá!«
Währenddessen hat sich Bärnhardt der Bär den Hilfsdiensten für den Professor zugewandt, für den er seit einem nächtlichen Streitgespräch über Bakterien eine besondere Sympathie hegt. Es endete mit einer Übereinkunft in folgenden drei Punkten:
1. Die Gesundheit ist ein Konzept, das Grenzen hat, ähnlich wie das Perpetuum Mobile.
2. Das Leben ist eine lange Liste von Gegenanzeigen.
3. Der Hauswart ist ein Kretin.
»Gut sehen Sie aus, Herr Professor«, lächelt der Bär. »Was Schönes geträumt?«
»Lauter Prophetisches«, sagt der Professor.
Bärnhardt beäugt mißtrauisch den Hummer. Die Sorte kennt er, für einen Freund ist der zu allem bereit.
»Was haben wir denn da unterm Arm?«
»Ein Würstchen«, sagt der Hummer.
Das Würstchen entpuppt sich nach einer Autopsie als vier Kilo Schweinemarmelade im Format eines mittleren Welses.
»Wollen Sie ihn umbringen? Sie wissen doch, daß er Diät halten muß!«
Am Ende der folgenden hitzigen Debatte zum Thema: »Das Schwein und unsere Gesundheit« wird ein Vertrag

unterzeichnet: Je zwei Scheiben für Luzius und vier für den Bär. Dann kommt im Triumphzug auf schwankenden Tabletts das Essen herein. Aus seinem fernsehlägerigen Bett läßt endlich auch Seppel die Seezunge seine Stimme vernehmen: »Was gibt's denn heute?«
»Spezialmenüs«, erläutert die Schwanin.

»Menü A
Makkaroni mit Filetstückchen
vom Felchen aus dem Omodeo-See.
Ausgezehrte Ente à la Strassbourg
mit Kartoffeln Roskoff.
Tropische Früchte aus hiesigem Anbau.
Kaffee ›Tenèbres‹ aus der Karibik.

Menü B
Griesbrei Mangoldmatsch Apfelmus.«

Die Seezunge, obwohl durch televisiven Pluralismus hinreichend trainiert in Hu-Moor, kriegt den Witz nicht mit.
»Ich nehme Menü B«, sagt Luzius. »Mir liegt das Wildschwein von heute morgen nämlich immer noch ein bißchen im Magen.«
Alle lachen, bis auf die Seezunge, der die Augäpfel rollt und jammert: »Mir habt ihr heute aber gar kein Wildschwein gegeben.«
Dann sind sie wieder allein. Nach zehn Stunden ununterbrochener Programmtätigkeit darf auch der Fernseher gemeinsam mit dem Griesbrei kalt werden. Das Scharren der Löffel auf den Tellern hat epische Ausmaße. Wenn man die Augen zumacht, denkt Luzius, klingt es, als wäre man wieder im Kindergarten oder in einem Schützengraben.
Einen kurzen Augenblick lang sieht er, wie er da so auf dem Bett gekrümmt liegt, aus wie ein krankes Tier, das frißt, weil es sein muß. Aber sofort danach reckt er stolz

den Brustkorb, als säße er in einer Kutsche. Und so fährt er auch weiter durch ein Jubelspalier hindurch und wirft sich auf das Apfelmus. Wagen und Teller scheppern in der Umgebung, Häppchen werden lautlos verschlungen, nur die Seezunge macht – da er ja in der Horizontalen ißt – bei jedem Happen ein Geräusch wie ein Ventil.
Der Hummer sieht sich das an und denkt: Armer Luzius. Eine tiefe Wut packt ihn, und er weiß nicht, was er machen soll.
»Guck dir das bloß mal an, so ein Ekelfraß«, sagt er. »Und die, die sich eine Privatstation leisten können, schlemmen womöglich Pasteten.«
(Hier stülpt der Hummer etwas Ideologie über die Kardiopathie.)
»Und der Doktor hat dich auch schon drei Tage lang nicht mehr untersucht. Womöglich kommt der erst wieder, wenn ...«, der Hummer beißt sich auf die Zunge.
»Er muß doch viele Kranke besuchen«, versetzt die Maus. »Was soll man machen ...«
»Sie«, schlägt der Hummer zurück, »schlucken immer alles runter. Wenn man Ihnen Gaze und Watte zu essen gäbe, dann würden Sie auch sagen: Was soll man machen ...«
»Wem Gott will rechte Gunst erweisen, den schickt er in die Wurstfabrik«, erwidert die Maus. Er kennt noch mehr solche Sprüche.
»Entschuldigen Sie mal«, sagt Luzius Lurch. »Mit Gott hat das gar nichts zu tun. Es gibt elementare Rechte im Gesellschaftsvertrag, auch wenn wir die inzwischen für einen Luxus halten. Ich gebe Ihnen ein Beispiel: Sie atmen doch, nicht?«
Diese seine Schwäche muß die Maus einräumen.
»Dann wissen Sie ja auch, daß – wenn wir mal alt sind – das uns zugestandene Maximum an guter grüner Luft die Anlagen sind, die wir mit den Hunden teilen, und der Geranientopf unser Amazonien. Die Großstädte mögen

uns nicht, die Vorstädte mülmen uns die Pest an den Hals, und das Land läßt uns auch im Stich. Viele von uns investieren, anstatt sich eine Villa an der Riviera zu kaufen, ihr Geld lieber in Wein-Vierteles. Unsere einzige Befriedigung finden wir darin, uns an der bronchitischen und feindseligen Umwelt zu rächen, indem wir sie mit unseren Rotzklumpen verunstalten. Und dabei braucht man, je älter man wird, umso mehr Sauerstoff...«

»Und nicht bloß den«, sagt der Hummer, der – wenn es nach ihm ginge – sämtliche zweiundneunzig Elemente von Mendelejews Tafel auf einen Happs verputzen würde.

»Ja, da hängt dann der Sauerstoffschlauch über Ihrem Kopf. Ein einziges Mal darf man sich volldröhnen, an der Schwelle zum Tod. Aber erst ganz am Ende, damit man nicht noch auf den Geschmack kommt. Habe ich mich verständlich gemacht?«

Unnütz, die Seezunge nach seiner Meinung zu fragen. Gerade läuft der Wetterbericht, und die Seezunge ist ganz versessen auf Hochdruckgebiete.

»Von solchen Sachen verstehe ich nichts«, sagt die Maus. »Und was ich nicht kenne, das kritisiere ich auch nicht. Da könnte ich genausogut anfangen, darüber zu diskutieren, was die Leute in meiner Wohnanlage treiben...«

»Sie meinen also, die Atombombe geht Sie nichts an«, interveniert der Hummer in einem kühnen logischen Sprung.

»Die habe ich doch nicht gebaut.«

(Daran hat niemand einen Zweifel.)

»Sie meinen also«, der Hummer stranguliert vor lauter Empörung die Mortadella, »daß man, wenn sie einen in den Arsch treten und in Stücke hauen und einfach wegschmeißen, bloß weil man nicht mehr richtig funktioniert, obendrein auch noch Dankeschön sagen soll, weil sie einen ja wenigstens am Leben gelassen haben... Also, Sie sind doch wirklich... Sie...«

»Ich will wieder nach Hause.«
»In dieses schöne Haus, wo die Leute aus den Fenstern ballern?«
»Warum ist der denn reingekommen? Ich als Hauswart hätte ihn zur Rede gestellt: Warum kommen Sie hier rein.«
»Aber Sie hätten ihn nicht erschossen, will ich hoffen«, sagt Luzius Lurch und schlürft mit abgespreiztem kleinem Finger einen imaginären Kaffee.
Die Maus läßt angesichts der schwierigen Situation einen leichten Furz.
»Ich hoffe, Ihnen ist klar, daß das keine Antwort ist«, sagt Luzius.
In diesem Augenblick erscheint Susi die Schwanin und meldet fröhlich:« »Der Doktor!«
Aber niemand klatscht.
»Der Doktor ist gleich hier!«
»Haben wir ja verstanden! Was sollen wir machen – vielleicht in Habacht-Stellung gehen?« schreit der Hummer.
Die Schwanin schickt ihn vom Platz und erteilt ihm zehn Minuten Strafbank auf dem Flur. Etwa eine Minute lang tut sich nichts in der Tür. Dann hört man Filzschritte, und da ist auch schon Herr Dr. Kauz in Begleitung zweier Doktoranden, er brünett, sie blond.
»So, hier haben wir drei hochinteressante Fälle. Machen Sie mal den Fernseher aus da«, befiehlt der Kauz. Die Seezunge stößt einen Brummton aus.
»Dieser Herr hier zum Beispiel«, der Kauz deutet auf die Seezunge, »hat Morbus Anchises. Dieses Syndrom trifft alte Menschen, Kies wird abgelagert in Arterien und Gelenken, die Bolzen des Knochenbaus bewegen sich immer langsamer, der Auspufftopf ist verstopft, und die Bewegung insgesamt wird mühsamer und langsamer. Gehen ist nur noch unter Hinzuziehung eines Stocks möglich. Wenn der Stock auch non sufficit, müssen wir operieren. Danach reichen wir wieder den Stock, und so

geht es weiter, solange bis der Patient sich allein nicht mehr auf den Beinen halten kann, zum Pflegefall wird und umsorgt werden muß wie ein Baby, erbärmlich stinkt und entzündete Stellen vom Durchliegen bekommt. An diesem Punkt kann man nur noch auf den exitus infaustus warten.«

»Um so besser«, seufzt die Seezunge.

»Und welche Therapiemöglichkeiten hat man da?« fragt der Brünette.

»Mineralöl für die Gelenke, Cardiabofinger als Infusion oder Corazón Forte in Zäpfchen- oder Granulat-Darreichung, Diät auf Getreidebasis, Vitamine, Hepatoproxenese. Aber in dem Alter hat man ja nicht mehr viel zum Freuen. Da ist ja jeder Tag ein Geschenk. Uff! Wir kommen zu Fall Zwei, zu unserem Herrn Maus. Hier haben wir das klassische hyperphagische Savarin-Syndrom. Eine völlig unsinnige Diät hat die Arterienwände des vorliegenden Herrn mit einer Blätterteigschicht tapeziert, die den Blutkreislauf verstopft. Seine Leber ist wie Granit, die Nieren sind ebenfalls verhärtet, die Milz eine Wüste, die Bauchspeicheldrüse ein Chaos, der Magen ein leeres Wort, ohne jede Bedeutung.«

Die Approbations-Azubis klatschen diskret.

»Was soll man mit so einem Triglycerid anstellen? Nichts! Er kommt ohnehin sehr bald auf allerstrengste Diät, und zwar für immer und ewig.«

»Bravo«! brüllt Hans-Martin Maus.

»Und wie haben Sie ihn therapiert?« fragt die Blondine.

»Nahezu totale Null-Diät, Cardiostenoveritus als intravenöse Infusion oder Corazón-Kompressen, Heilgymnastik, Ginseng, Biopsie. Leider muß ich sagen, bei seinem Alter bin ich jeden Tag aufs Neue bestürzt, wenn ich ihn sehe. Und damit kommen wir nunmehr zu Herrn Luzius Lurch. Sein Fall ist wahrscheinlich der einfachste. Er ist nur noch dank einem Wunder am Leben.«

»In Maßen.«

»Herr Lurch hat das Endgültiger-Anfang-Syndrom, auch Morbus Huang Tse genannt. Er kann einfach nicht mehr. Alles in ihm ist verzehrt, alles liegt in den letzten Zügen. Das Herz pumpt zwar noch zweimal pro Minute, aber die Leber ist groß wie Hühnerkleinteilchen, von Nieren keine Spur, der Darm hat nur noch den Durchmesser einer Makkaroni, und auch die Exkremente sind minimal aspektiert, hasenförmig und rund. Er gestikuliert selten, geht in Zeitlupe, eine Muskelspannung ist nicht mehr vorhanden, und die Hände lassen sich gerade noch mühsam zur Beschwörungsgeste biegen, zur sogenannten ›simulierten Mittel-/Ringfinger-Amputation‹. Dennoch hat Herr Lurch, wie Sie unschwer an der Wölbung der Bettdecke ablesen können, in diesem Augenblick eine Erektion angesichts der Frau Doktorandin Schönsöhn.«

»Oh Gott«, kreischt die Blondine.

»Darüberhinaus ist das Hirn unseres Subjekts von geradezu skandalöser Leistungsfähigkeit, seine Sehkraft erlaubt ihm zu lesen, seine Hörkraft, Musik zu hören, sein Kehlkopf, Protest zu äußern. Herr Lurch ist ein lebendiger Widerspruch und als solcher ein Beweis dafür, daß die Natur gelegentlich in Annäherungen arbeitet und die Medizin sich gezwungenermaßen nach deren Wahnwitz richten muß. Wie sollen wir Harmonie in den Körper dieses Monstrums zurückbringen, das praktisch halbtot ist und halb nichts davon wissen will?«

»Gibt es da keine Therapie?« fragt die Schönsöhn.

»Keine. In einem solchen Fall entscheidet die Natur. Und da der Herr siebzig Jahre alt ist, wird sie die richtige Entscheidung treffen. Er wird es nicht packen.«

»Die Natur ist doch etwas Großartiges«, sagt die Maus.

»Sie können jetzt gehen«, sagt der Doktor zu den beiden Eleven. »Herr Lurch, würden Sie jetzt, wo die junge Dame gegangen ist, bitte die Waffen strecken?«

»Dem Herzen erteilt man keine Befehle«, sagt Luzius.

»Nun ja, liebe Patienten«, sagt der Kauz. »Ich sehe da

einen zierlichen kleinen Fernseher. Wir werden jetzt ein paar Minuten gemeinsam verbringen, damit es nicht wieder heißt, daß ich mich nie bei den Kranken aufhalte.«

»Bleiben Sie doch zum Essen, Herr Doktor«, sagt die Maus.

Der Doktor lehnt höflich ab und setzt sich auf das Bett von Hans-Martin Maus, der fast hinauskullert, weil er ihm Platz machen will.

»Schalten Sie ruhig den Fernseher wieder an«, gestattet der Kauz. «Jetzt ist Tagesschau.«

Auf den Bildschirm sowie in das Gesicht der Seezunge kehrt die Farbe zurück.

Es kommt aber nicht die Tagesschau, sondern ein strahlender Komiker, der für ein Geschirrspülmittel wirbt, dann ein kaustischer Komiker, der einen Haushaltsreiniger empfiehlt, und dann ein ätzender Komiker, der ein Mittel zum Entfernen der Fettränder an Kochtöpfen anpreist.

»Wußten Sie schon, daß Seife in zu hohen Dosen giftig sein kann?« kommentiert streng der Doktor Kauz.

»Ich esse nie welche«, antwortet Luzius.

Der Kauz schüttelt den Kopf. Man weiß nicht recht, lacht er oder hat er einen Iktus oder ist er einfach verärgert. Dann steht er auf und beginnt Sondierungsgespräche: »Ach, sagen Sie mal, wen hätten Sie denn eigentlich lieber als Bürgermeister – Rainer Rabe oder Schorse Schandkräh?«

»Ich finde sie beide schwer in Ordnung«, sagt die Maus. (Er kennt keinen von beiden.)

Die Antwort der Seezunge fällt so leise aus, daß sie als Enthaltung verbucht wird. Die entscheidende Stimme hat demnach der Professor.

»Na, und wen hätten *Sie* gern?«

»Und Sie? Hätten Sie lieber Leberkrebs oder maligne Metastasen im hepatischen Bereich?«

»Aber das ist doch das glei...«
Stellt der Kauz fest und eilt indigniert und mit hochgeklappten Kittelschößen von dannen.

»Sie sind ein Schelm«, sagt Susi die Schwanin. »Sie haben den Doktor veräppelt. Und mich auch.«
»Nein, Sie nicht«, sagt Lurch. »Sie sind schwer in Ordnung und kardiotonisch auch.«
Die Schwanin errötet. Der Hummer kommt wieder herein, zieht sich aber beim Anblick des Liebesduetts sofort erneut zurück.
»Versprechen Sie mir«, sagt Luzius, »daß Sie kommen, wenn es mir heute nacht schlecht geht. Der Bär ist ja nett, aber Sie sind doch ganz was anderes...«
»Aber heute hat der Bär Nachtdienst. Morgen, das verspreche ich, behüte ich Sie, die ganze Nacht lang, wie der Esel das Jesuskindchen. Sie müssen mir aber auch einen kleinen Gefallen tun...«
»Alles, was Sie wollen.«
»Geben Sir mir die Mortadella, die Sie da unterm Kissen versteckt haben...«
»Aber seien Sie nett zu ihr.«
Der Hummer kommt zum zweiten Mal wieder herein und muß untröstlich die Beschlagnahmung mitansehen.
»Tja, Luzius, dann geh ich mal... Bin morgen wieder da.«
»Wenn du die Zeit dafür hast. Wenn nicht, macht nichts. Aber bring mir Neuigkeiten über Leo.«
»Ich hab dir doch erzählt, in den Zeitungen steht keine Zeile mehr. Aber morgen kommt Luzi.«
Luzi. Bei diesem Namen fühlt sich Luzius sofort besser. Er legt sich flach, und der Atem geht ihm schneller. Aber wenigstens geht er. Das reicht. Er schließt die Augen. Vielleicht ist dies schon der Schlaf der Enthüllungen, der Schlaf, der die Geheimnisse klären wird. Die Musik im Fernsehen rückt immer ferner. Es wird gesungen. Das ist

nicht Samson und Dalila, aber es ist schon so fern, daß es fast so klingt. Eine Melodie mit Geigen. Er fängt an mitzusingen:

Mein Herz erschließet sich …

Was ausgesprochen passend wirkt in einer solchen Umgebung.

Der Schatten des Bären ragt über ihn.

»Herr Professor, wir sind hier in der Kardiologie. Die Psychiatrie hat eine eigene Station.«

»Mögen Sie Opern nicht, Bärnhardt?«

»Ich kenne kaum welche, Herr Professor. Bloß Figaro hier, Figaro da.«

»Und was für Musik mögen Sie?«

»Lachen Sie nicht – Rock'n Roll–«

»Ich lache nicht.«

»Sehen Sie, Herr Professor«, Bärnhardt plumpst auf das Bett der Maus, und der macht einen anderthalb Meter hohen Satz, »Sie kennen mich nur so dick, wie ich jetzt bin. Aber vor zehn Jahren habe ich noch Fußball gespielt, und ein großer Tänzer war ich auch.«

»Erzählen Sie.«

»Und Sie erzählen mir dann von den Bakterien?«

»Na klar!«

»Und von diesem Herrn, der die Tiere alle sortiert hat, als ob er bei der Schöpfung live dabei gewesen wäre, und der den Menschen unter den Vierbeinern eingeordnet und das Stinktier putorius foetorius genannt hat?«

»Linné?«

»Genau der. Wissen Sie, Herr Professor, als ich jung war, da wollte ich nichts lernen. Aber jetzt möchte ich gern alles nachholen.«

»Wenn man geht, möchte man immer viele Erinnerungen an einen Ort mitnehmen«, seufzt Luzius.

»Aber sehen Sie, wenn ich anfange zu denken … dann geraten immer alle Ideen in Unordnung, anstatt sich zu ordnen.«

»Das ist auch richtig so. Das Universum entsteht und entfaltet sich in der Unordnung, aber darin kommt es dann und wann zu wunderbaren minutiösen Formen von Organisation. Eine dieser Formen auf einem kleinen Planeten am Rand des Alls ist außerordentlich komplex. Das sind wir. Und diese Unterhaltung hier hat bestimmt irgendein Wasserstoffhüpfer vor Milliarden von Jahren vorstrukturiert.«

Bärnhardt sieht ungläubig, aber geschmeichelt drein.

»Wollen Sie damit sagen, ich war auch schon bei der Schöpfung dabei?«

»Ja.«

Bärnhardt deutet mit einem fragenden Blick auf die dösende Maus.

»Ja, die Maus war auch dabei«, sagt der Professor. »Sehen Sie, Gott hat alles in einem Augenblick erschaffen, und vielleicht hat er nur in jenem einen Augenblick existiert. Eine Feuerwolke, peng, und alles war angelegt für Millionen Jahrhunderte. Das kann man nun wirklich nicht alles noch mal von vorn machen, bloß wegen der Maus. *Der* wäre übrigens völlig einverstanden, er stört nicht im Geringsten.«

»Um Himmelswillen nein, der ist ganz in Ordnung«, sagt Bärnhardt. »Aber wie haben Sie das bloß alles gelernt, Herr Professor?«

»Indem ich mich an Regeln gehalten habe oder eben nicht. Indem ich viel gelacht habe. Und schließlich durch gute Beispiele. Solche, die auch nach einem Jahr oder nach zwei oder zehn Jahren noch nützlich sind.«

»Bücher?«

»Zum Beispiel das ist ein gutes Beispiel.«

»Dann sagen Sie mir doch mal, was ich studieren soll ...«

»Sie wissen viel mehr, als Sie ahnen. Ich beobachte Sie, wissen Sie, wie Sie mit den Patienten scherzen und wie Sie mit Sprache umgehen. Sie sind aufmerksam. Sie sind ein Künstler.«

»Das stimmt zwar nicht, aber es schmeichelt mir. Ich habe wirklich immer davon geträumt, ein Buch zu schreiben. Es sollte heißen: *Falls zufällig ein Rettungswagen ...*«

»Und wovon handelt es?«

»Wissen Sie, für mich sterben die Leute in Büchern wirklich. Manche Tode, ich schwöre es Ihnen, habe ich richtig bedauert. Und da habe ich mir gedacht: Mit den Mitteln der modernen Medizin könnte man den einen oder anderen retten, und dann könnte man die Geschichten zu Ende schreiben. Zum Beispiel, Madame Bovary liegt im Sterben, aber diesmal kommt der Rettungswagen von der Giftzentrale, und zwei Stunden später ist sie außer Lebensgefahr. Dann kann man weiterschreiben...«

»Faszinierend. Haben Sie das recherchiert?«

»Sicher! Und die Fälle sind alle sehr verschieden. Madame Bovary zum Beispiel, was für cin großartiges Ende! Die perfekte Arsenvergiftung. Flaubert hat sich da ausgekannt. Ich mag auch gern, wie Hektor in der *Ilias* stirbt, allerdings – mit einer Lanze in der Gurgel hätte er so eine Gardinenpredigt gar nicht mehr halten können. Don Quijotes Tod dagegen überzeugt mich nicht. Der ist zu unklar. Sechs Tage Fieber – und welche Temperatur? Wieviel Puls? Meiner Meinung nach wäre der zu retten gewesen.«

»Glauben Sie?«

»Hamlet auch – einfache Magenspülung. Das ist natürlich paradox, was wir hier reden. Für Patroklos dagegen sah es ziemlich beschissen aus. Für Romeo und Julia auch, eine schöne Scheiße: Mit Narkosen muß man ganz vorsichtig sein. Und was die Schriftsteller angeht, davon wollen wir gar nicht reden. Hören Sie, Catull ist hinüber mit dreißig Jahren, Byron sechsunddreißig, Oscar Wilde vierundvierzig, Apollinaire neununddreißig – wegen einer Grippe, du lieber Gott! Majakowski neununddreißig...«

»Selbstmord.«
»Achso, dann streiche ich den. Jedenfalls... Kafka hat gerade mal die vierzig geschafft, falsch behandelte Tuberkulose, der könnte heute noch Ballspielen. Leopardi neununddreißig, Nievo neunundzwanzig, Lorca siebenunddreißig...«
»Erschossen worden.«
»Streiche ich auch... Rimbaud siebenunddreißig, Villon wahrscheinlich vierunddreißig...«
»Vaché dreiundzwanzig, Lautréamont dreiundzwanzig, Büchner vierundzwanzig, Laforgue siebenundzwanzig, Keats sechsundzwanzig, Trakl siebenundzwanzig, Marlowe neunundzwanzig, Jessenin dreißig, Corbière neunundzwanzig, Shelley dreißig, Riguat dreißig, Jarry dreiunddreißig, Praga sechsunddreißig, Thomas vierzig, Plath dreißig, Mansfield vierunddreißig, Daumal sechsunddreißig, Synge achtunddreißig, Hernández zweiunddreißig...«
»Donnerwetter, kennen Sie viele?«
»Ich habe auch Selbstmörder, Ertrunkene und Säufer mitgezählt...«
»Und Manzoni wird achtundachtzig Jahre alt...«
»Dafür kann er ja nichts, der Ärmste. Jetzt sind Sie wieder dran, Bärnhardt.«
»Was soll ich erzählen?«
»Erzählen Sie mir, wie man aufrecht stehend sterben kann.«
»Ich kann mich erinnern an einen Mann, der ist aufgerichtet gestorben. Aber der hatte sich erhängt.«
»Das ist in meinen Plänen nicht vorgesehen.«
»Tja, ich fürchte, dann müssen Sie das allein rauskriegen.«
»So ist das wohl, Bärnhardt. Gehen Sie jetzt ruhig.«
»Ja sicher. Ich habe Sie Zeit gekostet, und Sie müssen jetzt schlafen.«
»Nein. Ich muß eine Ermittlung abschließen.«

»Aha! Gute Nacht, Herr Professor.«
»Gute Nacht.«
Bärnhardt verschwindet, taucht aber noch einmal wieder auf.
»Sagen Sie mal, Herr Professor – d'Annunzio?«
»Eine Schande! Erst schreibt er ›Komm angebet'ter Tod‹, und dann zögert er's raus bis fünfundsiebzig.«
Bärnhardt schüttelt den Kopf und verschwindet endgültig. Der Professor schläft ein.

Das erste, was Leo Lurch im Traum erblickt, ist Bice; sie lehnt an einer Mauer. Er schwingt sich auf sie.
»Hilfe! Haltet den Dieb«! schreit das Veloziped.
»Dummerchen! Erkennst du mich denn nicht?«
»Hilfe! Herr Professor! Man will mich kidnappen!«
»Mach doch keine Szene. Ich *bin* der Professor, und das hier ist ein Traum.«
»Können Sie das beweisen?«
»Letzte Woche ist dir die Kette gerissen.«
»Das könnten Sie zufällig erraten haben.«
»Ich habe dich 1962 erstanden, im Fahrradgeschäft von Herrn Pfau. Bei deiner Übergabe hat letzterer erklärt: Mit diesem Rad wird selbst das Stilfser Joch zum Straßengraben.«
»Lieber Professor! Sie sehen aber viel jünger aus!«
Gemeinsam fahren sie bummeln, die Fußballertasche schlenkert am Lenker. Kurze Zeit später sind sie in einer Gegend der Stadt, die sie nicht kennen. In der Nähe führt die Große Arterie entlang mit ihren Auffahrten und Umgehungsstraßen und Überführungen, und da sind auch Lunaparks und Friedhöfe für FIAT-Elephanten und die rostigen Schädel von LANCIA-Büffeln. Luziusleo hält an und betrachtet die Telegraphenmastenflucht ins Land hinaus. Aus dem Augenwinkel sieht er, wie zwei Mucho-Machos Celentano-federnd auf sie zukommen.
»Jesses, Bice, jetzt sitzen wir in der Patsche.«
Und tatsächlich grapscht einer der beiden ihn an der Schulter.
»Die Brieftasche können Sie ja haben aber nicht das Fahrrad und haben Sie wenigstens vor meinen weißen Haaren Respekt«, sagt der Professor in einem Zug.
»Hast du getrunken, Leo?«
Luziusleo dreht sich um, und wen sieht er vor sich? Nichts Geringeres als den Elephanten und den Hummer in Teenager-Ausgabe. Und schon mit zwanzig wiegt der Elephant neunzig Kilo, er hat glühende Pickel und einen

Bürstenhaarschnitt. Der Hummer ist schmächtig und hat noch beide Hände; er trägt ein T-Shirt mit der Aufschrift: »Peace Now.«

»Endlich haben wir dich gefunden«, sagt der Elephant. »Hast vorm Spiel die Flitze gemacht, was?«

»Äh...«

»Na, war auch richtig so«, sagt der Hummer. »Hätte ich auch so gemacht. Man kann Leute nicht verkaufen wie einen Schinken. Zumindest hätte er dir was sagen müssen. Und überhaupt, zwanzigtausend – weißt du, wieviel davon er dir gegeben hätte, der Fuchs? Zwanzig, wenn du Glück hast...«

»Die Welt des Fußballs ist ein Dschungel«, sagt Luziusleo.

»Was willst du denn jetzt machen, wo du vom Verein kein Geld mehr kriegst und Ameise dich rausgeschmissen hat«? fragt der Hummer.

»Ich habe doch noch meine Rente.«

Elephant und Hummer sehen sich verdutzt an.

»Leo, was ist denn los mit dir?«

»Hab mir'n Joint gedreht.«

(Das kennt er nämlich, der Professor.)

»Leo, wir haben verstanden, du bist ein bißchen daneben, aber jetzt komm mal wieder in die Gänge, wir müssen das Geschenk für Luzi kaufen. Sie hat morgen Geburtstag, nicht? Dann mal los: Ich hab 'n Blaumann.«

»Mit wieviel Taschen?«

»Klugscheißer. Ich hab 'n Zehner, Hummy 'n Fünfer.«

»Wer?«

»Hummy – wer sonst? Also, zehn ich und fünf Hummy macht fünfzehn. Ich nehme an, *du* bist abgebrannt...«

»Erraten...«

»Wußte ich doch, du hast ja nie Kohle. Was kriegen wir denn für 'n Zehner und 'n Fünfer? Sechsmal Eis?«

Luziusleo schluckt.

»Du hast doch mal erzählt, daß Luzi gern einen Zitro-

nenbaum hätte, stimmt's«? sagt der Hummer. »Tja, ich habe ne Runde durch die Läden gemacht – unter fünfzig kriegst du keinen.«
»Deshalb wird es ja Zeit, daß wir in die Gänge kommen«, sagt Elly.
»Also, in die Gänge«! sagt Leo.
Sie steigen in einen FIAT-Pterodaktylus – ein Modell, das heute kein Mensch mehr baut – und stehen nach kurzer Zeit vor einer glitzernden Kathedrale. Sechs Etagen voll jeder Art von Gottesgaben. Im Kaufhaus Barstadt gibt es alles – vom Lockenwickler bis zum Computer und zurück.
»Nichts wie rein, Jungs«, sagt Hummy. »Jeder eine Etage und gegriffen, was sich greifen läßt. Wird einer vom Detektiv geschnappt, dann ist das *sein* Pech. Die anderen kennen ihn nicht. Less goh!«
Himmel, denkt Luziusleo, ich und klauen! Sie teilen sich auf, und er bleibt allein zwischen zwei gigantischen Wällen aus Wohlstandswaren stehen. Autoradios Schallplatten Stereo Haifai Tonbandzerkratzer Kassettenzerknautscher. Unbekannte Melodien dröhnen ihm in den Ohren. Aber er tut ganz unbefangen. Sofort kommt ein argwöhnischer Verkäufer auf ihn zu.
»Sie wünschen?«
»Kann man das mal hören?« (Er zeigt auf eine Schallplatte.)
»Nein, kann man nicht, die ist versiegelt. Falls Sie sich dafür interessieren – das sind zwei Platten, Sonderangebot, neunneunzig, *Born To Run* von Bruce Springsteen.«
»Ah ja«, sagt Luzius. »Wer ist denn der Dirigent?«
Und merkt, daß er einen Fehler gemacht hat. Langsam und unauffällig entfernt er sich, aber der Detektiv ist ihm bereits auf den Fersen. Es ist Sandri in einer schwarzen Uniform mit Patronentaschen, auf die ein Adler geprägt ist. Luziusleo schlendert weiter, erst durch die Parfümabteilung und dann durch die Haushaltswaren, wo er ste-

henbleibt und fachmännisch ein paar Espressokannen prüft. Der Detektiv spioniert immer noch hinter ihm her, und die Verkäufer lassen ihn auch nicht aus den Augen. Er kommt in die Abteilung Schulbedarf und will sich gerade an dem vertrauten Duft frischer Bleistifte berauschen, als er den Elephanten und den Hummer herannahen sieht. Sie sehen sehr aufgeplustert aus, sie müssen reichlich abgeräumt haben. Da kann er ja schlecht mit leeren Händen kommen. Also steckt er blitzschnell einen roten und einen blauen Stift in die Tasche.
»Aha«! brüllt Sandri. »Jetzt habe ich dich erwischt!«
Sechs Verkäufer stürzen sich auf den Professor. Elly und Hummy geben Fersengeld.
»Jetzt haben wir dich, du kleiner Rowdy«, brüllt Sandri. »Ich habe doch gleich gemerkt, daß du was klauen wolltest.«
»Jesses, nee, so jung, nie wieder«, sagt Verkäuferin Hannelore Hauswart-Hämisch.
»Ich bin siebzig und Lehrer im Ruhestand«, protestiert Luziusleo.
»Deswegen bist du trotzdem ein Dieb. Los, rufen wir die Polizei!«
Dann erscheinen sechs Schutzmänner auf einem fliegenden Hamburger, gelenkt von einem Mann mit dichten Haaren in der Nase.
»Also, junger Mann, was haben Sie für Ihre Entschuldigung vorzubringen?«
»Das heißt ›zu Ihrer Entschuldigung‹ und nicht ›für Ihre Entschuldigung‹«, schreit Luziusleo los und malt mit dem Blaustift einen Haken an den Inspektor. »Portius, ich erkenne dich wieder. Du warst der allergrößte Trottel der ganzen Klasse!«
»Wollen Sie hier wohl nicht so herumbrüllen! Ich bin Beamter im öffentlichen Dienst, und Sie droht eine höchstere Strafe als die, die sie für Eigenbruch kriegen.«
»Das ›Höchste‹ kann man nicht mehr steigern, Sie Ba-

nause. ›Ihnen droht‹, nicht ›Sie droht‹. ›Einbruch‹, nicht ›Eigenbruch‹. Alles blaue Fehler. Außerdem ist ›Einbruch‹ nur, wenn wirklich etwas eingebrochen und kaputtgegangen ist, roter Fehler!« Luziusleo malt den Inspektor total voll.
»Durchgefallen«! schreit er dann und nutzt die allgemeine Verblüffung, um wie Frankenstein durch eine Wand aus Bierdosen zu hechten und abzuhauen. Jetzt steht er wieder auf der Straße. Was für ein Leben für den lustigen Leo! Trotzdem, er muß weiter. So geht er, ohne Bice, nach Bessico, seinem Ziel entgegen. Und Luzis Geschenk?
»Heh, Chef!«
Er dreht den Kopf. Es ist Caruso, er hockt in einem kleinen Käfig in einem ausgesprochen luxuriösen Laden.
»Mein gefiederter Liebling. Du hier?«
»Hätte ich vielleicht auf dem Balkon da verhungern sollen? Du bist seit einer Woche weg.«
»Du hast recht. Was machst du denn da drin?«
»Ich bin hier das Maskottchen. Das ist nämlich eine Luxusboutique – Blumen, exotische Pflanzen, Gartenmöbel. Die Besitzerin ist sehr reich und heißt Susi Schwanin. Komm rein.«
»Ich kann nicht. Ich muß nach Bessico.«
»Wir führen auch Zitronenbäume, hier...«
Schüchtern tritt Luziusleo ein. Hier gibt es wirklich alles, Geranien für Dachterrassen und Orchideen, die aussehen wie Morgenröcke, und japanische Transistorbäume, für eine Terrasse im babylonischen Stil. Sogar Basilikum ist da. Grüner!
»Was suchst du denn, mein hübscher Jüngling?«
Susi die Schwanin ist hereingekommen, in einem Seidenkleid mit Riesenmargeriten, mit ihren wallenden langen blonden Haaren und ihren sanften Kuhaugen.
»Ich...«
»Hier ist aber alles teuer, ist dir das klar? Pflanzen brauchen Wasser und Sauerstoff zum Leben. Sonst sterben sie.

Man muß sie pflegen. Wer pflegt dich denn eigentlich, mein armes verlorenes Herzchen?«
»Meinen Sie mich?«
»Ja. Sag mal – bin ich zu alt für dich?«
»Frau Schwanin«, sagt Luziusleo. »Sie vereinen in sich eine jugendlich-kecke Sinnlichkeit, professionelle Ernsthaftigkeit und eine solche Menschlichkeit, daß Sie sowohl für einen unerfahrenen Jüngling als auch für einen alten Professor die ideale Lebensgefährtin abgeben.«
»Wie schön Sie reden. Wo haben Sie das gelernt?«
»In der Schule...«
»Gut... Dann will ich Ihnen mal etwas beibringen... Was wissen Sie über die Fortpflanzung der Blumen?«
»Gar nichts«, lügt der Professor. In Wirklichkeit weiß er natürlich auch sehr wohl, daß zwei Leute, die allein in einem Treibhaus sind und sich über die Fortpflanzung der Blumen unterhalten, regelmäßig bei derselben Sache enden. Das ist in Büchern und in Träumen so, und manchmal sogar in der Wirklichkeit.
Und so dauert es nur wenige Augenblicke, da bestäuben sie sich auch schon, und Caruso intoniert dazu: »Die Liebe ist eine Stichflamme.« Susi Schwanin liegt auf dem Professor, ihre blonden Haare kitzeln seine nackte Brust, und das führt dazu, daß seine ungestüme Männlichkeit geballt explodiert und akrobatische Verrenkungen und leidenschaftliches Beben nach sich zieht.
»Fühlen Sie sich gut, Herr Professor?«
»Wie im Paradies, Liebste«, sagt Luzius und schlägt die Augen auf. Da steht die Schwanin im Kittel und betrachtet ihn verblüfft. Ihr Profiblick hat längst den feuchten Zustand seiner Bettdecke registriert.
»Herr Professor, jetzt erzählen Sie mir bloß noch, Sie hätten von Virgil geträumt...«
»Nein«, sagt der Professor und wirft ihr eine Kußhand zu. »Aber ich sage auch nicht, wovon sonst.«

Am nächsten Morgen ist Sonntag, und die Glocken läuten die Ecclesia herbei, aber die fährt lieber hinaus ans Meer, das ja bekanntlich auch von Gott gemacht ist, genauso wie das Melanin, die Muscheln und der Badestrand; Sonnenschirme gehen extra. So grübelt Luchsi in seinem Zimmer in Berg Sechs eingesperrt; seine einzige Gesellschaft ist eine aviatophile Fliege. Seit seinen letzten nächtlichen Ermittlungen halten ihn die Eltern unter Verschluß, und er weiß nichts von der Außenwelt, weder von Ritter Luzius noch von Leo. Er ist trübsinnig und verwahrlost: Die Trauerränder unter seinen Fingernägeln sind Balken geworden. Vor ihm liegt ein Stapel Schulbücher, aber er hat – wie um Bärnhardts Theorie zu bestätigen – keine Lust zum Lernen. Die Zeit vergeht minutenweise zwischen dem brummsüchtigen Hin- und Hergesause der Fliege und einer Stimme unten auf der Straße, die nach einer Roberta ruft. Die Temperatur beträgt sechsunddreißig Grad Celsius, als plötzlich, mitten in diesem Panorama des zwanzigsten Jahrhunderts, der Dichter Carducci aufragt. Luchsi malt ihn sich aus, wie er sich eben mit einem Federmesser in den Finger schneidet. In dem aufgeschlagenen Buch ist auch Pascoli, der Liebhaber der kleinen Dinge, da steht er, mitten auf dem Land, und sucht nach Hühnermist. Leopardi ist bitter. Foscolo ist leidenschaftlich D'Annunzio dekadent Verga realistisch Pirandello frühreif. Luchsi macht sich an seinen Ferienaufsatz. Zu folgendem Thema:
Gewaltig ragt Carduccis Gestalt auf in der italienischen Dichtkunst des Zwanzigsten Jahrhunderts, denn er greift nicht nur auf die großartige Tradition der klassischen Dichtungen zurück, er bereichert sie auch, indem er sie durch seine einzigartige, kraftvolle Persönlichkeit filtert, gleichzeitig offen für die Einflüsse anderer europäischer Dichtungen und bemüht um neue Formulierungen von überraschender Modernität, mit denen er der italienischen Dichtung bis auf den heutigen Tag zu ständiger Erneuerung verhilft.

Luchsi liest und schreibt dann:

Aufsatz
Ich bin im Wesentlichen einverstanden
mit Ihrer Meinung, Herr Lehrer.

Danach legt er sich auf den Boden. Die Glocken haben aufgehört zu läuten, und auch der Fliege ist der Sprit ausgegangen. Dann werden scheppernd die starken Ketten vor der Tür gelöst. Hereinkommt Hesekiel, Luchsis Vater, zufrieden über seine Jagdbeute, die ihm vom kleinen Finger baumelt. Er versäumt an keinem Sonntag, persönlich die Konditorei aufzusuchen und sein ganz spezielles Kuchenkabinett zusammenzustellen. Im Winter halten die Eclairs eine relative Mehrheit, jetzt im Sommer steigt die Anzahl der Sitze zugunsten der Obsttorten. Hesekiel also sperrt die Tür auf, und Luchsi stürzt nach draußen wie eine Katze aus dem Kühlschrank.
»Hast du deine Schularbeiten gemacht, mein Sohn?«
»Ja. Kann ich jetzt raus, Papa?«
»Ist die Woche etwa um?«
»Sie ist um, Papa.«
»Nein. Dein einwöchiger Stubenarrest ist morgen, Montag, zu Ende.«
»Nein, heute, Sonntag.«
»Rechnen ist nicht deine starke Seite.«
»Wir rechnen nur anders, du und ich.«
»Das Andere ist wechselseitig«, schließt Hesekiel.
Luchsi hätte diese Debatte ja gern fortgesetzt, aber bei einem Blick aus dem Fenster wird ihm klar, daß er unbedingt und augenblicklich nach draußen muß. Die Tür ist wieder zu. Aber der Balkon ...
Er nutzt einen Augenblick, in dem sein Vater und seine Mutter sich über die aktuelle Zusammensetzung des Kuchenkabinetts streiten. Die Mutter protestiert, weil ihr Votum zugunsten der Baisers wieder einmal nicht zu ei-

ner angemessenen Vertretung der Baiser-Fraktion geführt hat. Luchsi nimmt seinen Ball und verläßt seinen Balkon zugunsten des angrenzenden. Von dort aus gelangt er rasch ins Wohnzimmer der Nachbarsfamilie Schnattergans. Oma Schnattergans sitzt im Sessel zwischen Nickerchen und Koma und wartet darauf, daß der heiße Kaffee kalt wird, damit sie ihn sich dann wieder aufwärmen lassen kann und so weiter.
Die Greisin hat gerade eine wache Sekunde und sieht den Entwichenen sofort: »Bist du nicht der kleine Junge von nebenan?« fragt sie.
»Jawohl, gnä' Frau.«
»Was machst du denn hier?«
»Ich wollte fragen, ob Sie vielleicht ein bißchen Zucker haben.«
»Ah so, schön. Braver Junge, hilfst im Haushalt.« Schon ist sie wieder eingeschlafen.
Und so läuft Luchsi rasch durch das Besitztum der Familie Schnattergans, verschwindet und macht deren Tür von außen zu.
»Maria«? fragt Vatter Schnattergans.
»Ja«? sagt Mutter Schnattergans.
»Haben wir eigentlich Kinder?«
»Eine Tochter, sechsundzwanzig, verheiratet in der Schweiz.«
»Komisch . . .«
»Was ist komisch?«
»Ach nichts«, sagt Vatter Schnattergans und widmet sich wieder seiner Fahrradreparatur.
Derweil rast Luchsi längst mit dem Mahlstrom der Treppe abwärts und in einen gefährlichen Sonntag hinein.

Es ist wie beim Blues: Man kann in andere Akkorde gleiten, in Variationen über Melodie und Melancholie, aber man kommt immer wieder zurück auf den Anfangsakkord, auf den, der die Geschichte erzählt. So sind Luzis Tage, Variationen über das Denken an Leo. Niemand scheint heute allein zu sein. Auf Lambrettas brausen Liebespärchen vorbei, auf der Rollschuhbahn gleiten junge Leute aufeinander zu und voneinander weg. An ihren Fensterbänken stricken zwei alte Frauen feine Bosheiten in rauhen Mengen. Eine Viererbande aus Greisen sitzt um eine Weinflasche herum. Alle scheinen heute allein zu sein. Ein Mann mit einem Bart hockt da und schaut den Rollschuhläufern zu. An einem Fenster steht eine Frau, allein, und wartet auf den Märchenprinzen, aber ein Lexikonvertreter würde es auch tun. In einer Bar sitzt benommen ein blinder alter Mann. Und wo man hinsieht, Soldaten beim vierten Bier, Hunde ohne Halsbänder, Vollgedröhnte beiderlei Geschlechts, Pinsel-Punks, kleine Mädels, allein, auf einen Anruf seitens des Verlobten wartend, Männer, allein, auf die Endspielergebnisse wartend.

Aber du bist nicht allein, Luzi, Schluß jetzt mit dieser Tristesse. Ich weiß: Aber es war einmal ein Mensch, und alle hatten ihn gern, die einen mehr, die anderen weniger. Und den kann man eben nicht einfach vergessen. Das ist alles, Rosa.

»Er fehlt mir«, sagt Luzi.

»Mir auch«, sagt Rosa.

»Ich habe ihn so gern gemocht.«

»Ich auch.«

»Hast du mir nie erzählt.«

»Freundin ist Freundin.«

»Du willst doch nicht sagen, daß du ...«

»Nie. Nur Blicke. Und einmal ein Kuß, bevor er mit dir zusammen war.«

Rosa führt nicht aus, daß jener Kuß von nachmittags um

drei Uhr bis Mitternacht angedauert hatte und nur durch drei Atemstillstände unterbrochen worden war. Jetzt sind die beiden in Höhe der Bar angekommen. Luzi schweigt und kickt scheppernd eine Dose über die Straße.

»Fang doch jetzt nicht an zu grübeln«, sagt Rosa. »Oder denkst du etwa, Leo war wegen einer Geliebten in Bessico?«

»Wegen der Hauswartin womöglich«, lacht Luzi.

Sie gehen über die Straße. Ein Autowäscher starrt und flötet ein Liebesliedchen hinter ihnen her. Vor der Bar stehen ein paar Drahtesel, ein Moped-Maultier und eine Makaramoto; sie beherrscht die ganze Szene. Vier Ritter, unter ihnen die Giraffe, spielen Boccia im Vorgarten. Alice sitzt an ihrer Kasse, sieht Luzi hereinkommen und spendiert zum Zeichen der Solidarität eine Weinbrandbohne.

Ein Unterwelthaberer der Sorte und des Namens Gockel mit einem Kamm aus gebutterten Haaren und einem Hemd aus Hawaii-Imitat kommt näher.

»Wollt ihr was trinken, Puppen?«

»Nein, danke.« (Die Puppen können reden!)

»Heh, Rosa«, sagt der Gockel, »schenkst du mir deinen Minirock? Ich brauch 'n neuen Schlips.«

»Heh, Gockel, schenkst du mir dein Hemd? Mein Sofa braucht 'n neuen Bezug!«

Der Gockel stolziert noch näher heran auf seinen Stöckel-Stiefelchen und nimmt einen Schluck von seinem blutroten Getränk.

»Na? Und dein Freund«? fragt er Luzi.

»Leo?«

»Leo. War doch ein Kerl, oder?«

»Keine Ahnung, Geheimermittlungen, heißt es.«

»Paß mal auf, Schöne«, sagt der Gockel, »ich kenne mich aus in dem Milieu. Das ist 'ne Scheißgeschichte. Ich weiß ja nicht, was dein Kerl so für Dinger gedreht hat...«

»Überhaupt nichts hat er gedreht.«
»Nun werd doch nicht gleich sauer! Ich sag ja nur, man läßt sich nicht einfach zwanzig Kilometer weit weg von seinem Kiez erwischen. Man geht nicht zufällig in so 'n Palast rein. Wie soll ich sagen – wenn ich Ding sage, dann meine ich nicht bloß 'n Bruch oder Erpressung oder harten Stoff... Na, jedenfalls, meine Freunde sagen...«
»Wer?«
»Freunde von mir. Na, los, trinkt was mit, und wir reden mal drüber.«
»Wir haben keinen Durst.«
»Tja, also, wenn du mich fragst, die Polizei wird das so erklären: Dein Leo wollte was klauen, 'ne Tasche hatte er ja auch bei sich... In der Gegend haben sie schon öfter was geklaut, da wohnen wichtige Leute. Handtasche weg und ab damit, Autos leergeräumt, hat's ja alles schon gegeben... Also hat da irgendwer, muß ja nicht unbedingt einer aus dem Haus sein, einen Bullen geschmiert... Oder irgendwer hat einfach den Kopf verloren...«
»Aber das haben sie doch wohl untersucht, durchsucht...«
»Mal untersucht man was, um was rauszukriegen, und mal untersucht man was, um was zu vertuschen«, grinst der Gockel. »Wenn das jetzt noch alles so geheim ist, dann kriegst du nie raus, wer deinen Leo umgelegt hat. Wer schert sich denn darum, wo irgendein Typ endet, der auf die schiefe Bahn geraten ist? Erzähl mir nicht, dein Leo wäre ein Ausbund an Ehrlichkeit gewesen. Du ahnst ja nicht, wie wenig es kostet, damit irgendjemandem plötzlich wieder einfällt, wie er mal mit Leo zusammen auf Raubtour war. Du weißt ja, an was alles man sich heutzutage am besten erinnert...«
Luzi zittert. Der Gockel schmeißt sich komplizenhaft an sie ran.
»Na jedenfalls, Schöne, falls du irgendeinen Verdacht

hast... Ich hab die richtigen Freunde für sowas: Es gibt nämlich viele Möglichkeiten, solche Sachen klarzukriegen. Wenn du willst, greifen wir uns einen oder zwei Typen aus dem Palast da und polieren denen mal die Fresse, aber so sauber, daß die hinterher keiner mehr wiedererkennt, schwör ich dir...«

»Phantastisch«, sagt Rosa.

»Na also, jetzt trinken wir einen zusammen und tüfteln das aus. Normalerweise nehme ich ja 'n Haufen Geld für so'n Auftrag, aber wir werden uns da schon einig werden...«

»Du hast wohl den Arsch offen.«

»Wie bitte?« Dem Gockel schwellen die Lappen purpurrot.

»Ich sagte, du hast den Arsch offen, und deine ganzen richtigen Freunde auch.«

»Hör mal zu, und wenn du noch so 'ne scharfe Mieze bist, mit mir redest du nicht in diesem Ton. Kapiert?«

»Reg dich lieber nicht auf«, sagt Rosa. »Sonst kommst du bloß ins Schwitzen, und dann zerläuft dir die Banane da auf dem Kopf.«

Der Gockel schlägt wütend die Sporen. Er reibt sich schon die Hände, da sieht er, wie die massige Gestalt des Elephanten bedrohlich nähergeschwankt kommt. Wenn der einen Satz Ohrfeigen austeilt, so wird gemunkelt, dann fühlt sich das an wie ein zuknallendes Kirchenportal.

»Laßt euch hier ja nicht wieder blicken, denn wenn ich euch erwische...«, zischt der Gockel und macht die Flitze, als wollte er seinen Worten Nachdruck verleihen. Der Elephant wirft ihm einen Blick hinterher, der einem Scheinwerfer der Zollfahndung ähnelt. Dann bleckt er die Stoßzähne und fragt die beiden: »Darf ich euch zu einem Schluck einladen?«

»Danke, gern. Mir eine Pfefferminzbrause«, sagt Rosa und lehnt sich auf den Tresen. Dazu schiebt sie Ellbogen und Brust nach vorn und den Po als Gegengewicht nach hinten, und der bildet eine Sinuskurve. (Irgendwie kein besonders treffender Begriff.) Der Elephant würde gern ein nettes Kompliment machen, aber da er sich in Galantinen und Pasteten weit besser auskennt als in Galanterie und Passion, läßt er es bei einem Seufzer bewenden. Und kaum sehen sie ihn da mit den beiden Puppen stehen, kommen aus allen Winkeln des Dschungels auch die übrigen Raubtiere herbei. Der Hummer verläßt die Eistruhe, auf der er vor sich hingedöst hatte, der Maulwurf bahnt sich einen Weg, reißt zwei Kaffeetassen um, und die Giraffe erscheint vor lauter Gefühl und Hetze gleich mit der Bocciakugel in der Hand.

»Was soll das denn sein?« fragt der Hummer.

»Geschenk fürs Fräuleinchen«, sagt die Giraffe und reicht Luzi die Kugel.

Damit nimmt ein Gelage seinen Lauf. Der Barmann wundert sich zwar, bringt aber sechs Pfefferminzbrausen an einen Tisch, an dem gewöhnlich der Alkoholpegel die Werte eines Sonnabendabends in Moskau erreicht. Der Elephant erzählt drei Witze auf Soft-Core-Niveau. Weitere Gäste treffen ein, ein paar halten Promenadenwürste an der Leine, andere Zigarren. Rosa lacht und schlägt die Beine südöst-/südwestlich übereinander, womit sie Extrasystolen und unnatürliche Sitzhaltungen hervorruft.

Der Hummer wirft sich zu einem Toast auf: »Im Meergrün dieses Glases erblicke ich zwei wunderschöne Sirenen. Sie schwimmen vor unserer knarrenden Barke her. Ich bin zwar schon ein bißchen beschwipst, aber gerade stehen kann ich noch, und so möchte ich nur sagen: Alles Gute für Rosa und Luzi, die Sterne unserer einsamen alten Tage.«

Applaus.

»Jetzt mußt du den Pfefferminz aber auch trinken«, sagt der Elephant.

Der Hummer betrachtet den grünen Schierlingsbecher

ohne Zittern. Dann schließt er die Augen und kippt ihn in einem Zug hinunter.
»Einmal im Jahr darf man«, lautet sein Kommentar.
»Oder vielmehr, wie der Lateiner sagt: Semel in anno licet...«
Er kommt nicht auf das Wort.
»Wenn Luzius jetzt hier wäre.«
Die Heiterkeit erlischt. Luzius ist krank. Und warum? Weil er alt ist. Leo ist tot. Warum? Dafür gibt es kein »weil«. Im Reich sind andere Dinge wichtig.
»Wenn er doch bloß nicht in den Garten da...«
»Wenn er doch bloß nicht an *dem* Abend... in seinem Alter...«
Wenn doch bloß alle immer da blieben, wo sie hingehören.
Wenn sie stets den Mund hielten, wenn das Volk das Ganze den Komikern überlassen würde, die immer auf dem Schwund nach vorn sind.
Wenn sie doch bloß nicht mehr auf die Straße gingen und Randale machten.
Wenn sie doch bloß gehorchten, ohne daß man ihnen dauernd einen Schreck einjagen müßte.
Wenn sie einfach überhaupt nicht da wären.
Die Bürger sind der größte Hemmschuh einer jeden modernen Demokratie.
»Das sagen Sie aber doch nicht in Ihren Reden, Herr Abgeordneter Schandkräh.«
»Nein, sage ich nicht, aber denken tu ich's.«

»Dieser Schandkräh hat so eine richtige Mangels-Beweis-Visage, einfach zum Knutschen«, sagt die Giraffe, der jetzt im *Demokrat* liest, wie der Bürgermeister strahlenderweise den Galionen-Salon eröffnet hat.
»Warum ist Leo ausgerechnet an dem Tag da hingegangen«? wiederholt etwas wirr der Hummer. (Nach dem Pfefferminz kamen dann noch sechs Biere.)

»Ist euch das nie passiert«, fragt die Giraffe, »daß ihr irgendwo hingeht und nicht genau wißt, warum?«
»Doch! Eines Morgens, vor vielen Jahren«, erzählt der Maulwurf. »Da bin ich aufgewacht und habe gedacht: So kann ich doch nicht immer weiterleben. Kreuz und quer düsen Raumschiffe durch die Galaxis, und ich hocke da und setze brav einen Stein auf den anderen. Ich bin aufgestanden und weggegangen. Nachts habe ich mit dem Fernrohr nachgeguckt, ob irgendwo so ein Ding gelandet war. Eines nachts stand ich beim Fußballstadion herum, und da landet tatsächlich eins, gar nicht furchtbar groß, ein tolles Ding, sah aus wie eine grüne Okarina. Dann steigen zwei aus, die sehen aus wie wir, bloß ohne Ohren und mit größeren Pupillen. Sie machen sich bekannt, Brum von Becoda, Bunt von Becoda, angenehm Maulwurf gute Fahrt gehabt, viel Verkehr, naja, was man eben so sagt bei einer anheimelnden Begegnung der dritten Art. Sie sagen: Wir haben ein Problem, der Treibstoff kommt nicht bis in den Vergaser.«
»Das haben sie wirklich gesagt?«
»Ja. Natürlich auf Nuklearisch. Ich sage, kein Problem! Hier steht der Maulwurf, der alles kann, sie hatten eine Kitsche im Rumpf, da kam intergalaktische Luft durch, und deshalb ist der Vergaser immer abgesoffen. Ich repariere ihnen das mit Alabastergips, sie fragen, was sind wir schuldig, um Himmelswillen, sage ich, war mir ein Vergnügen, und sie, wenn du mal bei uns in der Gegend bist, ich sage, wohl kaum, denn meine Frau ist auf Rimini abonniert. Darauf sagt Brum, dann laß dir aber wenigstens einen becodierten Händedruck geben. Das war allerdings mehr ein Stromstoß, aber der hat meinen Rücken und meine Leber heilgemacht, die nächsten drei Jahre ging's mir gut, ein Stoß hält nämlich drei Jahre vor. Ich habe ihnen eine Geranie geschenkt, denn die sind da oben ein echter Leckerbissen, sie machen eine Soße daraus, für die Becodzi, das sind ihre Nudeln. Schließlich

sagt Brum: Einen guten Rat möchte ich dir aber noch mitgeben: *Guck beim Gehen nicht nur nach vorn, sondern auch nach oben und nach unten. Dann siehst du mehr.* Und damit sind sie wieder abgedüst.«

Alle fanden die Geschichte des Maulwurfs schön, nur der Elephant hatte so seine Zweifel.

Und da stürzt Luchsi herein mit dem Gebaren eines Geheimagenten, des einzigen auf der Welt übrigens, der mit einem Ball bewaffnet ist.

»Wo ist Luzi?«

»Gerade gegangen. Wenn du schnell läufst, kannst du sie noch einholen.«

»Danke.«

»Warte mal eben«, sagt der Elephant. »Weißt du, was Becodzi sind?«

»Klar. Makkaroni, hohl wie Orgelpfeifen, die ißt man auf Becoda. Mit Butter oder Geraniensoße.«

Als Luzi und Luchsi an der Poliklinik eintreffen, merken sie sofort, daß irgendetwas los ist. Vier Polizeipantherwagen und viele Photographen stehen da, und ein riesiger MotoZentaur versperrt ihnen den Weg. Das ist die Eskorte für einen FIAT-Pottwal mit schußsicheren Scheiben und rammspornbewehrten Scheibenwischern.
»Da kommt Schandkräh, der Bürgermeister in spe. Er macht einen Besuch in der Poliklinik.«
Die Atmosphäre im St. Hedwig ist noch fiebriger als sonst. Rasch werden Enten geleert, Bettlaken gewechselt, Kranke desodoriert. Die ganz verwahrlosten Zimmer sind geschlossen worden, und die Bettlägerigen, die vorher da gelegen hatten, befinden sich jetzt auf einem Haufen in einem kleinen Salon unter Sichtkontrolle eines Fernsehers.
Karsten Kauz rennt herum und ordnet Paramediziner in Reih und Glied, richtet Hauben aus, auskultiert Waschbecken. Überall werden Kruzifixe hingehängt, nachdem man den Nonnen ihre Intimsphäre geplündert hat. Ein Pfleger auf dem Kreuzweg kommt mit einem hölzernen Christus vorbei. Auf den Tabletts mit dem Essen liegen unglaubliche Käsescheiben und Schinkenschals neben dem üblichen Griesbrei. Angesichts einer Banane erleidet ein Kranker einen Kollaps.
Und da meldet ein demokratischer Krawall, daß Schorse Schandkräh soeben die Treppen erklimmt, und also werden in Kürze Taube hören, Blinde sehen und alle wählen können.
»Wir möchten einen Kranken besuchen«, sagt Luzi. »Er liegt in Zimmer 109.«
»Geht nicht. Erst wenn der ehrenwerte Abgeordnete seinen Besuch beendet hat«, antwortet der Mann in der Anmeldung.
»Und wie lange dauert der?«
Der Mann bringt seine Arme in eine Spannweite von insgesamt zwei Metern und fünfzig Zentimetern.

»Was machen wir denn da, sollen wir hier warten?«
»Sind Sie Verwandte?«
»Ja«, lügt Luzi.
»Ich nicht«, sagt Luchsi treuherzig. »Ich bin ein Freund.«
Der Mann verzerrt seinen Mund. »Ah ja? Und wie alt ist dein Freund?«
»Siebzig.«
»Und du kleines Bürschchen willst der Freund von einem sein, der siebzig ist?«
»Fänden Sie nicht auch ein kleines Mädchen von achtzehn Jahren als Freundin toll?«
»Was hat denn das damit zu tun, das ist ganz etwas anderes.«
»Das Andere ist wechselseitig.«
»Wie?«
»Ach nichts. Darf ich jetzt hoch?«
»Nein. Nur Verwandte.«
»Freunde nicht?«
»Ich sagte doch, nur Verwandte. Bist du taub?«
»Nein. Sonst wäre ich nicht hier, sondern beim Hausnasenohrenarzt.«
»Halsnasenohren. Mit l.«
»Wie Malz?«
»Ja.«
»Nicht wie Maus?«
»Nein. Willst du mich verarschen?«
»Das machen Sie mal lieber selber.«
»Du hast mich jetzt genug geärgert, Bürschchen, klar? Und hör auf, mit diesem Ball da rumzumachen.«
»Darf man das auch nicht?«
»Nein. Geh auf den Parkplatz. Mußt du ausgerechnet hier zum Spielen herkommen?«
Luzi fährt dazwischen, und der Mann in der Anmeldung läßt ab. Luchsi allerdings ist rachlustig und läßt, sowie der Zug des Beinahersten Bürgermeisters seiner Stadt herannaht, Pélé, seinen Ball, los, und Pélé rollt sachte

und selbstbewußt wie eine Bombe vor die ehrenwert-abgeordneten Füße. Dieser Zwischenfall verlängert seinen Besuch um gut zwei Minuten.

Zimmer 109

Im dritten Stock liegt Luzius, und es geht ihm gar nicht gut, aber niemand kümmert sich darum. Noch schlechter geht es der Seezunge. Er hat ein neues Bett bekommen und ist aufrecht hingesetzt worden, damit der Ehrenwerte auch bei ihm die Parade abnehmen kann. Er keucht wie eine Turbine. Und den Fernseher hat man ihm auch schon wieder abgedreht.

Susi und Bärnhardt stehen auf dem Flur Spalier, während Karsten Kauz nervös seiner Uhr den Puls kontrolliert. Schandkräh kommt und kommt nicht. Aber dann erscheint er doch endlich auf dem Treppengipfel – ein bissig wirkender Köter mit Goldrandbrille und spitzen schwarzen Schühchen. Eskortiert wird er von einem Polizisten und einer Nonne, beide Bartträger. Er tauscht Küßchen mit Karsten Kauz. Dann überreicht ihm ein kleines Mädchen im Schlafanzug stinkende Lilien und läuft scharlachrot an, was ihrer Krankheit entspricht. Pfleger und Schwestern lächeln mehr oder weniger. In diesem Augenblick ertönt ein Schrei: Es ist Luzius aus Zimmer 109.

»Die Seezunge geht übern Jordan!«

Karsten Kauz verfällt in Glissando. Er demonstriert dem Ehrenwerten ein paar allermodernste deutsche Apparate, mit denen sich der Herzschlag eines Schwimmers auf zehn Kilometer Entfernung messen läßt. Schandkräh interessiert das zwar einen Dreck, aber er sagt: »Ausgezeichnet, ausgezeichnet«, und läßt sich bereitwillig den Blutdruck messen. Er ist ein bißchen zu niedrig.

»Lieber Ebbe im Blut als Springflut«, sagt er.
Die Anwesenden würdigen seine medizinische Kompetenz durch anhaltendes Wackeln des Kopfes über dem Rumpf.
Susi Schwanin verläßt spontan die Zeremonie und läuft in Zimmer 109, wo die Seezunge inzwischen im zyanotischen Stadium liegt. Sie versorgt ihn mit Sauerstoff und legt ihn wieder flach hin. Mittlerweile hat sich Luzius Lurch auf die Beine gehievt und führt nun stolz – durch den Hosenschlitz – vor, was an Wollüstigem ihm noch geblieben ist. In selbiger Pose wird er überrascht vom eintretenden Beinah-Bürgermeister.
»Sehen Sie«? fährt der Kauz dazwischen. »Manche Kranken stehen von ganz allein auf, sobald sie sich besser fühlen.«
Augenblicklich legt Luzius sich wieder hin.
Der Ehrenwerte tritt auf ihn zu, mit auf dem Rücken verschränkten Armen.
»Also, Sie fühlen sich besser, Sie fühlen sich besser . . .«
Luzius Lurch greift demonstrativ nach seinem Sack und hält ihn fest.
Darauf erfolgt, durch weitere Bettdecken, eine Zensurmaßnahme. Die verlegene Schandkrähe flattert zum Bett von Hans-Martin Maus weiter; der macht einen ehrerbietigen Diener im Liegen und nimmt dabei die Form einer Banane an.
»Also, Sie fühlen sich besser, Sie fühlen sich besser . . .«
»So Gott will . . .«
»Bestimmt will er.« Der Ehrenwerte gibt der Schwester ein Zeichen, als ob er sagen wollte: Erinnern Sie mich nachher dran, daß ich mit diesem Gott rede.
»Und wie geht es Ihnen, geht es Ihnen . . .«
»Gut! Die Pflege ist hier sehr gepflegt. Kann man das zweimal hintereinander sagen?«
»Aber sicher! Und wann werden Sie entlassen, wissen Sie das schon, äh, wissen Sie das schon?«

»Eventuell in einer Woche«, fährt der Kauz wieder dazwischen.
»Und dieser Herr, dieser Herr?« fragt Schandkräh und deutet auf die Seezunge.
»Der kommt schon morgen raus.«
»Aha«, sagt Schandkräh. »Na, dann sind Sie wohl froh, sind Sie wohl froh.«
Schweigen.
»Na«, verdoppelt Schandkräh den Einsatz, »da sind Sie wohl froh, sind Sie wohl froh!«
(Wer Politiker werden will, braucht eine gewisse Beharrlichkeit.)
»Na«, verdreifacht Schandkräh, »da sind Sie wohl froh, sind Sie wohl froh!«
Susi die Schwanin flüstert dem Doktor etwas ins Ohr. Der Doktor flüstert dem Ehrenwerten etwas ins Ohr. Bestürzung. Ein bedauerlicher Zwischenfall. Die Seezunge ist verstorben.
»Eine unvorhergesehene Komplikation«, entschuldigt sich der Doktor.
»Allerdings«, knurrt Luzius. »Die Komplikation sind Sie und dieser Unglücksrabe von einem Abgeordneten. Raus hier!« Aber seine Stimme kommt nicht raus. Ein schlechtes Zeichen. Alles dreht sich. Schandkräh geht weiter in Richtung Brüche.

Im Wartesaal

Während Luchsi über den Parkplatz geistert und Rückspiegel verbiegt, wartet Luzi geduldig darauf, daß Schandkräh den letzten Kreis der Hölle betritt, die Infektionskrankheiten, und dann wieder nach unten kommt, da seine Wenigkeit in noch zwei weiteren Krankenhäusern sowie einer Unfallklinik erwartet wird. Im Warte-

saal erscheint jetzt Hannelore Hauswart-Hämisch, aus ihrer Tasche ragt ein riesiger Selleriestengel.
»Keine Eßsachen für die Patienten«, erklärt der Mann an der Anmeldung sofort.
»Oh nein«, lügt die Hauswartsche. »Das ist alles für meine Suppe, weil, ich muß doch bis hierher immer zwei Busse nehmen und der erste ist der Dreiundzwanziger und zum Umsteigen in den Sechser muß ich ja beim Markt raus und das habe ich einfach ausgenutzt, denn auf der Rückfahrt...«
»Verstanden«, schneidet der Mann ihr das Wort ab.
»Sie sind doch die Hauswartin in Bessico.«
»Sie sind doch die Journalistin von Radio Schubigam. Jesses, nee, was für Tage haben wir da mitgemacht! Gottseinding jetzt is' wieder alles normal, jetzt ist wieder Leben im Bessico Hilton. Bloß der Sandri der ist noch böser als sonst schon und dem ha'm sie zwei Zähne neu gemacht, dabei war der ja auch vorher schon keine Schönheit. Zweimal war der Portius noch da, hübscher Kerl der, aber ha'm Sie mal gesehen was der für lange Haare in der Nase hat? Hat mir Fragen gestellt, das übliche, aber Lust hatte der auch nicht das sah man dem an, also hab ich ihm 'n Kaffee gekocht, gebildeter Mann guter Wortschatz der kannte alle Pflanzen in mei'm Garten wissen Sie ich halte da ja alles picobello in Schach im Garten von der Wohnanlage, hab Hortensien Dahlien Erdbeeren hingesetzt, schwör ich Ihnen, einen Zitronenbaum auch der ist sogar angegangen, schön hoch schon, kommen Sie doch mal wieder vorbei das ist ein Wunder bei dem Klima hier Fräuleinchen Sie sehen aber ein bißchen blaß aus passen Sie bloß auf daß die Sie nicht gleich hierbehalten, ich mach Witze ich will ja nichts sagen gegen hier, aber drei Monate mein Mann den ha'm sie jetzt drei Monate hier drin aber vielleicht darf er heute raus, ja (Keuchen) da ist ja der Schandkräh kommt wieder runter. Ist ja viel kleiner als im Fernsehen immer, aber da

sieht man ja sowieso nie die Füße. Wissen Sie wen wir neulich mal gesehen haben in Wirklichkeit im Haus und ging gerade zur Video-Star? Garbo der Komiker der immer sagt machen wir einen Schwund nach vorn, Falten über Falten wie eine Schildkröte na so eine Enttäuschung, da kann man mal sehen, wie die geschminkt werden bevor die auftreten, aber ordentlich. Wie die Varzi vom dritten Stock die hat einen Nachtschrank schwör ich Ihnen ich hab's gesehen Jesses nee die ganzen Fläschchen Näpfchen Cremes Tröpfchen was weiß ich wenn die sich fertigmacht die braucht doch Stunden die spannnnnt und glääääättet und llllleckt sich das ganze Gesicht na da könnten wir ja alle, na Sie nicht, Sie brauchen sowas ja nicht Sie sind jung, ich dagegen, kucken Sie mal meine Hände, da tu ich nix drauf, bloß dauernd Spülwasser und einmal kommt die Varzi runter, total aufgedonnert daß man (Keuchen) aufgedonnert, die sah aus wie ein Gemälde ganz ölig und bunt sah die aus wie'n Bauernsalat und gibt mir den Schlüssel der war auch wie durchs Öl gezogen Jesses nee und sagt Frrrrrau Hannelorrrre, die hat's immer mit dem rrrrr, was haben Sie denn für weiße Haare in Ihrem Alter färrrrben Sie denn gar nicht, ach Gott Hannelorrrre seh 'n ja aus wie achtzig, färrrrrben sich mal die Haarrrre, sonst sagen die Leute wir ha'm hier ne Hauswarrrrrtsche aus 'm Heim, sowas erzählt mir die Henne, entschuldigen Sie, aber da kommt mir doch fast die Galle hoch auf jeden Fall sie hat's kapiert die Gnädigste und ich Schaf halte meinen Mund was für weiße Haare denn wollte ich sagen gnädige Frau statt da oben an Ihrem Gesicht rumzupinseln komm' Sie lieber hierher und kümmern sich um den Garten und bedien' Sie diese vermaledeite Sprechanlage da kriegen Sie ganz was anderes als weiße Haare, die Krätze kriegen Sie da und dann fallen die Haare von ganz allein aus, und überhaupt was will die mir eigentlich erzählen, die hat ja nicht mal Familie, wer nimmt denn auch so eine die den ganzen Tag vorm Spiegel steht, stell'n sich doch mal vor, ›gehen wir aus, Liebste?‹ – ›Augenblick, Liebster, ich richte mich nur rasch her‹, richte dir doch 'n Arsch entschuldigen Sie, aber da kommt mir die Galle hoch, und wenn ich dann noch an den anderen denke, diesen ungezogenen Sandri, der gehört doch in die Bratpfanne, so ein Großkotz, gestern kommt er vorbei und mein Kater ist auch da, Simon, ich will ja nichts sagen aber der ist die Wohlerzogenheit in Person und Sandri kommt rein und sagt ›hier stinkt's nach Kater!‹, und ich sage, sehen Sie mal das bin ich ich mache Fisch Sie wissen ja, da tun die immer Ammoniak rein, denn heutzutage tun die Konservierungszeug ja an alles, müßten sie eigentlich mal der Varzi verpassen haha huhu hoho entschuldigen Sie, ja, ist mir so rausgerutscht, also wo war ich, ja (Keuchen) ah ja Sandri sagt, nein, das ist Katzenpisse von wegen Pisse Pisse, das ist 'n Seehecht und er Katze und ich Seehecht, also kurz und gut egal was für'n Viech jedenfalls sagt er schließlich, sehen Sie gnä' Frau, in diesem Haus ist Katzenhaltung eigentlich nicht erlaubt und ich Schaf halte den Mund dabei wollte ich sagen, na und wie ist das mit Ihr'm Hund diesem Bronson da, der Haufen macht die sehen aus wie Schokoladenpudding was soll ich sagen Bronson hat ja Stammbaum und Simon nicht, bloß Stammbaum so'n Scheißdreck wollte ich sagen, weil... meinen Sie uns? Kucken Sie mal Fräuleinchen, der Wachmann da, der meint uns, wir können hoch? Na Gottseinding in welchen Stock müssen Sie denn Fräuleinchen? Ich auch dritten dann können wir ja zusammen, wissen Sie die ha'm hier Fahrstühle die sind gar nicht so schön, die sehen aus wie Särge vielleicht tun sie die ja wirklich da rein, die Toten, wir ha'm bei uns SABIEM und der war mal kaputt, wir fahren in den dritten danke, also der geht mal kaputt, kommt die Varzi und sagt ›der Fahrstuhl ist kaputt‹ und ich, ›ich hab den doch nicht kaputtgemacht

oder gehe ich vielleicht nachts rum und säge die Seile durch‹, das wollte ich sagen und die sagt ›muß jedenfalls erledigt werden‹, und ich Schaf halte den Mund und rufe den von der Wartefirma an, der sagt mir ›ist der Schwinghebel‹ und ich na vielen Dank auch, glauben Sie vielleicht ich weiß was'n Schwinghe. . .«
(Abblende aufwärts.)

Krankenhaus aussen

Luchsi hat Rückspiegel in einer Gesamtzahl von einhundertsechs verbogen. Er hat außerdem die Krankenhausfenster gezählt: zweihundertundfünfzig. Das Nummernschild mit den meisten Nullen gefunden: MZ 400500. Die Titelseite einer Modezeitschrift auf der hinteren Ablage eines LANCIA-Mücke gelesen. Zwei WWF-Panda-Aufkleber abgerissen, Schandkräh und seine vierköpfige schwarze Bulleneskorte abfahren sehen, gegähnt. Jetzt hat er wirklich keinen Bock mehr. Er sieht zu den Fenstern hoch und erfleht Hilfe von seinem Freund und Meister Luzius Lurch. Und der sendet ihm prompt einen Engel in Gestalt von Susi der Schwanin, die Schichtende hat und auf ihren FIAT-Schweinchen zugeht, um nach Hause zu fahren, wo sie züchtig waltet, wie man in früheren Epochen zu sagen pflegte. Susi bemerkt erst den ballbewehrten Jungen, dann ihren verbogenen Rückspiegel. Während sie ihn wieder geradebiegt, stellt sie fest, daß die Biegearbeiten mit wissenschaftlicher Systematik auf dem gesamten Parkplatz durchgeführt worden sind. »Kompliment«, sagt die Schwanin. »Ein ganz schönes Unternehmen!«
»Wenn Sie sich so gelangweilt hätten, dann hätten Sie noch ganz andere Sachen verbogen.«
Wenn die Schwanin ein trauriges Kind sieht, kann sie

natürlich nicht anders, als zärtliche Gefühle zu entwikkeln. Was sie auch augenblicklich tut.

»Warum spielst du nicht mit deinem Ball?«

»Wo denn?«

»Da hinten, da ist der alte Parkplatz, der ist leer, und da ist nie jemand. Du kannst gegen die Wand schießen, oder mit Pflegern, die auf ihren Schichtbeginn warten, spielen.«

Luchsi strahlt auf: Das klingt nach Hiergehtsland, von dem er gehört hat, die Gegend, wo Bälle frei fliegen dürfen wie Wolken und keine wütende Stimme sie verflucht, wo sie Tag und Nacht herumhüpfen dürfen, wie in einem Freudenrausch.

»Da lang, meinen Sie?«

»Da lang.«

»Entschuldigung für den Spiegel.«

»In Ordnung.«

»Entschuldigung auch für den Panda-Aufkleber, den ich abgerissen habe.«

»Den Motor hast du mir aber dagelassen?«

Luchsi macht einen Diener und läuft und läuft im Zickzack zwischen den Autos durch. Da ist der Parkplatz, alt und isoliert, und hier und da wächst zwischen den Steinen ein klandestiner Salatkopf hervor. Luchsi kommt der Platz vor wie das Maracaná-Stadion.

Von *seinem* anderen Ende kommen zwei weißgekleidete Engel. Einer ist Bärnhardt der Bär, der andere ein junger Pfleger. Aus Bärnhardts Mund ertönen zehn himmlische Wörter, und zwar: »Los, Kleiner, gib mal ab, wir machen ein paar Pässe.«

Bärnhardt kriegt den Ball zwischen die Tatzen. Und schlagartig belebt sich seine wuchtige Gestalt und wird geradezu unnatürlich anmutig, er kickt den Ball erst mit der Fußspitze, dann Spitze-Hacke, Hacke-Spitze, ein Jongleur, ein Brasilianer, echte Feinarbeit. Als der Ball zu Luchsi zurückkommt, fühlt er sich an wie vergoldet.

Und die Sonne strahlt übers Hiergehtsland. Auf dem anderen Parkplatz hagelt es erste Flüche von den Besitzern verbogener Rückspiegel.

Zimmer 109

In 109 sind alle Fenster zu. Das Bett der Seezunge ist wieder frei, und Hauswart Maus macht sich auf, aus klinischen und charakterlichen Gründen entlassen. Er packt seine Siebensachen inklusive einer halben Flasche Mineralwasser in eine Tasche. Frau Hannelore spricht leise und klingt wie ein Ventilator. Ritter Lurch thront schlafend auf seinem Bett, eine Vene, die auf seiner Stirn tukkert, zeigt an, daß noch Zirkulation vorhanden ist. Auf dem Nachttisch türmt sich ein stattlicher Aufbau aus Büchern und Medikamenten.

Luzi tritt leise ein. Man hat ihr gesagt, dem Professor gehe es wieder etwas schlechter. Sie setzt sich auf das Bett und beobachtet Hans-Martin Maus. Der Hauswart nimmt seinen Abschied, er guckt entschuldigend, er wäre ja glatt noch geblieben, aber da man ihn entlassen hat...

So erblickt Luzius, als er die Augen aufschlägt, Luzi im Bett seines Nachbarn.

»Ich bin im Paradies«, sagt er spontan. Und nimmt zur Feier drei Schluck Prickelwasser. »Erzähl mir, was draußen los ist, Luzi.«

Hier also die neuesten Meldungen. Elephant stürzt von Moped Aufprall unverletzt stop. Giraffe zum vierten Mal in zehn Jahren vor die Tür gesetzt: Hals paßt in keine Wohnung. Hummer stinksauer wie üblich. Maulwurf bekommt x-ten Enkel Name Melchior Maulwurf begeistert da Melchior große Ähnlichkeit mit Marsmensch. Bar erfreut sich neuer Eistruhe zwei Zentner Fassungs-

vermögen. Rosa am Meer. Hund von Ameise an Ratt-Ex krepiert. Klempner Biber angelt Karpfen Gewicht bei Austritt aus Wasser ein Kilo schwillt aber obwohl tot innerhalb einer Woche Seemannsgarn auf dreieinhalb Kilo an. Mastfutter unbekannt. Kalle ist raus aus dem Knast und nach Hause zu seiner Frau, aber die will nicht aufmachen, also tritt er ihr die Tür ein, aber keine Frau weit und breit, sondern zwei schlotternde Typen aus Dingsda, die sagen, wir geben Ihnen unser ganzes Geld, aber tun Sie uns nichts. Seine Frau wohnt einen Stock höher, er hatte das in den drei Jahren vergessen.
»Und der Kanarienvogel?«
»Dem geht es gut. Ich habe ihn zu mir geholt, solange Sie noch nicht wieder gesund sind, natürlich. Wissen Sie, daß er wirklich sehr schön singt? Gestern klang er sogar fast wie die Rolling Stones.«
Jahrelange Musikerziehung fehlgeschlagen, denkt Luzius.
»Und Leo?« fragt er dann.
»Nichts Neues...«
»Das stimmt nicht«, sagt Luzius komplizenhaft. »Genau kann ich es Ihnen noch nicht sagen, aber bald werden wir es wissen...«
»Ach was, machen Sie keine Witze! Leo ist bald vergessen.«
»Gute Beispiele vergißt man nie. Es gibt immer einen Augenblick für die Wahrheit, und der Wahrheit genügt ein Augenblick. Ich weiß gar nicht mehr, hat Spinoza das gesagt oder Bärnhardt?«
»Bärnhardt?«
»Ein Philosoph aus der Schule der paramedizinisch-ontologischen Sohlengänger.«
»Sie machen immer Witze, Herr Professor.«
»Nein. Leo war ein guter Kerl, obwohl er bestimmt auch ab und zu mal ein kleines Ding gedreht hat, um an Kohle zu kommen, aber man kann ja nicht immer nur alles

hinnehmen, manchmal muß man auch in die Gänge kommen und einen drauf machen, sonst zieht man immer den Kürzeren...«

»Wirklich spinozianisch die Sprache, Herr Professor...«

»Ich möchte auch gern ein gutes Beispiel sein, Luzi. Denn wenn wir am Ende begreifen, was für komische Tiere aus einer womöglich im Aussterben begriffenen Gattung wir sind, dann bekommen wir auch Lust herauszufinden, ob diese Selbstvernichtung und Selbstverachtung ein Grundmuster unserer Natur ist oder ob da jemand Schicksale, Parzen, Potenzen und Schalthebel vorschreibt, vielleicht irgendein Tier, das davon träumt, als einziges Exemplar übrigzubleiben. Wir leben in Zeiten von Mördern, die aus der Ferne, im Geheimen und zerstreut operieren. Kein Mensch weiß, im Namen welchen Experiments man ihm das Leben nimmt. Wie sehnt man sich da nach einer kleinen Wahrheit! Und ich werde herausfinden, wer Leo umgebracht hat.«

»Wer denn?«

»Ich kenne die«, sagt Luzius. »Diese Klassenbesten und Streber des Zynismus, die das, was man *nicht* sagen darf, auswendig lernen. Diese vorgetäuschten Unverklemmten, diese Butler der Zeiten. Das sind sie, die Helden von morgen: Das sind die, die geschossen haben. Sandri, der mit Waffen umgeht, weil es für ihn keine Waffen sind, sondern das, was für andere Leute Ellbogen sind, Wörter, Verachtung, Dinge, die ihm Platz verschaffen und die anderen aus der Welt verscheuchen, denn die Welt gehört ihm. Oder es war sein Sohn. Aus lauter Langeweile. Oder Friederich. Aus lauter Jux. Oder die Hauswartin, weil Leo auf ihren Rasen getreten ist. Oder Edgar, weil er ihn für einen Polizisten gehalten hat. Oder umgekehrt. Oder diese Filmfritzen, weil sie endlich mal eine Szene richtig live drehen wollten. Niemand läßt sich mehr beeindrucken, vorbei sind die schönen Zeiten, in denen man bloß drei zerstückelte schwarze Leichen irgendwo hinlegen mußte und Kohle machen konnte. Oder es war ein durchgeknallter Polizist. Oder der Geheimnisvolle Lemur. Oder irgendjemand, der sein neues Gewehr mal ausprobieren wollte. Was macht das schon? Die Leute wissen, im Grunde darf man das ruhig. Aber eines Tages werden es zu viele sein, und dann wird man sagen: Schluß, aus, das geht so nicht mehr, hört auf damit, die Jagd ist zu Ende. Aber kein Mensch wird aufhören.«

»Mir würde schon einer reichen«, sagt Luzi, »von den Schuldigen. Aber ich kann ihn nicht finden, ich kann mir niemanden mit einem Gewehr in der Hand vorstellen, es macht mir Angst. Ich kann mir lauter kleine Gesten der Feigheit vorstellen, der Gleichgültigkeit, kleine Konformismen, kleine Gehorsamkeiten, obwohl man weiß, eigentlich sind sie nicht richtig. Sie sind ganz klein, aber drumherum ist ein großer Schmerz, der immer näherkommt. Sehen Sie, ich glaube, ich weiß, warum Leo in Bessico war: Ich habe ihm mal erzählt, ich hätte gern einen Zitronenbaum in der Wohnung. Ich glaube, er ist in den Garten gegangen, um den da zu klauen, als Geburtstagsgeschenk. Jedenfalls werde ich das immer so sehen, auch wenn es nicht stimmt.«

»Nicht traurig sein, Luzi«, sagt Luzius und setzt sich mühsam auf. »Von diesem gefederten Thron herab schlage ich dich zum Ritter. Ein neuer Ritterlicher Orden wird entstehen. Du wirst dich kein einziges Mal mehr so verhalten, wie du es nicht willst. Du wirst frei sein, nur deinem Gewissen zu Rechenschaft verpflichtet, und jedesmal, wenn du Rechenschaft ablegst, wirst du den stummen Applaus von Millionen Bakterien hören. Wo immer du entlanggehst, werden Geranien erblühen, Chinesen sich verbeugen, Marsmenschen aufleuchten, in Intervallschaltung. Und es wird ein großer Tag kommen, da werden sämtliche Möwenzwicks der Welt sämtliche kleinen Elephanten verkaufen, aber kein einziger Waffenschieber eine Waffe. Und Frieden werden wir haben, mit Zell und Seele. Ich schwöre es, bei den etwas-langweiligen Wahrheiten, die ich gelehrt, und bei den recht-interessanten, die ich gelernt habe. Ich schwöre es, bei Carduccis Piemont und bei Sokrates' Schierlingsbecher, beim Tode Hektors, beim Drei-Drei-Drei-Issus-Keilerei, beim Tragischen, das gleich neben dem Komischen liegt, bei Aorist und Präsens und allen hoffnungsvoll-geschworenen Versprechen, die eine grenzenlose Zukunft regieren. Beim Allerhöchsten und Allerniedrigsten, das sich auf Erden bewegt, von Häschen Hases Nase bis zum Heiligen Gral, von der enterbtesten Mikrobe bis zum größten Dichter und so weiter in der universellen Klassifikation und in der erschreckenden Dummheit, die ihren Ausverkauf betreibt! Ich werde heute nacht alles wissen. Geh jetzt, und grüß mir die Freunde.«

Jetzt ist Luzius sehr sehr müde. Nicht einmal ein becodierter Händedruck könnte ihn jetzt noch gesund machen. Die Zimmerdecke dreht sich langsam, und dann öffnet sie sich wie das Dach eines Observatoriums. Luzius fühlt, während sein Atem stillsteht, den Schwindel jenes Aufstiegs. Er steigt wieder hinab, entkräftet. Zwei Pfleger sind ins Zimmer gekommen und haben den Fernseher angestellt. Was bringt die neue Herbst- und Wintermode? Schalt um. Der Siff hat die Regierung voll auf Lage. Schalt bloß weiter, weg mit diesem Arschgesicht. Hier, das ist schon besser. Ein kaustischer Komiker ein unbequemer Journalist ist ein organisch denkender Intellektueller, allesamt übern Sender eines zynischen Spekulanten der Kolossal-Illegal-Baubranche. Sehen Sie, *das* ist Demokratie.«

»Leiser, bitte.«

»Nun markieren Sie hier mal nicht den Snob. Kucken Sie

doch zu, jetzt kommt Boxen, Europameisterschaft im Fliegengewicht – Assel gegen Bremse. Und danach kommt der mit dem Schwund nach vorn, den lasse ich mir nie entgehen.«
»Stellen Sie es bitte leise, ich möchte schlafen.«
Die Wörter kollern Luzius jetzt im Kopf herum. Er schreit: »Luzi!«
Aber die Stimme kommt nicht heraus. Er schläft ein.

Im Traum des Professors ist die Stadt halbleer. Auch die Leute sind halbleer und leben ein halbes Leben. Man trifft sich und macht Gesten, die man nicht zu Ende kriegt. Man sagt nur die Hälfte der Wörter. Manche Leute haben keinen Kopf, andere keine Beine, die sitzen reglos in Autos und hupen wütend, aber vor ihnen ist gar keiner. Ein Mann steht in einer halben Telephonzelle und versucht, von einem halben Telephon aus anzurufen. Aber die Nummer gehört zur anderen Hälfte der Welt. Plötzlich heulen Sirenen, und alle stürzen in die Häuser und machen die Fenster zu. Auf der Straße ist nur noch Luziusleo, in seiner ganzen Lustigkeit, und die würde er gern mit jemandem teilen. Machen wir halbehalbe, Herr Professor, Sie und ich? Zusammen gehen sie über den menschenleeren Cadornaplatz. Der Denkmalsgeneral hat wegen der Hitze ein Bad im Brunnen genommen, das sieht man deutlich an seinem tropfenden Schnauzbart. Vom Ende der Straße her kommt Möwenzwick mit seinen Elephanten. Diesmal sind es echte, in Reih und Glied vom größten bis zum kleinsten. Der größte reicht mit dem Kopf in den ersten Stock. Jetzt kommen auch die Panzer. Die Soldaten schießen auf die Tiere. Eins fällt, dann noch eins, dann sinken sie alle in sich zusammen wie bombardierte Häuser, Staubwolken aufwirbelnd. Auch aus den Fenstern wird jetzt geschossen. Die letzte Garbe bekommt Möwenzwick genau zwischen die Augen. Die Soldaten schaffen die riesigen Kadaver auf LKWs weg. Nach einer Minute ist alles vorbei. Auf der Straße steht jetzt nur noch ein Krankenwagen. Bärnhardt Bär wickelt Möwenzwick in ein weißes Laken.

»Was guckst du denn, Junge?«

»Bärnhardt, erkennen Sie mich nicht? Ich bin doch der Professor...«

»Keine Ahnung. Ich bin müde. Den ganzen Tag mache ich schon diese Arbeit heute.«

»Wissen Sie... wo ich eine bestimmte Pflanze finde...

eine Zitronella intermuraria, auch Stadtzitrone, einen Zitronenbaum eben?«

»Das wissen Sie doch ganz genau.«

»Aber das ist so weit weg...«

»Weit weg oder nicht, Herr Professor«, sagt Bärnhardt, »Sie wollen doch wohl nicht wieder umkehren?«

»Soll ich nicht?«

»Sollen Sie nicht.«

»Geben Sie mir wenigstens irgendeinen Rat.«

»Brauchen Sie nicht. Sie haben sich genau richtig verhalten.«

»Schwören Sie!«

»Ich schwöre es. Und ich sehe viele... Elephanten, meine ich.«

»Ach so.«

»Na dann, gute Reise. Und vielen Dank für die Bücher.«

Und Leo bricht auf in jene Gegend der Stadt, die die Hitze unter einen feinen Nebel gelegt hat. Alles ist absolut still, unbewegt und in der Schwebe, wie ein gemaltes Meer.

Morgen werden wir es wissen.

Vierter Satz

Endgültiger Anfang

Die Zeitung vom Tag danach

Die Ermittlungen im Todesfall Leo Löwe – das ist der junge Mann, der im Garten der Wohnanlage Bessico mit einem Jagdgewehr erschossen worden war – sind endgültig zu den Akten gelegt worden. Hausdurchsuchungen und Vernehmungen erbrachten keine vollständige Aufklärung. Im Zuge der Ermittlungen wurde der dreiundfünfzigjährige Kaufmann Edgar Zecke verhaftet, allerdings wegen einer anderen Anschuldigung, und zwar wegen Besitzes von und Handel mit Betäubungsmitteln. Zecke gehörte zu einer weitverzweigten und sehr einträglichen Organisation, einem wahrhaft multinationalen Konzern (im negativsten Sinn dieses Wortes) des Verbrechens und erhielt die Drogen in Konfekt versteckt. Ein weiterer Fall konnte aufgeklärt werden, nämlich der des Photographen Nachteule, der ebenfalls in Bessico wohnt und in die Mühlen der Justiz geriet. Die bei ihm gefundenen ›intimen‹ Photos waren Probeaufnahmen für einen Experimentalfilm, der jedoch nie gedreht wurde, und wurden inzwischen sämtlich an ihre rechtmäßigen Besitzer zurückgegeben. Als völlig haltlos haben sich Gerüchte erwiesen, nach denen in einer der Wohnungen des Apartmenthauses ein Waffenlager entdeckt worden sein soll. Es wurden zwar in der Wohnung des Herrn Sandri, eines bekannten Finanziers unserer Stadt, einige Gewehre gefunden, sie waren jedoch alle ordnungsgemäß registriert. ›Wir wollen hoffen‹, sagte der Finanzmann dazu, ›daß man uns jetzt endlich in Ruhe läßt.‹

Was das Motiv betrifft, warum der junge Mann in die für ihn tödliche Wohnanlage hineinging, so erwies sich die Vermutung räuberischer Absichten als das wahrscheinlichste. Bei einer Durchsuchung der Wohnung des jungen Mannes wurde ein mit teuersten ausländischen Käsesorten vollgestopfter Kühlschrank sichergestellt. Über das ›Gespenst des Kung Fu‹, den jungen Extremisten, der nachts ...«

Die Hand des Inspektors schlägt den *Demokrat* zu.
Der Fall ist gelöst, denkt er.
Zufrieden betrachtet er die Landschaft seines Büros. Ein Stuhl, ein Schreibtisch. Auf dem Schreibtisch steht ein altes Tintenfaß, ein einsamer kleiner Felsbrocken wie in einem Zen-Garten. Eine Wüste der Ordnung. Wer hier eintritt, möge bitte bedenken, daß mit dem Inhalt dieses jetzt ausgetrockneten Tintenfasses schreckliche Wörter und Sätze geschrieben werden könnten. Und jeder möge über die Komplexität der Welt und die Simplizität des Gesetzes meditieren.
Der Inspektor durchpflügt das Tote Meer seines Büros und denkt:
Der Fall ist gelöst.
Der Fluß heißt Mareb. Das hat er beschlossen, der Inspektor, in letzter Instanz; er hat die beiden noch fehlenden Buchstaben einfach per Amtshandlung eingefügt. Niemand wird sie mehr anfechten können, niemals. Niemand wird den Fall Vier-Senkrecht je wieder aufrollen. Du verdammter Fluß, denkt der Inspektor, hoffentlich schwimmen Kadaver und Jauche auf dir. Er geht ins Vorzimmer. Dort hängen ein paar Photos von Gesuchten und zeigen schmierige Profile in schmierigen Schaukästen. In einer Ecke sitzt Olla und hackt der Schreibmaschine die Augen aus. Von fern erschallt das Lamento einer Dame, der die Handtasche entrissen wurde und die gerade ihre verlorenen Sätze auflistet: »... und dann eine

Geldbörse, die Schlüssel, die Tampons, lachen Sie nicht, außerdem ein Schlumpf, für meinen Enkel, wie meinen Sie, was für ein Schlumpf? Ein Tennis-Schlumpf...«

Pinotti kommt herein, mit außerdienstlichen Schweißtropfen.

»Da ist dieser Journalist, Carlo Chamäleon«, sagt er.

»Soll reinkommen.«

Eintritt Chamäleon mit leicht gerötetem Teint (von einem Sonntag am Meer) und einem orangerot gestreiften Hemd (zwölf waagerecht). Er deponiert einen Stapel Notizbücher auf dem Tisch. Alle sind in Urlaub, und die Arbeit ist fast zuviel für den armen Nemetscheck.

»Na«, lächelt der Inspektor ihn an. »Wann gebt ihr uns denn die offizielle Mitteilung über den Bürgermeister?«

»Das wissen Sie doch früher als wir«, schnaubt Carläleon.

»Na, na, na. Ihr Direktor weiß solche Sachen immer lange, bevor sie passiert sind...«

»Die Sitzung ist noch im Gange. Aber sie werden Schandkräh wählen.«

»Schandkräh ist mir recht«, sagt der Inspektor. »Vernünftiger Mann. Ich habe ihn mal kennengelernt, irgendwann abends, da sprach er über die Wirtschaft, und er schien da sehr klare Vorstellungen zu haben.«

»In der Tat, seine Firma hat zweimal pleitegemacht.«

»Aus Fehlern kann man lernen. Nur Olla macht seit zwei Jahren immer dieselben Fehler auf der Maschine. Stimmt's?«

»Jawwwoll«, sagt Olla äußerlich, innerlich dagegen sagt er: SchlampevondeinerMutterSchlampe...

»Dann geht ja alles in Ordnung«, sagt der Inspektor nach einem kurzen Schweigen.

»Wie meinen Sie?«

»Ich meine, für Schandkräh.«

»In Ordnung, notgedrungen. Dreimal freigesprochen von der Anklage der Zugehörigkeit zum Organisierten Verbrechen. Gewisser Freundschaften verdächtig...«
»Halt, junger Mann. Wir sind hier bei der Polizei und nicht bei der Presse. Hier gilt, bis zum Beweis des Gegenteils, Freundschaft nicht als Verbrechen...«
»Aber schlecht ausgesucht hat er sie sich, seine Freunde.«
Das allerdings sagt Chamäleon nicht. Sondern zählt schweigend die Notizbücher. Der Inspektor schätzt dieses Schweigen, seine Laune bessert sich.
»Möchten Sie die neuesten Neuigkeiten aus der Metropole, Chamäleon? Tja, viel ist es nicht: Zwei entrissene Handtaschen und einer, der aus dem vierten Stock gesprungen ist. Er hatte eine Räumungsklage gekriegt. Tja, das nennt man sofortigen Vollzug.«
(Niemand lacht.)
»Damit wir uns recht verstehen, das sind menschliche Dramen. Aber hier drin kriegt man ein dickes Fell. Stimmt's, Olla? Antworten Sie!«
»Dramen, ja ja«, sagt Olla und schreibt aus lauter Ärger: »A, heitigrn Tag«, und muß es durchixen.
»Ich habe Ihren Bericht über den Abschluß des Falls Löwe gelesen«, fängt der Inspektor wieder an. »Guter Text. Vielleicht ein paar Namen zuviel, ein bißchen übertrieben.«
»Der Chefredakteur hat ihn korrigiert«, sagt Chamäleon. »Ich hatte ihn anders geschrieben. Da sind noch so viele Dinge, die mich nicht überzeugen, Herr Inspektor.«
»Olla, geh rüber zu Pinotti und hilf ihm«, sagt Portius trocken.
»A ber die sund docj schon zu dri66«, sagt Olla aus einer Anschlagkrise heraus.
»Geh trotzdem.«
«Verstsnden. Icj geh sofort, Hrer Indpekror«, sagt Olla.
Und jetzt stehen sie sich allein gegenüber, die vierte und die fünfte Gewalt. Oder vielmehr, der Inspektor sitzt,

hinter der dräuenden meergrünen Weite seines Schreibtisches.
»Also, Chamäleon, was überzeugt Sie nicht.«
Carlo gerät ein wenig aus dem Gleichgewicht, redet aber diesmal.
»Zuallererst die Sache Sandri. Mal abgesehen von seiner Vorgeschichte – ich versteh einfach nicht, was jemand mit diesen ganzen Gewehren zu Hause macht. Dann das Zielfernrohr... Erklären Sie mir mal, wieso wir darüber nichts bringen durften! Na schön, lassen wir die ruhig in Ruhe... trotzdem... Und dann dieser Photograph mit seinen Drähten zu aller Welt... Lassen wir den auch in Ruhe... Und Zecke... Und die Sache mit diesem Diebstahl... Alles in allem, ich habe den Eindruck, dieser Fall ist ein bißchen zu hastig abgeschlossen worden.«
»Mein lieber junger Mann«, sagt der Inspektor und führt wieder einmal stolz seinen kamelesken Paßgang vor. »Möchten Sie vielleicht lieber hören, daß in einem bestimmten Stadtteil irgendwo auf dem Dach ein ›Scharfschütze‹ sitzt? Möchten Sie gern leben mit so einer ›Angst‹?«
Oh Gott, schon wieder Anführungsstriche.
»Hätten Sie gern, daß es von dieser Stadt heißt, sie sei wie ›Chicago‹ oder ›Beirut‹ oder ›Addis Abeba‹? Und daß Ihnen hier jeden Moment jemand einen Kopfschuß verpassen kann?«
»Ich denke...«
»Denken Sie nicht zuviel. Nehmen Sie sich ein Beispiel an vielen Ihrer Kollegen, die sich dafür entschieden haben, die erhitzten Gemüter hier ein paar Jahre lang auskühlen zu lassen. Und zu tun haben Sie doch auch so schon genug. Kongresse, Jurys, Enzyklopädien. Schauen Sie mal in die Zeitung: Was trinken die VIPs? Welche Matratzen bevorzugen die VIPs? Alle Leute möchten gern Ihre Meinung erfahren; mich fragt man immer nur nach Pistolen und Bomben. Und deshalb sind wir hier

auch zurecht die einzigen, die in solchen Sachen kompetent sind, von einer vereinzelten Gewehrsalve bis zum in die Luft geflogenen Zug. Oder sollte ich den Leuten vielleicht etwas über Matratzen erzählen?«

»Aber die Leute...«

»Die Leute haben diesen Leo längst vergessen. Wer da geschossen hat, hat sein Ziel verfehlt, denn das Ziel war, daß wir uns ohnmächtig fühlen sollten. Dies ist eine ruhige Stadt, und das Viertel da ist jetzt wieder das ruhigste Viertel der ruhigen Stadt. Amen.«

»Er mag ja sein Ziel verfehlt haben, aber den Jungen hat er voll getroffen. Und der Junge ist nicht ruhig, der ist tot.«

»Und damit ist er der einzige. Wenn wir aber die Kontrolle verlieren, dann beballern sich die Leute gegenseitig, von Fenster zu Fenster.«

»Sie wissen ganz genau, daß unter unseren Augen Waffen ge- und verkauft werden wie Brötchen. Und wir erzählen den Leuten erst, sie müssen Angst haben, und dann erzählen wir ihnen, sie brauchen doch keine zu haben. Sie fliegen in die Luft, und wir sagen: Das wird aufgeklärt, und dann erzählen wir, es darf doch nicht aufgeklärt werden. Die kriegen doch immer mehr Angst. Was für eine Scheißruhe soll das sein? Razzien? Panzerwagen? Diese Scheißprozesse? Spezialeinheiten gegen Hausbesetzer? Herr Schandkräh und seine mangelnden Beweise? Dreihundert Telephongespräche, bloß damit Sandri ungeschoren bleibt?«

Der Inspektor seufzt besonders nachdrücklich. »Sie sind uns wahrhaftig keine Stütze. Dabei liegt Ihre wertvolle Zeitung hier vor mir. Acht Seiten Ferientips, Karikaturen, Tests, Benimmratschläge. Kochrezepte, die nackten Titten einer Showmastergattin, sehen Sie mal, hier, mit dem Teleobjektiv aufgenommen – das ist doch Top-Spionagestoff. Dann ein bißchen Musik, das Fernsehprogramm und Prominente: Erfolg, Erfolg, Erfolg. Das ist es – es erfolgt gar nichts mehr, es ist bereits alles Erfolg. Guter Witz, was? Wir können hier nämlich auch witzig sein, was glauben Sie wohl. Sehen sie mal, da, noch eine brandheiße Umfrage: Die Hitparade des Ehrenwerten-Abgeordneten-Looks – welchem Politiker steht seine Brille am besten? Sowas stützt uns. Da bekommen die Leute den Eindruck, alles geht gut voran. Das bewirkt, daß wirklich nur derjenige schießt, dessen Pflicht es ist. Das ist Ruhe und Frieden.«

»Ja, das ist Frieden«, sagt Chamäleon. »Aber wehe, man verschwendet eine Zeile auf einen Krieg in einem Land, in dem wir eine Firma haben. Woran glauben Sie ist meine Zeitung mehr interessiert – an einer Umfrage von mir oder an einer kilometerweit entfernten Titte oder an der Wahrheit über einen Meniskus?«

»Zeitungen haben Geldgeber. Der Staat hat Regierende. Die Polizei hat Vorgesetzte. Und wenn die euch nicht gefallen, dann wechselt sie. Wir hier sind bloß dazu da, euch daran zu hindern. Amen.«

»Das ist *eine* Wahrheit, Ihre Wahrheit. Aber nach allem, was Sie hier drin mitkriegen und nach diesem toten Jungen auf dem Rasen da, glauben Sie nicht, daß es noch eine andere Hälfte der Wahrheit gibt?«

»Sie suchen immer die ganze Wahrheit, aber die gibt es nicht!« schreit der Inspektor ungeduldig. »Hier muß man wählen: Sind Sie für oder gegen ein Land, das auf dem Weg nach vorn ist?«

»Nach wo denn vorn, verdammt nochmal«! sagt Chamäleon. Dann schweigt er erschrocken. Da ist er doch plötzlich um zehn Jahre zurückgefallen! In die unfruchtbare Gegenposition, in die kontraproduktive Pose des Verschmähens, in den verbalen Molotowcocktail.

Der Inspektor sieht ihn drohend an. Verdoppelt und gespiegelt von der Glasplatte seines Schreibtisches wirkt er wie der Pik-König. Wie lautet das Urteil? Das Telephon klingelt. Der Inspektor nimmt ab und erstrahlt vor lauter

Lächeln. Siebenmal sagt er: »Mein Lieber.« Und wiegt das Köpfchen.
»Sehr gut! Danke für die Nachricht! Dir auch frohes Schaffen!«
Er sieht Carlo plötzlich jovial an. »Das war Ihr Chef«, verkündet er. »Schorse Schandkräh ist Bürgermeister! Sie gehen jetzt wohl besser sofort in die Zeitung. Es wird zwei Seiten über die Wahl geben. Das klingt doch wie eine wichtige Meldung, oder? Nicht bloß ein Comic...«
Carlo steht schweigend auf.
»Kopf hoch«, sagt der Inspektor, als er ihn nach draußen begleitet. »Morgen redet kein Mensch mehr von Leo. Glauben Sie mir. Sie sind noch jung, aber ich kenne Probleme aller Schattierungen, für Lösungsexperten und Lösungscracks. Morgen redet alle Welt nur über Schandkräh. Womöglich bloß, um zu behaupten, er sei Mafioso, aber jedenfalls redet kein Mensch über etwas anderes. Schandkräh ist Ihre Zukunft. Grüßen Sie mir Ihren Direktor.«

Berg Drei war an jenem Morgen in ein Urschweigen versunken. Der Kran reckte seinen Brontosaurierkopf gen Himmel. Auch die letzten Bewohner hatten absatzklappernd und schlüssel- und riegelscheppernd – sieben, acht, zwanzig Salven zur Einschüchterung von Dieben – Berg Drei verlassen. Und der allerletzte, der aus dem letzten Stock, der regelmäßig die Geranien des darunterliegenden Balkons Lurch besprengte, ging jetzt. So blieben sie allein, ohne Stimme, mit der sie hätten um Hilfe schreien können, und das Basilikum ging heiter ein – im Ton- und nicht im Kochtopf. In den vierzig Quadratmetern war jeder Gegenstand akkurat in Dunkel gehüllt. Die Hitze verjagte die letzten Hunde und Katzen von der Straße, aber aus allen Teilen der Region trafen Fliegen ein, angezogen von den üppigen Abfällen aus der ferienmäßigen Leerung der Kühlschränke. Der Fluß grüßte sie mit einer nie dagewesenen Gestankfanfare.
Nur drei Männer, genauer gesagt: zwei Männer und ein Junge, wagten an diesem Tag, mit einem Autobus durch das ganze Viertel bis ins St. Hedwig zu fahren. Das waren der Elephant, der Hummer und Luchsi. Nichts läßt sich vergleichen mit dem Glanz ihres Auftritts in der großen Halle des Poliklinikums.
Als erster erscheint Luchsi im rotblauen Fußballtrikot und Stollenschuhen. Der Hummer erstrahlt in cremefarbenem Mischleinen mit faltergelbem Schlips und beigem Strohhut. Unterm Arm trägt er eine aus zwei Schüsseln gebildete Auster, die eine Perle namens Crème Caramel birgt; sie wurde von der Hummerin persönlich verfertigt und ist ein Geschenk für Luzius. Als letzter erscheint der Elephant in Buschhemd und kurzen Hosen, dazu weißen Söckchen und Sandalen. Seine Riesenfüße fügen seinem Hauptbauch zwei weitere hinzu, die von den Sandalenschnallen hervorgequetscht werden. Das Ganze vervollständigt ein Fächer, mit dem der Elephant durch die Luft rührt. Der Mann an der Anmeldung hat so etwas noch

nie gesehen. Er trifft sofort Vorkehrungen, um eins dieser drei UFOs zu eliminieren.
»Raus mit dir, Bürschchen. Dich kenne ich doch.«
»Auf Wiedersehen und Dankeschön«, sagt Luchsi, der nichts anderes erwartet hat, und fliegt hinüber zum Parkplatz, wo er bereits erwartet wird.
Aber die beiden übrigen UFOs sind noch da, und sogar doppelt, denn der Fußboden ist frisch gewachst.
»Besuchszeit ist um fünf«, sagt der Mann.
»Na und?«
»Es ist erst vier.«
»Macht nichts«, sagt der Hummer. »Dann singen wir solange.«
»Bitte?«
»Die eine Stunde können wir warten«, sagt der Elephant. »Wir singen solange. Hummer, hast du die Harmonika mit?«
Und schon legen sie los:

Da kommen die Uns'ren beritten auf Cheval
Da kommen die Uns'ren, an der Spitze der General
Und der edle Pancho Villa
Unser waghalsigster Killer ...

Der Mann an der Anmeldung fängt an, wild durch die Gegend zu gestikulieren, rauft sich vielhändig die Haare und bittet ein paar Pfleger um Hilfe, aber die erklären, sie seien verhindert, da das Hinausschaffen eines Elephanten als Überstunden gelte.
»Wo müssen Sie hin?« brüllt er schließlich.
»Zimmer 109«, singt das Duo.
»Gehen Sie!«
»Aber es ist noch keine Besuchszeit.«
»Gehen Sie durch!«
»Mögen Sie Musik nicht?«
»Gehen Sie durch!«

So haben Elephant und Hummer die Ehre, eine Stunde vor allen anderen Leuten Zutritt zum dritten Stock und vor das Angesicht von Susi der Schwanin zu bekommen. Welchselbige ihnen mitteilt, daß bereits eine junge Frau in 109 ist, eine Brünette: Sie hat sie selbst eingelassen, auch außerhalb der Besuchszeit. Anerkennende Worte seitens der beiden. Das ist Luzi, sagen sie im Chor. Und wie geht's dem Professor, wie geht's ihm? Wir wollen hoffen, sagt die Schwanin. Der Elephant, der sich augenblicklich in sie verliebt hat, nimmt sie mit Augen-Blicken in den Arm. Dann geht Susi, und die beiden bleiben stehen und warten und betrachten ungläubig den reißenden Verkehr von Püree und Griesbrei und ein paar unbekannten Amöben.
»Hier ist ja alles weich«, kommentiert der Elephant.
»Damit sich keiner damit umbringen kann«, sagt der Hummer.
Karsten Kauz hastet vorbei und schießt einen Blick zu diesen zwei skandalös aufrechten Alten hinüber.

Luzi sitzt an Luzius' Bett. Der Ritter kann seinen Kopf nicht mehr aufrecht halten, aber ab und zu hebt er die Arme und gestikuliert. Seine Zellen machen sich inzwischen einen Spaß daraus, sich zu benehmen wie im Delirium, der Durst ist nicht zu löschen, die Schluckbewegungen kommen zum Stillstand und ähnliche Scherze mehr.
»Luzi, komm. Ich möche nicht allein sein. Wo ist Luchsi?« (Habe ich geredet? Hast du mich gehört?)
»Luchsi ist auf dem Parkplatz und spielt Ball. Sie lassen ihn nicht rauf, aber ich habe ihm erklärt, welches Fenster deins ist.«
»Oh ja«, sagt Luzius und starrt gegen die Decke. »Ich kann ihn sehen. Das freut mich. Er hat so darauf bestanden hierherzukommen.«
»Ja.«
»Er ist ein aufgeweckter Junge. Ich war nie so. Ich habe stundenlang in eine Gasflamme gestarrt oder auf Spuren im Sand oder Namen Bakterien Amophilae Skarabäusgattungen auswendig gelernt. Riesige Gärten, unendliche Harmonie der Bienen. Die Zoologie lehrt uns, wie aus einer Gemeinschaft von degradierten Tieren ein geniales Ganzes entstehen kann. Musil. Und ich sage: Die Geschichte der Menschheit kann uns das Gegenteil lehren. Das Umkippen – der Grundmechanismus des Logischen und also auch des Komischen. Das Andere ist jedoch nicht wechselseitig. Das unendliche Nest der Wörter, der Ameisenhaufen. Was für ein langer Weg zwischen den Wörtern, zwischen dem ersten Wort und dem letzten! Auf dem Grabstein: Geboren mit ›es ist ein Junge‹, gestorben mit ›Sauerstoff‹. Unsere Pflicht, Luzi, ist zu verhindern, daß sie uns die Wörter stehlen, und wenn's geht neue zu nähren. Niemandem darf er je gestohlen werden, der Wortschatz, der Schriftschatz. Eine der wenigen Freiheiten, vergessen Sie das nicht. Sie haben die große Ehre zu lehren, zum ersten Mal... in der Schule mit großer

Tradition. Hört sie euch an, Kinder, die Logopäa der Namen, die dieses Land groß gemacht haben. Diese Liste singe ich vor eurer im Klassenbuch. Helden von morgen! Leo, dritte Reihe rechts, fehlt. Portius hat immer alles auswendig gelernt, seine Schulbank drehte sich um sich selbst und wurde ein breiter Schreibtisch, von dem aus er die Menschheit lehrt, daß das Leben ein sinnloses Verbrechen ist. Chamäleon war der fleißigste. Friederich mystisch-katechistisch. Sandri hat sich freiwillig gemeldet fürs Vermerken von Guten und Schlechten... Ich bin sehr schnell grau geworden, so gebeugt über meine Bücher, dreißig Jahre sind vergangen wie ein Augenblick. Wie soll man das erklären? Sic volvere parcas. Sandri, du Wichser-Spitzel, Kirschplunda ist das Gerundium von...? Lurch, Sie dahinten, Sie quatschen und tun immer so geistreich, kommen Sie mal an die Tafel. Ich? Aber ich habe mich nicht vorbereitet. Hab gestern den ganzen Tag die Espressokanne auf dem Herd observiert. Konnte doch gar nicht. Bin nicht präpariert.«

»Regen Sie sich nicht auf, Herr Professor.«

»Sei stille, mein Herze. Des nachts gebe ich weiter Unterricht. Artioli Berti Beckett Caboroto Cannovale Capacci kling die Schulglocke! Häßliche picklige Mißgeburten, Tiere aus der Unterklasse der Gymnasiasten, unglückliche Zwischenfälle ribonuklearer Notwendigkeiten, hier haben eure Verwünschungen ins Schwarze getroffen. Freunde!... Und es gab doch auch Stunden... unvergeßlich. Wie soll man das erklären? Den Kopf unterm Arm, der Garten da draußen, meine knochigen Halbwüchsigenbeine. Was habe ich immer aufgepaßt. Was habt ihr immer aufgepaßt. Conticuére omnés inéntique óra tenébant. Herr Lehrer, dann sind wir also unsterblich? Nicht wenn ihr weiter unter der Bank onaniert! Luzius liebt Luzi. Sandri, du Wichser-Spitzel-Arschkriecher, es nützt gar nichts, daß du das ausstreichst, morgen schreiben wir das noch einmal. Kling

Schweigen! Die Glocke hat geschellt, aber ihr bleibt da. Die Languste ist zweigeteilt, aber sie bewegt sich doch noch, nur wir wissen nicht, auf welche Wiese. Weise, nicht Wiese! Sitzenbleiben. Ich werde euch von meiner Frau Emma erzählen. Meine ersten Jahre... sind sehr schnell vergangen, ich wiederhole, wie soll man das erklären? Mit sechzehn seid ihr noch jung und lächerlich, danach nur noch lächerlich. Ich spür dich gar nicht mehr, Luzi...«

»Kommen Sie raus, Fräulein. Da ist nichts mehr...«

»... zu entdecken. Die Ermittlungen gehen weiter. Lügner. Spielt keine Rolle. Ein gutes Beispiel macht die Welt unendlich viel besser, sagen die Chinesen, und die lügen selten. Und Leo der Lustige auch nicht und nicht Luzi die Mutige und Luchsi der Neugierige und Luzius, dessen Wappen eine silberne Espressokanne trägt, auf weißem Grund, und die Inschrift: ›Nascitur in igne‹. Wenn die alle sterben – ein Riesengag. Das maßlos Verblüffende des Komischen. Glauben Sie nicht, das Komische hat die Pflicht, über den Tod zu sprechen? Sie sind ja verrückt, Sie erschrecken die Schüler! Die sind hier zum Vergnügen, sehen Sie das nicht? Wenn Sie einmal sowas machen, sagen die Leute hinterher einen Schwund nach vorn ad libitum. Schluß jetzt, die Lektion ist aus, alles raus in den Garten. Ich gehe jetzt und lasse euch zurück, in dieser Stadt, der Stadt meiner Freunde. Welche bleiben. Auf wen schießt ihr da, ihr Idioten? Vor was habt ihr Angst? Herr Lehrer-Professor, nehmen wir mal an, jemand träumt, er verprügelt Carducci – muß er dann nicht bereuen? Und wenn einer zum Beispiel träumt, er küßt dich, Luzi, das ist wirklich passiert, das Gefühl hat es gegeben, hören Sie auf, Herr Professor, sowas sagt man nicht vor kleinen Jungs zukünftigen Managern zukünftigen Unbekannten Sodaten, Sie sind ja wahnsinnig! Jawollja.

Ich möchte noch zweihundertfünfzig Jahre leben.

Leben als Lurch, als Eidechse, in der Sonne über Mauern streifen, mich auf den Rasen legen, alle viere nach oben strecken und mir vorstellen, es gibt gar keinen Himmel, er ist ein himmelblaues Taschentuch über den Augen.
Ich möchte aus der Schule abhauen und noch einmal in die Bibliothek mit den Arkaden laufen, all die Bücher lesen, die ich nicht lesen durfte, deren Autoren ich danke.
Ich möchte noch einmal sehen, wie die Wut auf die Straße geht, und an bestimmten Abenden mit allen zusammen auf dem Platz auf den Stufen sitzen und Zeit verlieren. Das waren Abende, an denen du fühlen konntest, wie in einem fernen Land gerade einer wie du selbst erschossen wurde.
Ich möchte alle Frauen wiedersehen, die ich einmal geliebt habe, auch die, in denen ich mich täuschte. Und alle meine Freunde, im Spalier.
Ich möchte Saxophon spielen lernen, Medizin studieren, Marsmenschen sehen. Mit siebzig ist das ja wohl das Mindeste.
Ich möchte sämtliche Schlingen auf einmal spüren, die mich an die Welt gefesselt haben, wann immer mein Leben von einem anderen Leben gekreuzt wurde. Und in diesem glücklichen Knäuel zu Boden stürzen.
Glück mag etwas anderes sein, aber ich würde das, was mir in diesen Jahren unter die Augen gekommen ist, nie tauschen, gegen nichts. Wenn die Arche ablegt, bin ich nicht an Bord.
Auch wenn nicht alle begreifen, wieso manche alten Komiker mitten im Film plötzlich so ernst werden. Schneidet einfach raus, was ihr nicht begreift, und hängt ein bißchen Werbung dazwischen.
Ja, ihr traurigen Beichtväter der Wörter: Im Geheimen habe ich siebzig Jahre lang gesündigt. Wenn ich mal groß bin werde ich jetzt habe ich sie in die Arme genommen weißt du daß dir die Haare ausgehen ein paar Freunde von mir sind mit siebzig gestorben? Wie? Siebzig habe

ich gesagt, schafft ihn in den dritten Stock wir wollen hoffen kling Schulglocke nein! Nein, sitzengeblieben, ihr wartet hier mit mir, Herr Lehrer draußen scheint aber die Sonne, ich verstehe, also schreibt auf die Wände: Ein guter Mensch ist mehr wert als tausend Krieger, ja, das hat ein Dichter gesagt, der ist tot, wir nehmen hier nur tote Dichter durch, wir sind nämlich zu neidisch, schreibt das auf die Wände kling Ende der Lektion und ich habe ihr gesagt:
zusammen
diese ganze Zeit zusammen, Liebste, und jetzt im Traum gehen wir den ganzen Weg noch einmal und dieses eine Mal werden wir die Wahrheit erfahren, nichts wird sein wie vorher, so werden wir wissen, Mal für Mal, auch wenn ich jetzt leide, die zweigeteilten Langusten gehen in zwei unermeßliche Paradiese wie mein Körper jetzt ich ich bin jetzt drei Buchstaben und das ist der Laut eines schreienden Tiers.«
Die Decke dreht und öffnet sich langsam wie das Dach eines Observatoriums. Luzius' Hände heben sich und zeichnen Linien zwischen die Sterne und die Flecken auf der Wand. Aus diesen Hieroglyphen erfahrt ihr von meinem reichen Dasein und meiner armen Zivilisation. Entziffert ihr die Wracks der Waffen und die Werkzeuge des Alltags. Meine Espressokanne, Modell AKW. Damals lebten die Leute auf vierzig Quadratmetern, aßen, schliefen, starben. Sie kommunizierten mittels Wörtern, von denen manchmal eins oder sogar zwei ausdrückten, was Individualität, was eine Person ist, und sie nannten sich mit Vornamen und Spitznamen dann Sippenname Patronymikon der Gattung der Klasse der Unterklasse. Dieses Sich-Nennen untereinander war eine Art von Musik, mit der die alten Tiere sich gegenseitig erkannten.
Das in aller Freundschaft, aller Betrübnis und allen vier Jahreszeiten.
Draußen scheint die Sonne!

Der da, der immer über die Schulbank gebeugt ist, man weiß nie, denkt er nach oder schläft er.
Fünfzehn Jahre, Herr Lehrer-Professor.
Lachen Sie nicht. Vor fünfundfünfzig Jahren.
Incipit vita nova.
Mit einem Ball.
Hör zu.
Kling.

Luzi tritt aus dem halbdunklen Zimmer; sie wirft, als sie die Tür zuzieht, noch einen Blick auf den weißen Kopf im Bett. Die Tür zerschneidet ein Band, für immer, sie und Luzius sausen nun in verschiedene Richtungen, Tausende von Kilometern durch das All. Der Elephant mit seinen Sandalen und der Hummer mit seinem Geschenkpaket bestürmen sie mit Fragen.
»Er hat das Bewußtsein verloren«, sagt Luzi. »Aber sie sagen, daß er vielleicht wieder zu sich kommt. Heute morgen hat er mir aufgetragen, euch zu grüßen ...«
»Dürfen wir denn nicht rein?«
»Ich glaube nicht.
Der Hummer ist fast beleidigt. Der Elephant in seiner Schlichtheit zeigt Verständnis. Luzi eilt davon.
»Sie hat geweint«, sagt der Hummer.
»Nein. Sie hatte rote Augen, weil sie müde ist.«
»Sie hat geweint.«
»Ein bißchen.«
»Das heißt, daß der Lurch tatsächlich am Ende ist. Consommé, wie die Lateiner sagen.«
»Er hat das Bewußtsein verloren heißt nicht, daß er hinüber ist«, sagt der Elephant in Auflehnung gegen die Ereignisse und die Gesetze der Syntax. »Wir fragen jetzt mal einen Arzt.«
Per Blick begeben sie sich auf die Suche, der eine rechts, der andere links.
»Was ist denn hier Ärzteschaft und was Pflegepersonal?« fragt der Hummer.
»Ärzteschaft männlich, Pflegepersonal weiblich?« schlägt der Elephant in rigorosem Patriarchalismus vor.
Zwei selbstsicher und professionell wirkende Weißkittel gehen vorbei.
»Die Herren Doktoren werden entschuldigen ...«
»Wir sind Träger.«
Sie verschwinden und lassen unsere beiden voller Zweifel stehen. Jetzt kommt ein langhaariger junger Mann mit

einem Medikamentenwagen vorbei. Dann eine Nonne in Weiß, siebzig Zentimeter groß. Ein großer bleicher Mann mit einem Morgenrock à la Napoleon. Eine Nonne, schwarz wie eine Kellerassel. Ein Pfleger auf zwei weißen Holzpantinen, der Krach macht wie ein Pferd. Ärzte: null.

Dann endlich sehen sie Karsten Kauz in Zivil, der zusammen mit einem blaugekleideten Herrn daherkommt. Die beiden unterhalten sich, und der Hummer schnappt etwas davon auf.

»Sehen wir uns heute abend bei Schandkrähs Party, Doktor?« Das sagt der Mann in Blau.

»Ich komme später, hab einen Haufen Scherereien«, antwortet der Kauz.

Mehr wollte der Hummer nicht wissen. Er springt auf und brüllt: »Herr Doktor!«

Die beiden drehen sich um. Der enttarnte Kauz fletscht die Zähne: »Was schreien Sie denn so! Wir sind hier nicht auf dem Markt! Hier liegen kranke Menschen.«

»Ja, ganz recht, über einen wollten wir mit Ihnen reden. Angenehm, Humbert Hummer. Wie geht es dem kranken Menschen von Zimmer 109?«

Der Kauz macht keinen Hehl daraus, daß er gereizt ist und keine Lust hat, sich als Chefarzt mit solchen Lappalien abzugeben. Unsere beiden machen keinen Hehl daraus, daß sie vollstes Verständnis haben und sich einen Dreck darum scheren. Der Elephant nickt sogar schon zustimmend mit dem Kopf, wie man das so macht, wenn man mit Ärzten redet, dabei hat der Kauz den Mund noch gar nicht aufgemacht. Dann macht er ihn auf: »Der Kranke aus 109 ist der alte Lehrer?«

»Luzius Lurch.«

»Ganz recht.« (Pause.) »Tja, meine Herren, siebzig Jahre sind siebzig Jahre.«

Der Elephant nickt wieder zustimmend, hatte aber eigentlich mehr erwartet.

»Wird er es schaffen?« fragt der Hummer.
»Wir sind Menschen, keine Hellseher«, erklärt der Kauz ungeduldig. »Sein kardiovaskulärer Zustand ist sehr angegriffen, er ist körperlich sehr geschwächt. Was erwarten wir denn auch von einem Siebzigjährigen.«
»Mein Vater ist zweiundachtzig ...«, sagt der Elephant und will eben die verbliebene väterliche Vitalität mit dem rechten Arm demonstrieren, da wird ihm klar, daß sein Beitrag zur Anamnese nicht besonders erwünscht ist.
Der Kauz wendet sich ab und geht.
»Netter Kerl, was?« sagt der Elephant.
»Ein Zuckerstück. Den soll doch der Krebs schnappen, und zwar einer für jeden Krebs, den er behandelt hat.«
Sie schnauben. Sie werden traurig. Sie gehen aber nicht. Sie verharren vor jener verschlossenen Tür wie zwei Wachhunde. Das Pflegepersonal hat Schichtwechsel, und die beiden sind immer noch da, sie haben keine Lust, nach Hause zu gehen. Bis der Elephant schließlich sagt:
»Hummer, hast du die Crème Caramel noch?«
»Klar hab ich die noch.«
Sie denken beide dasselbe, trauen sich aber nicht, es auszusprechen.
»Sie ist bestimmt inzwischen schlecht.«
»Ich sage, ist sie nicht.«
»Ein bißchen ist sie bestimmt schlecht.«
»Ich mach sie auf und zeig sie dir.«
Und da ist es, das kostbare Geschenk, ein zitternder Barren in einem Karamellsee. Sie sehen sich an.
»Luzius fände es bestimmt richtig«, sagt der Elephant nur.
»Glaube ich auch«, sagt der Hummer. »Aber wie sollen wir die essen ...«
Der Elephant ist schon davongehüpft wie eine Gazelle, hat einen Löffel von einem Wagen genommen, Dankeschön gesagt und ist zurückgelaufen.
Da kommt Susi die Schwanin und sieht die beiden Rie-

senkerle auf dem Flur, die ohne Punkt und Komma etwas Süßes verschlingen. Sie erkennt den Hummer wieder, tut aber, als wenn nichts wäre. Und dann kommt der Kauz noch einmal vorbei, er ist sauer und auf schnellstem Wege zur Schandkräh-Party, da sieht er sie und brüllt:

»Sind Sie immer noch hier! Die Besuchszeit ist vorbei!«

Bei dem Gebrüll rutscht dem Elephanten die Schüssel weg, er versucht sie aufzufangen, aber schon kullert die süße Gallertmasse über den Boden und direkt vor die Spitze eines chefärztlichen Schuhs.

»Was ist das da?«

»Wir wollten Ihnen das ja vorhin schon sagen, Herr Doktor«, sagt der Hummer, »mein Freund hat immer so Auswurf. Manchmal zehn, zwanzig Kilo an einem Tag, wenn er Husten hat.«

Der Elephant gibt eine Vorführung. Er würgt und plaziert einen weiteren Klumpen Crème Caramel auf den Boden.

»Ih, was für ein Zeug!« sagt der Kauz.

»Siebzig Jahre, was wollen Sie da machen. Darum hat er auch schon keinen mehr. Wenn Sie das sehen würden, wie er manchmal Würstchen verliert, mitten auf der Straße, und die müssen dann mit dem Müllwagen kommen und das wegräumen.«

»Ih, was für ein Zeug!« wiederholt der Kauz mit bleichem Gesicht.

In diesem Augenblick fällt dem Hummer der Arm ab und poltert dumpf auf den Boden.

»Ih!« schreit der Kauz.

»Das ist bloß das Alter, Herr Doktor.«

Der Kauz muß sich hinsetzen und nach Luft japsen. Aber bevor er sich wieder gefaßt hat, sind die beiden aus dem Poliklinikum hinaus und auf dem Weg nach Hause, unterwegs in der Stadt, in der von jetzt an alles anders ist. Die Ära Schandkräh hat bereits begonnen.

An jenem Abend hat Luzi begriffen, daß etwas zu Ende war, daß Leo wirklich tot war. Und auch ihren Lehrer, den uralten Professor Luzius Lurch würde sie nie wieder sehen. Die ganze Stadt versank ohnehin bald im Meer. Ferienhalber, nicht etwa aus apokalyptischen Gründen. Alles war wieder normal, das Gras in der Wohnanlage Bessico wieder ordentlich, das Bett im Krankenhaus wieder frisch bezogen, das Fenster des abgelegensten Trakts im Irrenhaus wieder verschlossen. Vielleicht hätte man resignieren sollen, aber es gab so viel zu tun, und heute abend kam Rosa mit wer weiß wie vielen Geschichten zurück vom Meer. Das war allerdings nur die halbe Wahrheit. Und deshalb greift Luzi jetzt nach einer Tasche und nimmt den Bus nach Bessico. Sie fährt vorbei an den letzten Läden, die gerade schließen, vorbei an Zetteln, auf denen steht, wie lange wegen Ferien geschlossen ist und »Auf Wiedersehen im September«, an langen Rcihen von heruntergelassenen Rolläden. Sie stellt sich vor, wie sogar die Schuhe die Taschen packen und zu zweit ans Meer düsen wie Hornissen. Vorbei an verschwitzten Leuten, Leuchtwörtern, punktförmigen Autos, aus offenen Fenstern ragenden Ellbogen, plärrenden Autoradios und schmachtenden Lenkradposen, und der Himmel ist reklameblau, Sonne und Mond auf einmal. In Bessico steigt Luzi aus, geht zwischen den menschenleeren Mietshäusern entlang und sieht die Fenster hell werden und hört Liebesgeflüster und aufgebrachtes Gerede der wenigen Zuhausegebliebenen. Vor der Wohnanlage ist eine weiße Mauer, und Luzi setzt sich davor und wartet, bis niemand, wirklich niemand mehr auf der Straße ist.

Eine halbe Stunde später ist wirklich niemand mehr auf der Straße, alle sind daheim zum Großen Finale. Drei Wohneinheiten des Apartmenthauses Bessico haben Ein-

ladungen für die Schandkräh-Party. Und zwar erstens die Sandri-Rambos komplett. Die Herren im elfenbeinebenholzfarbenen Smoking-Ensemble, graziös wie Pinguine, faszinierend wie Kreuzworträtsel. Die Dame des Hauses als Eistorte mit kandierten Früchten aus südafrikanischen Minen kostümiert. Der Herr Bürger-, Edel- und Geschäftsmann steckt sich ein kostbares Juwel in die Jackentasche, einen ultraflachen deutschen Revolver, die Flunder unter den Waffen – beult die Tasche nicht aus, macht dir aber soooo ein Loch in den Kopf. Beim Sohn dagegen beult die Beretta geradezu unästhetisch. Die Mutter rückt sie wieder zurecht, mit einem Klaps.
Die zweite Geladene ist Madame Varzi; sie hat seit sechs Uhr auf dem Trockendock gelegen. Mit siebzig, was wollen Sie da erwarten, aber mit sechzig bekämpfen wir die Jahre und die Falten, wenn nötig bis aufs Blut. Stoisch bepinselt sie sich jetzt von vorn und im Profil und lächelt und krack! kommt diese gemeine Falte wieder zum Vorschein und dann noch ein Riß und jetzt gibt auch der Spanner hinter dem rechten Ohr nach, und die Varzi hat das Gefühl, daß ihr krack! der ganze Unterkiefer nach unten sackt und dann krack! krack! sinkt auch der Busen und die Rippen stürzen eine über die nächste wie ein kaputter Rolladen und die Kniescheibe flutscht zu Boden, dann ein Knarren, ein Ellbogen, und dann zerfällt die Varzi, wie Dracula: Auf dem Boden bleibt nur ein Häufchen Rouge übrig.
Der letzte Geladene ist der bärtige junge Zyniker Nachteule; er trägt eine zahnbrassensilberne Jacke und lacht bei dem Gedanken daran, wie viele verlegene Lächler er gleich sieht und wie viele Honoratioren bei seinem Anblick das Gefühl haben, mit nacktem Arsch und freiflatternden Eiern dazustehen, denn Eule weiß nicht, daß einer von den Leuten Photos von ihm in der Tasche trägt, in schwarz und weiß und finster, wenn jedermann wüßte, von wie vielen Leuten er täglich enttarnt wird,

seufzt der Hund von Edgar, der seit mittlerweile einer Woche glücklich als Streuner im Viertel lebt. Zu den Nichtpartygästen gehört Frau Zecke, die in der Schweiz Zuflucht gesucht hat. Der Lemur ist verschwunden, die Leute von der Videostar sind total sauer, daß sie nicht geladen sind, denn auf der Party sind jede Menge Schauspielerinnen, die sich vielleicht lassen hätten, aber der Freund will gegen drei Uhr nachts anrufen, und dann kann man ja mit denen zusammen noch irgendwo hingehen und über die vorangegangene Party lästern und so weiter, bis der Morgen dann graut.
Hannelore Hauswart-Hämisch hat anläßlich der Rekonvaleszenz ihres Gatten einen kleinen Imbiß bereitet, einen protozooischen Schleim aus Rosenkohl und Brägenwurst, den Hans-Martin Maus mit erschreckender Geschwindigkeit hinunterschlingt. Frieder holt sich – trotz der ungewöhnlichen Uhrzeit (aber er ist ja noch jung) einen runter. Zur selben Zeit steht in einem anderen älteren, aber gleichermaßen herrschaftlichen Viertel der Inspektor Portius vor dem Spiegel und begutachtet sich und seinen camorrablauen Anzug, mit dem er sich beim Clan der Schandkrähs auf den Prüfstand zu begeben gedenkt. Sein Dress wird vervollkommnet durch:

Eins waagerecht: Churchill und Fidel haben sie geraucht
Zwölf senkrecht: ihn schwenkt, wer geht
Sechzehn waagrecht: fliegt... auf dem Hemd.

Was seine Untergebenen betrifft, sie haben alle entweder frei oder Dienst, außer Olla. Der ist mit seiner Verlobten in einem Cinéma d'essai *Die Sieben Samurai* ansehen gegangen. (Sprich Desseh, aber Ssamureih.)
Carlo Chamäleon lädt eben seinen Wagen voll und fährt weg, denn er muß mal über alles nachdenken; es verlangt ihn danach, einfach unter Wasser zu bleiben und seine Zweifel den Wrackbarschen anzuvertrauen: Wichtig ist,

daß du ganz weit weg fährst, vielleicht in so einen Ferienclub, wo sie dich vermöbeln, falls du dich nicht amüsieren solltest. Der Chefbremser dagegen sitzt an der Arbeit, denn »meine Ferien sind meine Arbeit«, und prüft eben den historischen ersten Schritt der Regierung Schandkräh: die Verordnung von Pflichthaarnetzen für die Bäcker.

Oh Nacht über der Stadt in der weiten Ebene in jenem Land, das im Meer navigiert, oh Schwindelgefühl, das sich zwar noch nicht an die zahllosen unnützen Sterne bindet, wohl aber an die Ausbreitung des *Made in Italy* in aller Welt, nicht mehr in Gestalt dieser unglückseligen Emigranten, sondern wunderschöner schweigsamer Kleider, in der luftigen Flucht seidener Phantasmen, im großen Flug des italienischen Geistes, hier sind unsere Ideen, zwar nicht mehr in Sachen Freiheit, dafür aber in Sachen Baumwolle, Baumwolle leicht und schmeichelnd wie der Stil der Kollektion von ist mir scheißegal welchem Arsch, sagt der Elephant traurig und nachdenklich auf seinem Sessel und mag nichts essen, und die Elephantin führt ihn vergebens in Versuchung mit sieben hauchdünnen Scheiben Bündner Fleisch. Und im Berg nebenan trinkt der Hummer und trinkt sich einen an und stellt ebenfalls den Fernseher an, da sieht man das Große Ferkel, und es redet, also nichts wie raus hier, an die Luft. Die geräumte Giraffe ißt ganz allein in einer Trattoria nur für Giraffen, da haben sie ganz hohe Gläser. Der Maulwurf tritt ans Fenster, denn dies ist ein idealer Abend für Raumschiffe. Luchsi hat todmüde und im Halbschlaf das Gefühl, die Welt verliert mit jedem Tag ein kostbares Stück, und das muß man sofort ersetzen. Rosa kommt vom Meer zurück. Und Luzi macht ihre geheimnisvolle Tasche auf.

Exakt in diesem Augenblick schläft Luzius jenes berühmte eine Mal mehr ein, und im Traum steht er in der Bessicostraße. Er betrachtet die Fenster, eins nach dem anderen, er hat einen Augenblick lang Angst, aber dann faßt er wieder Mut und wartet. Er wird jetzt erfahren, wer es war, aber er wird es niemandem mehr erzählen können: Und doch muß auch er ein gutes Beispiel geben, wie Leo. Ein Schatten hinter einer Scheibe wird länger. Man hört, wie ein Gewehr entsichert wird. Wieviel Sternlein. Ein Fenster geht auf.
Etwas frischer Wind bläst herein. Der erste nach so vielen Tagen Hitze. Bärnhardt deckt dem Professor ein Laken über. Auf dem Nachttisch liegt ein Päckchen für ihn. Es sind die Bücher, eingepackt, darauf sein Name ›Bärnhardt‹, in Schönschrift.
»Aber der hat ja nicht einmal mehr Luft gekriegt«, sagt ein junger Arzt, als er das Päckchen untersucht. »Wie hat er das bloß geschafft?«
»Kompliment, Herr Professor«, sagt Bärnhardt. Er geht ans Fenster. Er beugt sich hinaus, wie auf dem chinesischen Bild, und sieht ein ballspielendes Kind. Und wie auf dem chinesischen Bild sieht das Kind nach oben und grüßt.

In jener Nacht schläft in dem Viertel am Fluß kein Mensch. Alle genießen die prähistorische Kühle. Das Licht in der Bar beleuchtet die alten Tiere, die Sterne beleuchten die Savanne. Der Elephant klimpert ein dodekakopokaliphones Konzert auf seinem Glas. Die Giraffe schläft auf dem Billardtisch – eine verantwortungsvolle Annäherung an die Lösung des Unterbringungsproblems. Der strahlende schwarze Möwenzwick döst eingerollt in Teppiche und sieht aus wie der eine der Heiligen Drei Könige.
»Heute abend ist besonders dichter Raumschiffverkehr«, sagt der Hummer.
»Klar. Sehen aus wie Sterne, sind aber ganz ganz anders«, entgegnet der Maulwurf.
»Mit der Zeit gewöhnt sich das Auge daran.«
Sie sind eine Weile still. Aber es ist keine richtige Stille. Es gibt Geräusche, von fernen Lastwagen und marsianischen Unterhaltungen, von Katzenschritten und den rauschenden Vorhängen zu den Träumen.
Da wird Möwenzwick wach und stimmt ein Schlaflied aus seiner Heimat an.
»Abdul«, fragt der Hummer, »ist das heute abend für dich kalt oder warm?«
»Zum Aushalten«, sagt der und singt weiter.
»Was bedeuten die Worte?«
»Ein Lied aus meiner Heimat. Eritrea. Geschichte von einem Löwen am Fluß Magib. Aber man kann die Worte nicht in eure Sprache übersetzen.«
»Der Professor könnte das«, sagt der Hummer. »Er weiß alles. In diesem Augenblick könne er dir erzählen, was jeder einzelne Chinese gerade tut.«
»Ein Raumschiff«, schreit der Maulwurf. »Ich hab's genau gesehen, es ist bei der Autobahntankstelle runtergegangen.«
»Das war klug, das ist nämlich die einzige, die noch offen hat«, sagt der Hummer.

Aus dem Mantel der Nacht schlüpfen jetzt die strahlenden Perlen, Luzi und Rosa.
»Wo wart ihr denn?«

Heute morgen haben die Bewohner der Bessicostraße nach dem Aufwachen eine zwei Meter hohe Schrift auf der Mauer vor dem Haus gefunden. LEO. Und alle, die daran vorbeigehen, denken einen Augenblick nach und erinnern sich, daß das jener ermordete junge Mann ist. Luchsi hat, als sie es ihm erzählt haben, einen Satz gemacht. Da geh ich nachher hin, das guck ich mir an. Und wenn die das wieder wegmachen, was glaubst du, wie oft ich das wieder dranmale. Vielleicht nicht in Zweimeterbuchstaben, aber jedenfalls so hoch ich komme. Aber jetzt muß ich erstmal ins Krankenhaus. Womöglich geht Luzius ans Fenster und sieht mich nicht spielen. Ich habe eigentlich gar keine Lust, aber er mag es so gern. Unter Freunden tut man das. Damit es eines Tages endlich heißt, diese Tiere waren tatsächlich sehr solidarisch. Luchsi geht auf die Straße hinunter, und auf dem Rasen laufen vier Löwen hintereinander her. Wer weiß, ob die bloß spielen oder ob die wütend sind. Ab und zu bleibt einer stehen, keucht vom Laufen, holt tief Luft und läuft wieder los.
In dem Lehrbuch für Schulkinder, in dem diese ferne Epoche geschildert wird, geht das Kind der Geschichte winzig klein durch die Landschaft, zwischen großen Häusern und Farnen hindurch, und die Farben sind wirklich so, wie sie im Original sein müssen oder zumindest wie die Farben auf den Fundstücken, die durch die Zeiten bis zu uns gewandert sind. Es sind Farben, für die wir dieses Land geliebt haben. Und die uns noch heute – in jeder Jahreszeit eine andere Art – Glück schenken.